U0598941

梁晓声

著

梁记十年

时代文艺出版社
SHIDAI WENYI CHUBANSHE

图书在版编目（CIP）数据

梁记十年 / 梁晓声著. -- 长春 : 时代文艺出版社,
2025. 5. -- ISBN 978-7-5387-7713-0

Ⅰ. I247.7

中国国家版本馆CIP数据核字第20245TF821号

梁记十年
LIANGJI SHI NIAN

梁晓声　著

出 品 人：吴　刚
产品总监：郝秋月
特约编审：李师东
责任编辑：刘　分　卢宏博
封面设计：金　泉
排版制作：陈　阳

出版发行：时代文艺出版社
地　　址：长春市福祉大路5788号　龙腾国际大厦A座15层（130118）
电　　话：0431-81629751（总编办）　0431-81629758（营销部）
官方微博：weibo.com/tlapress
开　　本：880mm×1230mm　1/32
印　　张：10.25
字　　数：220千字
印　　刷：吉林省吉广国际广告股份有限公司
版　　次：2025年5月第1版
印　　次：2025年5月第1次印刷
书　　号：ISBN 978-7-5387-7713-0
定　　价：59.00元

图书如有印装错误　请与印厂联系调换　（电话：0431-85256838）

目 录

咪　娜

一

咪娜是只猫。

咪娜是一只两岁又两个月的漂亮的小母猫。

对猫而言，咪娜的"身体"已不算小，看上去不太会继续长了；如同发育良好的少女，身材定型，不太会再长高了。它或许会长胖的，若它贪吃的话。但咪娜并不贪吃，简直也可以说，它似乎具有人一样的节食意识，以保持自己"身材"的美观。它每次吃得很少，就像人形容人每顿吃得太少时说的那样："吃猫食。"它已不像一岁多的时候那么贪玩了。那时，哪怕一个小纸团都会使它发生极大的兴趣，一玩起来就是半天，直至呼哧带喘玩不动了为止。它喜欢从假花上咬下花骨朵，叼到什么地方去自娱自乐。尤其喜欢将花骨朵拨到有腿儿的家具下边，倘那缝隙的高度是它可以钻入的，它便钻到下边，将花骨朵拨出，自己则猫在下边不出来，只伸出一只爪子，继续玩弄花骨朵，像是要显示自己的"手臂"有多么长似的。倘缝隙太窄，它根本钻不进去，就会趴在地上，竭力将爪子伸进去。为了能将花骨朵拨出来，它往往会仰躺着，将身子尽量向上弯曲，用两只后爪反蹬着家具，像在表演杂技，或练瑜伽。如果还不能将花骨朵弄出来，那么它就会去向它的小主人芸求助了。芸是初二女生，以人与猫的换算年龄来说，芸比她的爱猫还小两三岁呢。但咪娜向她求助时，如同是独生子的缠人的小孩儿跟宠爱自己的妈妈耍赖。如果芸一时顾不上帮它，它的耍赖便接近于厚脸皮。倘芸是站着的，它会仰躺在地上，抱住芸的脚踝，咬她裤脚。即使她走动了，它也不肯放开，任她拖着它走。那时，芸则无奈地低头对它说："咪娜呀咪娜，没你这样的啊，太过分了吧？"——嘴上这么说，却只得去帮它。往往，她帮它将花骨朵从家具底下拨出来了，它的玩兴反而过去了，蹲着看一会儿那花骨朵，不屑再摆弄一下，于是大摇大摆地，毫无谢意表示地离去。而芸自然会挺生气，瞪着它抗议道："咪娜，你给我站住！为什么不玩了？成心耍我是不是？"

咪娜离开时尾巴又往往是旗杆般地竖着的。显然，它明知芸的话是对它说的，也似乎听得懂她的话是抗议性质的——因为它的尾巴尖那时会勾起来。

芸从网上查过，早已知道猫咪的尾巴如果不但竖着，而且还将尾巴尖勾起来，证明它们那时的情绪是快乐的。

"咪娜，你气死我了！耽误了我的时间分散了我的精力，你心里还特高兴是不是？我要惩罚你！"

然而咪娜不理她那一套。它往往会若无其事走向芸的床，像穿山甲似的，将褥子拱起，钻洞般钻入底下，结果平整的褥子被它拱得乱七八糟——这表明它要睡觉了。

那时芸就不知训它什么好了，只有望着自己的床运气。

但被咪娜如此这般捉弄一通，还不是芸对它最不满的时候。芸最不满的是当她坐着的时候它去纠缠她。那时它的骚扰特过分——它会显示轻功般地跃上椅背，之后将腹部搭在她肩头，喵喵叫个不停。如果她在看书，它便大献殷勤地替她翻书页。它若真能做得很好芸当然也是没什么意见的，但它似乎认为芸应该一目十行几秒钟就足可看完一页！它的爪子替她按那么快的阅读速度翻书，芸当然也就看不成书了。若她在写字呢，那么它会一次次用爪子拨笔杆，同时也抗议般地喵喵叫，仿佛在说："写什么呀写？看不出点儿事呀？不明白我是在向你求助呀？"

于是芸会叫起来："讨厌，别烦我！"

咪娜则不达目的不罢休，它一贯的做法是——后爪往椅背一蹬，于是四只爪子同时站在芸肩上了，随之四腿绷直，将背高高耸起，在芸肩上伸一次只有猫咪们才能做到的高水平的懒腰。别以为那之后它就会一边头一边屁股地重新"搭"在芸肩上了，才不会呢！它又露一手，隔着芸的脖子，闲庭信步似的，从芸的这一边肩头迈着优雅的猫步走到那一边肩头，随之再伸一次高水平的懒腰。接着，一跃而上，在芸的头顶趴将下去。成心似的，将屁股扭向芸的脸的方向，于是一条猫尾巴从芸的脸的正中垂将下来，使她的鼻尖痒痒的，直想打喷嚏。

现在的咪娜已不那么欺负芸了。自从一年前芸偷偷带它去宠物医院为它做了绝育手术，它那种捣蛋鬼的行径不再，常态安静，变得像一只淑女猫了。更多的时候，不论芸在做什么，它只不过乖乖地卧于她旁边，一动不动地注视她。如果她看它一眼，它则往往将头一转望向别处。那并不意味着它对芸有什么怨气。它似乎不久就忘了芸曾带它去过宠物医院使它大受一次惊吓的那件事了；或者，虽还没忘，但却根本不明白两个穿白褂子的陌生人究竟将它怎么样了。它不再乱伸爪子，当芸看它一眼时将头一转望向别处，仿佛更是出于一种懂事——不愿因自己的存在而分散了主人的注意力。仿佛还进一步明白，主人正在做着的事，对主人来说是重要的事，比它刨猫砂将自己的屎尿盖住重要得多。确乎，咪娜从一年前起不但变得"淑女"了，也可以说变得更通人性了。它注视着芸时，两只猫眼似乎流露着理解和体恤。它似乎明白，人作为人，是没福分像一只受宠爱的家猫那样，吃饱了喝足了便玩耍一场，玩累了便纠缠主人给予爱抚或四仰八叉地酣然大睡的——人必须每天做某种同样之事，情愿也罢，不情愿也罢，绝大多数人都必须做，而且得认认真真地做；因为那是人的宿命。如果人做得不好，人的"人生"就会出现问题，有时会是大问题。

芸是绝大多数人中的一个。尽管她还只不过是一个少女，但在咪娜看来，她已经是一个"人生"很容易出现问题的"人"了。

因为她是宠爱自己的主人，于是咪娜看她的目光特温柔，竟有些含情脉脉了。

猫既有眼，当然也是有目光的。

养猫的人都晓得，猫眼才不是不能传达感情的只不过好看的眼，实际上猫眼的感情内容是相当丰富的，但要结合它们的某些细微的肢体语言来领会。一只目光中充满体恤，含情脉脉地注视主人的猫，如果它那时卧在主人近旁，两只前爪大抵是相对着蜷起的。不是指两条前腿，仅指两只前爪。人类的双手从来不会那样子。犬科动物的前爪也很少那样子。那是只有猫科动物才有的现象。如果它们穿带袖的衣服，那时它们仿佛是冬季里穿棉袄的北方的农村老汉。那些老汉袖起双手时，是他们心肠极软之时。即使心肠很硬的他们，只要那样子了，证明他们的心肠已开始由硬变软了。而猫那样子时，如果它正注视着主人还不想引起主人的注意，它的头又大抵是向一边歪着的，它的尾巴则肯定是收向腹部的，绝不会在屁股后边。它的尾巴尖往往贴着腹部，纹丝不动。它的耳尖也向左右放平，两耳不再竖着。它的两眼也不再睁得那么圆，眼上方的弧稍微下垂，使它的眼形看上去像是被磨平了边缘的硬币。是的，正是那时，一只猫注视着它主人的目光显得含情脉脉——当然，并不是所有的主人对自己养的猫都有那种感觉；而芸自认为是能够看出咪娜目光中的感情内容的，正如她认为咪娜能听懂她说的每一句话，也能理解她的全部表情。

芸对咪娜的那种目光特敏感，像咪娜的眼睛对光线那么敏感。只要一发现咪娜在以那种特异的目光注视自己，不管她是在看书还是在写字，都会情不自禁地抚摸着咪娜亲昵地说："咪娜真乖，咪娜真是一只好猫咪，你知道这时候不应该捣乱是吧？等我完成了作业一定陪你玩一会儿哈！"

二

咪娜本是野猫的后代。

城市野猫，或是被弃的家猫，或是它们的儿女——如咪娜。其实它们一点儿也不比家猫野。"野"只不过是将它们区别于家猫的人的概念。恰恰相反，大多数的它们比家猫胆小。而它们的胆小，主要表现在怕人方面。生存的本能使它们靠拢人家和社区，在远离人家和社区的地方，它们将因寻找不到食物而饿死；自我保护的本能却使它们提防着人，因为伤害它们的除了人基本不会是别的东西。如果一只所谓"野猫"的爷爷奶奶是被弃的家猫，那么就可以说它们是名副其实的野猫了。名副其实的野猫实际上也并不"野"，只不过它们那种亲近人的基因严重退化了而已。所以，一只成年了的那样的野猫是较难再被养熟为家猫的。但一只那样的小野猫却不同，生存经历尚未将它们异化到视人类为天敌的程度。如果被善良的人抱回家去，十几天后，它们在全部的行为方面又会表现为家猫了。在城市里，繁衍到第三代的野猫是不多的，能繁衍到第四代第五代的野猫极少——生存的艰难、疾病加上人的伤害，使野猫后代的存活率很低很低。小野猫活到五岁以上简直可以说是"资深"野猫了，但"资深"野猫也是不多的。城市食品垃圾的管理系统越来越严格，它们往往在五岁前便死于营养不良或由此引发的别种疾病了。一只被弃的家猫也容易不久之后便死去，因为它若不及时融入某一野猫族群，它就难以学会并积累独自生存的经验，而野猫族群已很难形成。如果有人怜悯于它，肯每天赐给它点儿吃的，那么它对那个善人的表现，像极了乞儿对施舍者的表现——希冀、卑怯、试图讨好而又不敢贸然讨好。对于爱猫的人，那种样子的野猫特别是小野猫，往往使她们心软得不行。是的，爱猫的十有八九是女人。猫与女人相同的方面多，所以她们爱它们，如爱别样的自己。假若果有人命之轮回，不少女人内心的想法是托生为猫，当然是被宠的家猫。有品位的猫身上每每表现出有品位的女人的某些性格特征。

然而芸起先并不是一个爱猫的少女。在成为咪娜的小主人之前，可以说她长那么大还没怎么关注过猫。这并不意味着她对狗反而更感兴趣。她长那么大也没怎么关注过狗。她出生在山里一个穷苦的农家，那小村尚未脱贫。自幼耳濡目染的自家以及别人家的种种凄愁，几乎损蚀掉了她和小伙伴们对猫狗的喜欢之心。那小村里为数不多的猫狗，也都处于苟活之境，它们反应迟钝无精打采，比城市里无家可归的猫狗的命运强不到哪儿去，基本丧失了主动与人亲近的本能。

芸小学二年级时奶奶去世了，姥爷成了唯一与她相依为命的人。她小学五年级时，姥爷也去世了。于是在城里打工的父亲只得将她带到了城里，那是他十二分不情愿的事，他多次当面说她是累赘。

然而芸是聪明的少女，在"借读生"的班级里，她的学习起先跟不上。那种令她倍感压力的日子并不长，六年级时，她的成绩已在班里排上前几名了。成为中学生以后，她居然成了班里的学习尖子，老师同学都对她刮目相看。这不仅因为她聪明，更因为她学习刻苦。老师们多次在全班表扬她，认为她有种"奋发图强"的学习精神。那是事实。学习好是她唯一可"图强"的事，她为"唯一"而督促自己"奋发"再"奋发"。

父亲在一幢老旧楼房的地下室租了一个十四五平方米的小房间。虽是地下室，却不潮湿。甚至也不能算阴暗，有半截高出外边地面的朝东的小窗，被十来根手指粗的铁条防护着，窗子可在房间里打开——但不论是她还是她父亲，想打开窗子都得站在凳子上。每天早上，有些许阳光会从小窗洒入房间里——如果是晴朗的一天的话。

那时芸觉得世界毕竟还是美好的。

她总是担心某一天由于某一种原因，她和父亲将不得不离开那个在城市里的家。城市里可供人租住的房屋固然很多，但以她父亲打工所挣的那点儿钱，只能租得起便宜的地下室房间。每年之初贴在地下室入口处的催促交租的通告，使芸看着惴惴不安。地下室所有的房间一律半年一租，直至她从父亲口中套出话——下半年的房租交了，她那颗悬着的心才会安定下来，却也只不过就是又安定了半年。

父女二人临时的家里有两张单人床。一张是铁架子的，原本便有。一张是木架子的，父亲从旧家具市场买的。两张床之间是一张桌子，一把椅子。父亲与母亲住时，桌上摆着一台十四英寸黑白电视、一台烤箱和暖水瓶盆盆碗碗之类的东西。芸出现在这个"家"里那一天就没见到母亲，以后也一直没见到过。算上以前没见到过的日子，她快四年没见到母亲了。为了使芸有写作业的地方，父亲将同样是从旧物市场买的烤箱从桌上搬了下去，放在一摞人行道方砖上。那些方砖是新的，红色，有花纹，挺美观。在施工队重铺人行道时，一天夜里，父亲强迫芸跟着他一次几块往返多次偷回来的。烤箱对芸很重要，一直保障她夏天不吃凉饭冬天不吃冷饭。父亲自己不经常在家里吃饭，房间的门边有一台旧冰箱，是楼里某户人家搬走时不要了，父亲白捡回来的——他将门旁的墙上钻了一个洞，将插头线接长引入到了房间里，于是父女俩的这个家是一个也有冰箱的家了。起初物业的人是严厉禁止的，不知怎么一来，又睁只眼闭只眼不再管了。父亲经常买回些熟食放进冰箱里，这使芸不至于挨饿。

芸曾问过父亲："爸，我妈呢？"

父亲没好气地回答："不知道！"

后来她还间接地这么问过："我妈怎么总也不回家呢？"

父亲光火地说："她回来睡了，那你睡哪儿？！"

芸便再也不敢问了。

有妈而不知妈在哪儿，更不许问妈在哪儿——她渐认自己这种命了。

两年前那个冬季里的寒冷的夜晚，刚成为搬运公司搬运工的父亲在外边喝醉了酒，一进家门吐了个满地，接着一头栽倒在自己的床上鼾声大作。

芸拖干净了地，将一袋脏物扔入外边的垃圾桶里时，见一个小小的单薄的影子从两只大垃圾桶之间闪了出来。

她看出那是一只小猫。肯定的，它想从垃圾桶里找到什么吃的，但垃圾桶太高了，它没法达到目的。

如果芸当时并没叫它一声，那么她以后便不会成为它的小主人。

可对猫并不关注的芸，鬼使神差地叫道："咪咪……"

已经摇摇晃晃地走开了的小猫就站住了，回头看她。

她不由自主地又叫："咪咪……"

那小猫犹犹豫豫地走到她脚旁，微躬其背蹭她裤脚，同时乞怜地"喵喵"回应了两声。它的叫声像嗓音特甜的青衣在舞台上的娇语，那一方面是天生的，另一方面是因为有气无力，叫声极小。

芸的第一个反应是此夜异常寒冷，它又这么小，如果找不到暖和的地方躲避寒流，很可能会被冻死的；它看上去也就芸的文具盒那么长。

芸弯下腰，怜悯地将它抱了起来。它那瑟瑟发抖的身子立刻偎向她胸口，并且顿时软得没了骨头似的，又"喵喵"叫了两声，仿佛在哀求她不要将它放下。它轻得像她的中学课本。

芸将它抱紧了，以使它尽快获得温暖。她抱着它发了一会儿呆，叹口气又将它轻轻放下了。而它似乎明白了它的希望完全落空了，头也不回地、无声无息地向矮树墙走去。

芸又情不自禁地叫了它一声。是的，确实是情不自禁的，当时没有任何想法的一种情不自禁。

它就又站住了，却并未回头，也未再以自己的叫声回应她的叫声。

那时刮来一阵寒风，芸浑身哆嗦了一下，她穿得少，觉得快被冻透了。而小猫竟被寒风刮倒了。那么轻的小身子当然会弱不禁风。它并没随即便往起站，被刮倒时四腿伸直着，也就那样子卧在地上了。不知是已经没有力气站起了，还是想等那阵寒风刮过再站起。

芸连犹豫都没犹豫，第二次抱起它跑向地下室入口，就像抱着的是自己被刮掉在地上的什么东西。

父亲还在鼾声大作，这对芸而言是件幸事，对那小猫也是。否则，芸会受到怒斥，小猫的命运也不能改变。

芸不知该将它置于何处。不论让它待在哪儿，父亲一醒来都会发现的呀。她猜测得到，父亲会拎起它连话都不说就将它摔到门外的。她想了想，腾空自己装衣服的旅行袋，将小猫放入里边，并将拉链拉上了一半。

她悄悄对它说："待在这里千万别动哈，要不你我都会没好下场的。"

她关了灯，怀着忐忑的心情渐渐入睡。

不论对于芸还是那只小猫，也很幸运的是第二天父亲得上班去，而芸则不必上学，她在寒假中。

她醒来时，从小窗已投入几束阳光了。她立刻想起昨晚的事，欠身将旅行袋拖到床边，拉开拉链，小猫已不在里边了。她心中一惊，以为父亲醒来时发现了它，它已遭到了不测。心中正替它难过，忽觉脚下湿答答的，坐起来，掀开被子一看，小猫不知何时钻入了她的被窝，睡在她脚下呢。她的床上铺着电热毯，特暖和。它留下了行为不良的铁证，将褥子尿湿了一大片。她想打它，见它睡得极香的样子，举起的手没舍得打下去。她看着它呆呆地寻思，肯定的，它自从来到这世上，就没在冬季睡过那么暖和的一次觉，而且睡得还那么安全。它一定是在自己不知道的情况下才尿在她被窝里的；小孩子尿床也是常事呀。

她无可奈何地原谅了它。

那天上午她跑到女同学家去，借到了吹发器。用电热壶烧开了几壶热水，倒在她的洗脚盆里，将它浑身揉遍洗发液为它洗了一次澡。它一接触到水起初当然是惊恐的。她一边洗它一边柔声细语地说：“乖，别怕。你身上太脏，不洗洗我是不会收养你的。兴许还有跳蚤什么的，多洗几下能将寄生虫杀死。”

听着她说的那些话，大概也是由于热水使它感到舒服了，她发廊洗发妹一般的指尖动作使它解痒了，它渐渐顺从了。既然它顺从了，那么她洗得更认真了。为它洗了两遍，用清水“淋浴”了一遍。

当她用吹发器吹干它的毛时，才有心思欣赏到它的漂亮。除了加菲猫，世上大多数的猫皆是好看的。甚至也可以说，猫是世界上最好看的动物。猫的好看，体现于萌、妩、媚三方面。

狐是绝对做不出任何萌样的。除了画上的它们，现实中的狐是并不妩的。对于狐态，其实只有一个“媚”字可言。它们的脸形过于尖俏，行为也过于狡黠，这便使它们连“妩”也谈不上了。“妩”是指女性美得无邪，所以“妩”与“媚”二字组成“妩媚”

一词，才是一个正面的形容词。不论以单独的一个"媚"字来谈女人或任何一种女性化的动物，都等于同时在强调其"邪"性的不容忽视。这是不言而喻的。即使以最大量的态度来理解"邪"字，那也起码包含着"诡计多端"的意思。

考拉和熊猫之类的动物无疑是常态很萌的动物，但是它们不能以"妖媚"来形容。不论"男""女"，它们的样子一概是无性的。

鹿一类动物，尤其小时候的它们，却完全可以说是好看得"妖媚"的，但它们也是不能给人以"萌"的印象的。与狐相反，小鹿不"萌"是由于它们的样子太过单纯——而萌态却是这么一种样子："看我单纯得很可爱是吧？那就要多给我一些爱哟！"

于是透着博宠的意味。

鹿的基因里没有与人亲密的遗传，它们是不善博宠的。

大型狗的样子几乎都是雄性的。喜欢它们的男人大抵是在喜欢自己类似的一面或想要具有而并不具有的一面——狗形象的男人之人性的某一面；而喜欢它们的女人，潜意识里大抵埋藏着被压抑的雄性崇拜激情——她们总想要任性地随时随地释放，但作为女人，她们当然也知道那是特不明智的。而小型狗，尤其那些被打扮得"小女人味"十足的小型狗，它们的样子看上去是完全不自然的。那表明它们的女主人总想将自己捯饬成类似的样子，也表明的是她们从小到大未曾改变的对女性美的一厢情愿的一种品味。

世上只有好看的猫们的好看，才是萌、妖、媚综合的一种好看。或可一言以蔽之，它们是世上唯一一种"萌妩媚"动物。爱猫的女性，不论漂亮或不漂亮，身上必有某一点是令别人喜欢她的。芸不是漂亮女生，男同学和女同学却都挺喜欢她——因为她性格温良；而这也是大多数猫招人喜欢的方面。

一只猫如果算得上是漂亮的，那么也就差不多是在说它好看得像是一件美观的工艺品了。

芸"捡"回去的那只小猫便是一只漂亮的猫。

它是黑白两色的短毛猫，黑多白少。白的部位雪白，白得美妙——下颏是白的，白至前颈，在那儿以领结般的形状结束。腹部也是白的，但如果它不侧卧着那是看不到的。它又是一只长腿猫，这使它看上去体态婀娜。它的四爪同样是白的，却不是人所形容的"四蹄踏雪"那么一种白法，而是一直白到腿弯为止。这使看着它的人会联想到黑披风裹身、穿白高筒靴的小美女。它从头到背到尾全是漆黑的。尽管营养不良，然而还是由基因所决定黑得发亮。

芸一边将它的毛吹干一边赞叹："猫咪，你是这么漂亮，真叫我不知该拿你怎么办才好啊！"

其实她已经决心收养它了。

那一天它有了名字。

而芸的生活里也开始多了一件事，每隔几天就要从某处建筑工地拎回一塑料袋细沙。城市里建筑工地比比皆是，那并没使她犯愁过。她捡回一个水果箱作为猫砂盆，放在她的床下，每天两次按时清理。咪娜经常蹲在一旁看着她清理，很惭愧的样子。也许是出于体谅，它从不将沙子弄得满地都是。

芸的父亲终于发现了咪娜的存在。他大发雷霆，怒吼着命芸将咪娜扔出去。怕咪娜遭到父亲的毒手，芸将它紧抱于胸前。

父亲的手高举起来了。

芸双膝跪下了。

咪娜吓得屏息敛气。

芸脸上淌下泪来，她异常坚定地说："不。"

她父亲的巴掌僵在半空了。

咪娜就这样获得了存在权。

春季里，咪娜的"黑披风"黑得更亮了。晚上，每听到外边有别的猫们求偶的叫声，咪娜就躁动不安。

芸知道，她必须带咪娜去宠物医院了，否则它自己的叫声会招致一片抗议的。

然而她哪里有钱能为咪娜付手术费呢！

但她还是带着咪娜去了一家门面颇大的宠物医院。出于责任心，她不愿意在附近一家门面很小的地方让咪娜上手术台。

"你认为这个很值钱吗？"

一位中年男医生细看着她给他的一枚戒指疑虑重重地问。

她诚实地说不知道。

"你这种年龄的女孩，怎么会有这种东西呢？"

"奶奶留给我的。"

"你奶奶，已经不在了？"

芸点头。

"你以它来代替手术费，爸爸妈妈同意吗？"

"我目前只和爸爸一个人生活在一起，他知道了会打我一顿的。"

"你刚才说这只猫是你捡的？"

"是的。"

"它好漂亮。"

"是的。"

"但我无法判断这只戒指是不是金的……"

"求求您了！"

"如果是金的，那么价值超过手术费好几百呢……"

"我不会反悔的。"

"可如果是镀金的，收下它对我也没什么意义……"

"求求您了！"

自从上了中学，芸只流过两次泪。她是个内心刚强的女孩，常要求自己女孩有泪不轻弹。

"别哭别哭，其实我的意思是……我为什么不可以免费为你的这只漂亮的小猫做手术呢？"

芸与医生对话时，咪娜在她的书包里，她的书包反背在胸前。它从书包里探出头，好奇心特强地东张西望。见芸流泪了，它才不安地将头缩入书包。

动完手术的咪娜，脖子被戴上了一个限制罩，形状如同喇叭，硬塑料做的。戴上了那东西，它就舔不着伤口了。但对于咪娜，那只"喇叭"太大了，像小伞了，使它想趴下去都不能够了。

一回到家里，芸立即操作起剪刀，要将那东西改造得小一点儿。但她失败了，将那东西改造废了。

医生嘱咐，最要紧的是防止咪娜当夜将缝合的刀口舔开，那对它是有生命危险的事。束手无策的芸，只得抱着下身"瘫痪"的咪娜在床上坐了一夜。后半夜它在她膝上睡过去了，她却唯恐自己也睡过去，一直看书看到大天亮。

后来，芸经常对咪娜说："好咪娜，对不起哈，我知道那种事对你太不公平，可我也实在是没有办法呀，理解万岁哈……"

变成了"淑女"的咪娜，每每从小窗口望着外边发呆。芸明白它是向往自由了。虽然，小小的房间形同咪娜的牢房，但她却不敢放它出去玩，怕它一乱跑就失踪了——那它的命运又将凶多吉少。她只有经常踏着凳子将它放到窗台上。那是它很喜欢待的地方，从那里可以望出去很远——可以望到树、花、玩耍的孩子和遛狗的大人……

芸的父亲曾严厉地对她说："你要是因为一只捡回来的猫而影响了学习，那我还是会将它扔出去！"

芸的学习成绩非但没下降，反而更优秀了。

一天，班主任老师单独对芸说："你自己也知道，老师因为这个班级里有你是很高兴的。但是，你一定要将我对你说的话如实告诉你爸爸，上级下达了文件，所有的借读生，都只能借读到初三为止了。你现在已是初二学生了，要早做打算……"

老师的话说得很纠结。

芸说："我明白。"

她的话说得很酸楚。

她没将老师的话告诉父亲，怕父亲又借酒浇愁，酩酊大醉之后耍酒疯……

三

此刻，芸背靠床头半躺半坐，微闭着眼睛似睡非睡。她在等待着一件事的发生，或是终结；也有另一件事使她放心不下。

她背后垫着枕头，腿上盖着被。

咪娜趴在她腿旁，趴在被上，忧郁地望着它的小主人。她面色苍白，脸庞瘦削了许多。

这一天是五月中旬的一天，此刻是上午十点左右。外边的阳光很明媚，赐给地下室这一个房间里的阳光也比往日多了一些，有一小片斜照在被上。

芸因为患了肾癌就快死了。

学校的老师同学们为使她的父亲能付得起住院费发起过募捐了，社会上的慈善人士们也以种种方式向她表达过爱心了，但为时晚矣。芸太能忍了，她的病一被查出便是晚期，癌细胞已大面积扩散，不论再花多少钱用多么高级的药都救不了她的命了。

芸是多么敏感的女孩呀！她从医生、护士和她父亲的话语中，归纳出了她的真实病情也就是她的厄运，于是她坚决而强烈地要求回到"家"里来。既然死是命中注定的事了，那她就不愿自己再成为本市新闻的一个内容再牵动许多人对她的爱心了。

她希望平静地死。希望被忘却地死。

然而医院的医生们却没忘却她，昨天下午派了一位医生和一名护士来探视她。医生转身离去时落泪了，而护士一出门就哭出了声。

于是芸意识到，死神迫近着她了。

她所等待的事便是死。

她对死自然是极恐惧的，但现在却已不恐惧了。世上只有一件事的发生和结束是同时的，那便是死。她对于死甚至有几分好奇了，就像人对世界末日之说既恐惧又好奇那样。她已没有什么痛苦的感觉，只不过极度困倦而已。初三毕业后不能再以"借读"的方式在城市里上学，这件令她暗自发愁得每每整夜睡不着的事也将不再纠缠她了，她对死反而颇觉欣然了。

使她放心不下的是咪娜。

在她住院的日子里，父亲告诉她咪娜跑了——她偷偷哭了一场。

而她回到家里的第一天，发现咪娜出现在小窗外边，将一只爪子伸过铁条的缝隙不停地挠玻璃。她喜出望外地让父亲开了小窗，咪娜便挤过铁条的缝隙跳进来。它与她亲热了好一阵子，她看出它大喜过望。

…………

咪娜轻轻叫了一声。

芸睁开了眼睛。

她父亲到列车站接她母亲去了——她这个女儿就快死了，那作为母亲的女人终于即将现身了。

然而芸对于母亲在自己临死前出现还是不出现，已经既不计较也不在意了。

她拍了拍腹部。

咪娜迅速起身趴到她那儿去了。

芸说："咪娜呀，我死了，你可怎么办呢？"

咪娜说："我的小主人啊，我不忍看着你死去。"

芸惊讶极了："怎么，你居然会说话吗？！"

咪娜仰起头看着她说："是的，我的小主人，我不是一只寻常的猫。两年前你收养了我，按照人类的说法那是我们之间的一种缘。人类这么说也没错，其实缘是天地间的一种神秘现象。你小的时候，在你家乡的那个小村里，有一天几个男孩下套子逮住了一只野猫，想将它折磨至死，仅仅为了取乐，你还记得那件事吗？"

芸想了想说记得。

咪娜继续说："是你，趁他们不注意将那只野猫放跑了。我的小主人啊，被你放跑的可是我的母亲呀，我的母亲一直记着你对她的大恩大德，我出现在你的生活中，其实是奉了母命前来报答你的。现在我回来就是为了救你。"

咪娜说人话的声音极好听，好听得无法形容。如果有谁听过天使说话的声音，那么便是那一种声音了。

"咪娜呀，可你怎么救呢？即使你们猫真的有九条命，你也没法给我一条命呀！不过你不是一条寻常的猫这一点真使我高兴，那我就不必担心我死后你的命运了……"

芸忍不住将咪娜抱起，搂在怀里。

于是不可思议的事发生了，当"芸"的手爱抚着"咪娜"时，享受着那种爱抚的已不是咪娜，而是芸自己了。

芸的父亲将她的母亲和她的小舅接到了。

他们在门外听到了"芸"的说话声。

"芸"说："我的小主人啊，现在，我们的命相互置换了。我是一只年轻的猫，我命中注定还能活上七年多呢。那么就是，你也还能活上七年多。我最大的本领，只能完成这样的一件事了。别了，我感恩的人……"

芸的父母和小舅都以为她在说胡话，就都流下泪来了。毕竟是亲人，不可能不难过。

当房间里安静得没有任何声息了，他们才推开门一个接一个进入。

而"芸"已经死了。

四

"芸"的后事简单得不能再简单。

正是期末考试的日子，老师和同学都没去送"她"。"她"的父母是重男轻女的父母，当时难过了一阵子倒也是真的，三天后接到火葬场的火化通知时，感情却平静得不能再平静了。最后一次见到"她"的，只有"她"的父母和小舅。而"她"小舅主要是为了保护"她"母亲才去的，怕"她"母亲单独和"她"父亲在一起时，被"她"父亲欺负。

芸的父亲和母亲，在返回途中便达成了"和平"离婚的协议。

当他们进入那个地下室的小房间时，见那只"猫"伏在芸捡来的曾装过水果的篮子里，里边铺了一条旧毛巾，是"咪娜"白天常打盹的地方。那三个人不知道"咪娜"叫什么，对于他们"它"不过就是一只猫而已。

芸的父亲说："女儿死了，我可不再养它。如果你当妈的愿意替你女儿养，那就抱走。"

她母亲说："我的女儿？芸可姓你的姓，不姓我的姓。我才不替你女儿继续养它！"

她小舅说："行了行了，别又呛呛起来，都和平离婚了，分手前将和平进行到底吧！"

那只"猫"就倏地将头扭向他。

他又说："你个让人心烦的东西瞪着我干什么？"想了想，对他姐说："我倒有一个好主意，既然芸生前宝贝它，干脆让它为芸陪葬了怎么样？你们双方都不愿浪费钱为芸买骨灰盒，那她的骨灰还不得找个地方埋了吗？让它为芸陪葬，也算你们都对得起芸了不是？"

芸的父亲说："它终究是只活猫，那么做太伤天害理了吧？我可下不了手弄死它！"

她母亲急赤白脸地说："你不下手谁下手？"她怀中抱着不再是一只猫的"咪娜"……

"难道应该我下手吗?"

她小舅边往外推他俩,边说:"我下手我下手,伤天害理的事由我来做就是!你们先都出去,我一分钟搞定,这还不容易!"

门一关上,那当小舅的立刻对那只"猫"下手了。

而"芸"愤怒了,不但挠伤了他双手,还将他的脸也挠出了深深的血道子。门外那对男女听到他的惨叫声后出现在屋里时,"芸"已从小窗口逃之夭夭。

一年后的冬季的一天傍晚,几名放学了的初三学生结伴走在回家的路上时,发现一只野猫从垃圾箱里跃出来。那时大雪纷飞。

一名女生指着说:"看呀,那只猫多像芸养过的猫啊!"

一名男生望着说:"没错,肯定是!我以前见过它,芸给它起的名字是'咪娜'!"

"芸"犹豫了一下,缓缓地,以尽量显出尊严的样子走向他们。她身上的黑毛已不再发亮,她的一条腿受过伤了,走得一瘸一瘸的。

他们就都蹲下,一齐向她伸出戴棉手套的手,而她用头一一蹭他们的手套。

一名女生摘下手套,想用手爱抚它,却失声叫起来:"哎呀,它生癣啦!"

于是那女生将手伸入手套,赶紧站起,不禁后退一步。

其他同学也看出,那"猫"的身上因生癣有几处脱毛了。

他们七言八语起来:

"它好可怜,你们谁将它抱回家收养了吧?"

"你为什么不呢?"

"马上要考高中了,我哪有那种心思啊?"

"我们就例外了?"

"是啊是啊,再说我们谁又能像芸那么爱它呢?"

他们默默无言地互相望着,在他们都大动恻隐之心却又都不知如何是好之际,那只"猫"悄无声息地走开了。

一年来,她活得特别坚强,也可以说特别顽强。她抱定了一种信念,不论多难也要活下去,因为这一次命是她的"咪娜"给的,以它的死做代价。

她与她的"咪娜"有一个约定——七年后,不,再过六年,她们还会在一起的。她也不知道会以什么样的一种关系。但她的"咪娜"保证,那时她们都将是幸福的。

她确信"咪娜"的保证,因为它不是一只寻常的猫啊!

等那几名学生再低头看时,雪地上只见足迹,"猫"已无影无踪,不知去向。

天黑了,雪下得更大了……

2014年12月中旬于北京

"马亚逊"和狗

一

我有位朋友是某省的律师,四十几岁,仪表堂堂,精力充沛。

他一直想说服我,要我同意他是我的私人代理律师。如果我认可了,那么他便会将这一身份印在新名片上。据他说,他在本省业内那还是有些名气的。这我信。因为他一向踌躇满志、春风得意的样子。然而我至今仍未同意。我觉得他名片上的身份已不少了,再多印一个身份一行字,要么得缩小字体,要么得加宽名片;而不论怎样,都将影响名片的美观。我认为他应在乎他的名片是否美观,并且我心理上很排斥私人代理律师这种事。依我想来,一生没有官司的人是挺幸运的,一旦有了什么私人代理律师,说不定官司便会接踵而来的。

我多次拒绝却没影响我俩的朋友关系。他来北京办事,照例希望见到我。而我照例对他持真诚欢迎的态度。

写小说的人,哪个不欢迎"故事"多多的朋友呢?何况他每次讲给我听的"故事",非属道听途说那类,几乎都是真人真事,几乎都与他多少有点儿关系。而且他讲的那些真人真事听来特别像"故事"。

他最近一次到我家来做客时，不待我开口问，甫一坐定便主动说："这次保证你又有写小说的素材了。"

我说："现在写小说更难了。写现实题材的小说尤其难了。人间百态五花八门，本身所具有的戏剧性往往比作家们虚构的还离奇，信息传播的方式又那么快、那么多样化，可让作家们怎么办才好呢？"

他说："你别愁嘛，我这不是正要给你讲故事嘛。"

我说："如果是一般的故事，那你就不必讲了。"

他连说："不一般，不一般。"

他是首先从一条狗讲起的。

他说，有那么一条"板凳狗"，叫"巴特"，是一条成年的公狗。

我问："就是体形不大，板凳那么长，四腿很短，背部较平的那种狗？"

他说："是的。我讲的这只板凳狗，除了四只爪子是雪白的，全身哪儿哪儿都是黑色的。小耳朵尖尖的，双眼上方各有一块黄色，方方正正的，像两个军棋子。所以，在中国民间既叫板凳狗，也叫四眼狗。"

我说："我小时候，邻居家养过那样一条狗。既然出现在寻常百姓之家了，证明血统不是太高贵。"

他说："你别打岔。我讲给你听的故事，头绪还真是比较多。

你总打岔，我该讲不好了。"

巴特是一条被遗弃过的狗——某日，那是秋季里一个天高气爽的日子，它的主人所开的一辆宝马车缓缓停在幽静小路的路边，车门一开，车中蹿出了巴特。路边人行道另侧是草坪，草坪连着一小片树林，树林后是一条市内的人工小河。那里是一处街心公园，养狗的人喜欢带着狗到那里去，解下牵绳，任由它们在草坪上打滚、撒欢、在小树林里互相追逐。它们之间已比较熟悉了，从未发生过凶恶攻击的行为。它们的主人也都认识了，都知道哪条狗是哪个人的。巴特加入狗们的嬉闹不一会儿，宝马车开走了。在那处地方，这是常有的现象——主人到附近的超市购物，或去办什么事，过一两个小时甚至一上午或一下午再回来，狗会习惯地等在那里。

我忍不住又问："你在进行虚构吗？你也想写小说了？你并不是那条狗的主人，怎么就会讲得头头是道的？"

朋友说："你呀，性太急了吧？我是律师，那狗与我刚刚接手经办的官司有直接关系，应该调查了解的情况我当然要认真调查、详细了解的。我所讲的，是有证言为据的。"

按他的说法是——当主人们牵着各自的狗散去后，那处公园只剩下了巴特一条狗时，它主人开的宝马车还没出现。巴特蹲在人行道边，望着来来往往各式各样的车辆，耐心极佳特有定力地期待着。一上午过去了，宝马车仍未出现在该出现的地方。那狗儿如同石头雕的，被摆放在路边起点缀作用的，几乎一动不动地蹲踞在那儿守望了一上午。过了中午，它饿了，渴了，跑向草坪上的一个地喷头，用爪子七弄八弄的，还居然弄得喷出水来。它终于是解了渴，但全身也被淋湿了……

我再次打断他的讲述："瞎编！瞎编！像你亲眼所见似的，可你又根本不在现场……"

律师朋友不满地瞪着我问："还想不想听下去了，不想听那就算了。我说最后一次，我是有文字证言材料为据的，我所收集到的证言材料在法庭上都宣读过的。我手机里也存了照片，你要看吗？"

我摇头道："不看不看，接着讲吧。"

其实我已经被他的讲述勾起了好奇心，还真想知道一条种类并不名贵的板凳狗，在他这位颇有名气的律师最近代理的官司中充当什么角色。

他说离那狗儿蹲踞的地方十几步远处，有座跨路天桥，天桥台阶边是报刊亭——他所讲的，是报刊亭主人所见的情形。

中午一过，那狗儿到底失去了耐性，沿人行道边来回跑，发出小孩子闹坏情绪般的低呜声，带点儿哭唧唧的意味。又两个小时后，那狗儿更焦躁了，开始朝马路上驶过的每一辆白色车吠叫。它主人的宝马是白色的。再后来，它奔上了跨路天桥，在两道护栏之间不安地蹿跃，望见白色车过往，发出长声的呜叫，听来像是真的在哭喊了。

报刊亭主人那时明白，它被抛弃了。但他也没法使它懂得这一真相呀，只有怜悯地听着看着而已。它奔上跨路天桥去，证明它是一条聪明的狗。从跨路天桥上，不是可以望得更远嘛。

四五点钟时，它从跨路天桥上下来了。它疲惫的样子，它眼中的惊恐，被报刊亭主人看得分明。它回到原地，不发出任何声音了。但已不复蹲踞着，而是卧着了。显然，它没有蹲踞着的气力了，连叫的气力也不大有了。

报刊亭主人心疼它，给了它一个小面包和一小根肉肠。它连看也不看，头无力地伏在前腿上，眼睛仍望着马路。有白色车辆驶过，它的头才会抬起来一下。

天黑了，它仍卧在那儿。

报刊亭主人离开报刊亭时，走到了它跟前。他"狗狗，狗狗"地叫它，它没反应。他蹲下，拿起面包和肉肠喂它，它将头一扭。

他说："那你跟我走吧?"

它的眼睛闭上了。

他大动恻隐之心，想抱起它，它却防备地龇出了牙齿。

他叹口气，也就只有随它卧在那儿了。

第二天一早报刊亭主人到来时，那狗儿卧过的地方只有面包和肉肠还在了，根本没被吃过一口。他向天桥上望去，见它卧在天桥上了。一有白色车驶过，它便往起站一下。一站一卧之际，气力不支，摇摇晃晃的了。

下午，在报刊亭主人不经意间，它重新卧在原地了。

那天刮大风，遛狗的人和他们的狗都没出现。如果那些人来了，它也会引起他们的注意的。兴许，它会有新主人的。报刊亭主人虽怜悯它，却从没打算养狗。何况，还是一只被弃的种类普通的板凳狗。

但他们谁都没出现。

听到此处，我情不自禁地说："巴顿的狗就是一条板凳狗。"

朋友问："你指的是美国二战时期的名将巴顿?"

我点头道："对。电影中的巴顿将军牵的肯定是板凳狗。"

朋友说："那部电影我也看过，出现在片中的不是板凳狗，是腊肠狗。"

我坚持道："是板凳狗! 腊肠狗是外国的叫法。"

朋友也坚持道："两种狗确实不是一种狗。板凳狗身短，额骨高，耳朵是竖着的; 腊肠狗身长，狐狸头脸，耳朵是耷拉着的……哎，你跟我争论这一点有意思吗?"

我嘟哝："是你偏要跟我争论的。反正我认为，那不是一条普通的狗，你刚才说它普通我不爱听。"

朋友瞪了我片刻，接着讲下去。

那天傍晚发生了一件对于那狗儿很意外也很不幸的事—— 一辆白色的车拐入那条小路，而且竟是一辆宝马! 那狗儿见了，顿时一跃而起，亢奋地大叫着奔将过去。但那辆宝马车里坐的并不是它的主人，驾车者只不过想将车停在路边打手机，见一条狗直冲他的车叫，又不想停车了。那狗儿见那辆车加快了速度，急了，咬车后轮。它显然是下狠口咬的，大概将一两颗牙齿咬入了车胎。车偏在那时一提速，但见那狗儿被车轮甩了起来，就像什么东西被水车或风车甩了起来似的，转瞬间啪一声重重摔在地上。

报刊亭主人冲出了报刊亭，跑到那狗儿身边，见它嘴角流出血来，腹部一起一伏的，大口喘息着，奄奄待毙了。

那人眼圈红了，蹲下去对那狗儿说："你呀你呀，你这又是何苦呢？我给你吃的你干吗偏一口不吃呢？你主人明明将你抛弃了，你为他绝食值得吗？这世上被人抛弃的猫儿狗儿多了，你就认命地做一条流浪狗又能怎么的呢？你看你现在把自己搞得多悲惨，我就是再怜悯你，那也不知拿你究竟怎么办才好了呀……"

那会儿，那奄奄待毙的狗儿已不能向他龇牙了，他就将它抱起，四处看看，放在一棵大树的根部了……

"有那被抛弃的狗，出于对主人的幽怨，大概也由于自尊，往往会绝食将自己活活饿死的，你信吗？"——曾经吸烟但已戒烟数日的朋友从我桌上的烟盒中抽出一支烟，点燃后深吸了一口。

我也紧接着吸起烟来。

他又问："你信吗？"

我反问："那狗……就那么死了吗？"

他说："被抛弃的猫是断不至于绝食的，这一点证明猫是很现实的，也可以说是明智的。有那养狗的人告诉我，被抛弃的狗的确是会绝食的，它们似乎受不了主人对它们的绝情。当然，也不是所有的狗都那样……"

我急了，大声说："别扯远了！快告诉我，那狗是不是……就那么死了……"

他吸一大口烟，缓缓吐成长长的烟缕，低声说："第二天接连下了两天雨，最后一场秋雨，天气一下子冷了……"

我张张嘴，想问什么，却没问出话来。

不料他又这么说："那狗真是命大，仿佛有神明在保佑它……"

二

按他的说法是——两天后雨停了，有一个负责清除垃圾箱的男人，从垃圾箱里往外扒垃圾时扒出了它。是什么人将它扔入垃圾箱的，那他就不清楚了。而不论是什么人，却也等于间接地救了那狗儿的命。在垃圾箱里，毕竟不会被冷雨淋两天。别说两天了，第一天就会被冻死的。何况，它被摔伤了，原本已快死了。那垃圾箱里的垃圾不是散垃圾，是由一只只大黑塑料袋装着的。也不尽是厨房垃圾，以办公室的纸垃圾居多。街心公园的尽头设有一处环卫管理点，那儿每天都有一袋子破东烂西往这大垃圾箱里扔，街心公园公共厕所的卫生纸也装入袋子扔在这大垃圾箱里。大垃圾箱里的垃圾并不天天清除，隔两天才清除一次。而那个负责清除的男人，要将一袋袋垃圾装在三轮车上，运往一处垃圾场。那不是他唯一从事的劳动，是他为了多挣点儿钱的兼职。他还有另外的工作，是马路对面一条街上一家小服装厂的打更者。那小厂已不再是厂了，不知卖给哪儿了，拆了一半厂房了，据说要在原址盖托儿所，但因为牵扯了复杂的产权官司，没动工也没再拆，就那么残垣断壁地"搁"在那儿了。环卫部门因其影响街容街貌，砌了美观的文化墙将它围上了。但厂子的仓库中还放着几十台缝纫机，都能用。怕丢，便依然由那更夫看管。仓库旁有间小屋没拆，二十多平方米，门窗还算完好，甚至还为他保留了一台电话。他姓马，光棍儿，不高，但极强壮，还会武功。武功到底多深，也没谁见他露过一招半式的。一年四季，人们每每能听到围墙内传出"嘿、嘿""嗨、嗨"的发力之声，便都知道是他在练功了。如果他没笑容地看着谁，那个谁又从不认识他，准会被他看得心里有几分发毛。因为那时他的样子，似乎立刻就要对他看着的人动武了。其实他并非一个喜欢动辄与谁大打出手的人。恰恰相反，他是一个脾气极好的人，甚至可以说是一个绵羊脾气的人，且以助人为乐。他的面相看去挺冷、挺凶，因为半边脸面瘫过。别人一主动跟他说话，他就会高兴地笑起来。笑时的他，虽然样子有点儿怪，但那也还是会给人一种"心眼好"的印象。助人为乐对于他仿佛真是件高兴的事，特别是那种只需他助一把子力气的事，那时他是很不惜力气的。认识他的人都说这与他脑子出了问题有关。他曾是一名农村来的建筑工人，从脚手架上摔下来过。有对他了解得比较多的人说，他的智商也就是三四年级小学生的智商，还是与那类不聪明的小学生相比。但在劳动方面和生活自理能力方面，他却一点儿也不比正常的男人们差。某几点上，也许还强过于正常的男人。他起初出现在这条小街上时，人们由于不了解他，都有几分怕他。他看女人们时，她们尤其怕他。日久天长地，人们从他的言行了解了他以后，也就没谁再怕他了。而他对女人们的态度尤其彬彬有礼，不笑不说话的。她们先跟他说话，他也立刻便笑。当她们听说他的智商仅相当于一个不聪明的儿童后，对他的态度也大大改变，都将他当一个大孩子看待了。特别是在居民组负点儿什么责和开小店铺的女人们，每像支使自家孩子似的将他支使来支使去的，那时被支使的他也格外高兴。

哪一个居民社区几乎都有几位民间探子，他们总是比别人更多地知道一些关于某个异乎寻常的外来者的事情。进行那一种打听是他们的爱好。他们对他这个人自然也进行了多方面的打听，最后一致给出的权威结论是："人家脑子没落下毛病的时候那也一向是一个好人。"

有了这一权威性的结论，住在小街上的人们竟都对他有几分尊敬了。而孩子们送了他一个亲昵的叫法是"马亚逊"，是受亚马逊网站的启发那么叫的。这叫法首先获得了女人们的响应，不久男人们也那么叫他了。而他对那一叫法很乐于接受。

马亚逊从垃圾箱里扒出了那狗时，只不过愣了一下，并没显得多么意外，更没吃惊。他已不止一次在垃圾箱里发现死猫死狗了，大抵是流浪猫狗，它们又大抵不会活到老死那一天，不可能有那种幸运的，十之八九是饿死的、冻死的或病死的，也有被憎恨流浪猫狗之人打死的。负责公园及附近环境卫生的人见着了它们的尸体，习惯于将它们的尸体扔入这大垃圾箱里。

但对于马亚逊而言，它们的尸体与垃圾那还是有区别的。他的做法是将它们的尸体埋在哪一棵树下，不觉得那么做是自找麻烦。于是，像前几次一样，他将那狗儿的尸体放在垃圾箱盖的一角，打算干完活儿再埋。他并没抓着它的腿或尾巴拎起它来，而是双手托着它轻轻放的。对待前几只猫狗的尸体，他也是那么一种有别于对待垃圾的做法。

当他继续从垃圾箱里往外扒出垃圾袋时，听到了一声呻吟。

那声呻吟使他诧异了。他听出了是那狗儿发出的，不由得直起腰，一手拄着锹柄向那狗儿看去。

这时，它又呻吟了一声。

他不由得摘下手套，伸出另一只手摸它，感觉到它的身子还是温的，也没僵硬。

这时，它睁开了双眼。

那狗儿的眼神此际可怜极了，他从它的眼神中看出，它是那么怕死，那么不想死。对于死之注定，又是那么悲哀。它的眼神中丝毫也没有对他这个人的乞怜，只有对死的恐惧和注定将死的悲哀。似乎还有种希望——希望他这个人是个善良的人，不会在它临死之前施加于它别种痛苦。

那时雨还没停呢，只不过比夜里小了。马亚逊看着那原以为是尸体的狗儿，一时犯了难。首先他想，它明明还没死啊，那么自己就决不能将它活埋了。当然，他可以不理它的死活，只管去运送垃圾——但那不也等于见死不救吗？见死不救的事违背他的心性。一条狗的命那也是一条命呀。

他呆呆地看着它这么想着时，那狗儿也眼神不变地仍看着他，呻吟不止。

于是他脱下了雨罩——就是那种专卖给骑车人的，前身斗篷似的挡雨披具，接着脱下了上衣，结果他身上就只穿着一件跨栏背心了。他将上衣的两条袖子在胸前一系，又一扯，系在一起的袖子转到后背去了，上衣的主体扯到胸前来了。这样，他胸前似乎就有了一种吊兜，就如同某些家长兜带着孩子的那一种吊兜。

他双手托抱起那狗儿，将它放入他用上衣"创造"的"吊兜"

里了。

他重新穿上雨罩，将剩下的几只垃圾袋甩到车上，带着那狗儿运送垃圾去了。

两三个月后，那狗儿在马亚逊的精心照料之下，奇迹般地活了过来。仅仅靠他的善良，其实它是活不过来的。即使活过来了，也很可能变成一只残疾狗。他还多次送它去宠物医院救治过，为此花去四五千元钱。对于他，那是数目颇大的一笔钱。

那条街上的几个孩子首先发现马亚逊养狗了。"巴特"不是那狗儿原本的名。谁知道它原本叫什么呢？它自己又不会说。"巴特"这名字是孩子们给它起的，而马亚逊觉得叫起来挺上口，作为它的新主人，便也乐得"巴特、巴特"地叫它了。而那狗儿，似乎是为了及早忘记被遗弃的悲惨遭遇，很快也以极配合的表现接受了新名字。

实际上巴特起初自卑又胆小。因自卑而非常胆小。围墙是有门的，马亚逊就从那门出出入入。他在院子里时，巴特的活动从不离开他的视线。或反过来说，它总是留意着他的行动，防止他离开了它而它却不知道的事发生。他去运送垃圾时，它就躲进屋去不在院子里待着了，似乎那样对于它才是足够安全的。它有极强的时间感觉，新主人快回来时，它会预先蹲在门那儿等着，他一进院门，它便高兴地往他身上扑，绕着他的腿不停地转圈。那时他就会抱起它，一边抚摸一边说："想我了是吧？别不好意思，你就承认得啦！"

孩子们经常出现在院子里以后，它才逐渐摆脱了自卑，胆子也大了些，开始变得活跃了。是那些喜欢它的孩子们使它较快地将那个院子当成了自己的安全王国，而不仅仅是那个小屋子。它似乎以为，孩子们和马亚逊一样是那安全国的守护者，因而也是它的警卫人员。所以他们来时，它的表现是极欢迎的。他们走时，它会将他们送到院门口。

狗是孩子天生的朋友。

马亚逊也是很感激巴特的。有了它这个"伴儿"，他的生活多了些内容，多了些乐趣，不再孤独了。好吃的东西，他总是会分出一份也给巴特吃。虽然他用木板给它搭了一个狗窝，却更愿意它每晚睡在他的床上，使他随时可以抚摸到它，或临睡前侧身躺着，看着它，自言自语地与它说些什么。他说时，它的眼睛一眨不眨地温柔地凝视着他，仿佛听得懂他说的每一句话——而那当然是他的一种想象。由于巴特是孩子们所喜欢的，孩子们和马亚逊的关系也更亲近了。大人们的势利心理往往也表现在对猫狗的态度上，如果它们是名种，血统高贵而纯，则某些大人对它们的态度往往"敬爱"得可笑。但孩子们却不那样，他们只在乎它们能否和他们玩到一块儿去，如果能，他们就喜欢它们。若不能，他们就不会多么地喜欢它们，才不管它们的"出身"是否高贵、血统纯不纯的呢！

巴特那一年正处在精力过剩爱玩的年龄，所以它也特别喜欢和孩子们玩耍。

由于孩子们和马亚逊的关系更亲近了，他们的家长和他的关系也更友善了。

正是在此点上，他感激巴特，每对人言："看来我和这狗太有缘了。以前我也从没想过要养一条狗啊，莫非是老天爷让我成了它的主人！"

后来，在孩子们的带领之下，巴特的胆子居然大到敢离开那院子，跟随他们到街上去玩了。

再后来，它敢跟着马亚逊去运送垃圾了。于是，它又出现在它被弃的地方。人是无法知道狗的那一种感受的，但马亚逊看得出来，巴特对那个地方确实也是有"伤心"记忆的，因为它一次也不接近那个大垃圾箱。他清除那里的垃圾时，它蹲在远远的地方看着，他叫它过去它也不过去，却每次都会跑到报刊亭那儿，与报刊亭主人亲热一阵。

然而它的狗朋友们并不因它被弃过而歧视它，它们仍认识它。恰恰相反，它们对它的重新出现都显出欢喜的样子，仿佛人世间的老友重逢。它们的欢喜很快就打消了它的疑虑，使它又找回了与它们在草坪上撒欢地互相追逐的快乐。

那些狗的主人们听马亚逊讲述了巴特的遭遇后，一个个喟叹不止。

他们对马亚逊说："你既然成了它的主人，它又有那么可怜的遭遇，你以后可得好生对它啊！""你如果哪天也将它遗弃了，别怪我们都不愿搭理你。"

马亚逊则庄重地说："我是那种人吗?"

三

中国之词汇未免太过丰富，以至于我们往往很难分清一对"同义词"之间不尽相同的那点儿区别。比如"奇怪"与"蹊跷"——你中有我，我中有你，"蹊跷"除了"奇怪"的意思，其实也再无别的什么意思。

然而我的律师朋友说："后来发生了一件十分蹊跷的事。"

我颇觉奇怪地问："为什么你偏说是蹊跷的事？"

他说："那件事不仅仅奇怪，真的特蹊跷。蹊跷嘛，比奇怪多了点儿诡秘色彩。那事是有诡秘色彩的，你耐心往下听就明白了。"

他表情诡秘地讲下去。

某日下午，是七月份一个炎热的日子的下午，是星期六的下午，马亚逊干完活儿，冲罢凉，躺在床上听小收音机里播讲的评书——他没电视，也不爱看电视，只喜欢听中国以及世界上发生的事，或享受文艺。

就在那时，带着巴特出去玩的孩子们回来了。巴特跃上床，两只前爪搭于马亚逊胸脯，嘴里"呜嗯呜嗯"地哼叫不止，显出非常兴奋的样子。

马亚逊坐起，巴特望着其中一个孩子，汪汪叫了几声。

那孩子将背在身后的一只手伸向马亚逊，诚实地说："叔叔，巴特捡了这么个东西。"

马亚逊接过，见是个挂坠，串在一条黄色的金属链上。

他看一眼巴特，严肃地问："真是它捡的？"

另外几个孩子皆诚实地点头。

又问："不是你们合起伙来在哪儿偷的，又都心虚了，想将脏水泼在巴特身上吧？"

孩子们皆诚实地摇头。

巴特也又汪汪叫几声，仿佛在向主人证明——是它捡的没错。

按一个孩子的说法是——他们和巴特正在草坪玩耍，忽听有放风筝的人喊："看，看，天上掉下东西来了！"

于是孩子们也都仰脸望天，就见确实有东西在往下掉。太小，有的孩子看见了，有的孩子其实并没看见。说时迟，那时快，看见了的孩子指着喊：

"掉河那边了！"

"掉那边草坪上了！"

而巴特却已飞快地奔过小桥，跑到了河那边。等孩子们跟过桥去，巴特嘴里已叼着挂坠了。

孩子们七言八语地问："叔叔，应该算是巴特捡到的吧？"

马亚逊说："对。不是算不算，百分百是它捡到的。"

"叔叔，当时有架小飞机从天上飞过，会不会是从飞机上掉下来的呀？我爸的一个同事，在飞机上解手，不小心就把手表掉马桶里了，那不也会从天上掉下来吗？"

马亚逊说："对。他的手表会从天上掉下来，但有没有人捡到就两说着了。"——想了想，又说："人在解手时将手表掉在马桶里的事是时有发生的……"

一个孩子插了一句:"还有把手机掉在了马桶里的事呢!"

马亚逊说:"是啊是啊,那都是很可能的事。但挂坠是挂在脖子上的,会不会掉在马桶里,还偏偏掉在飞机上的马桶里,这我就说不准了。不过,既然你们中有人看见是从天上掉下来的,而且恰巧有架飞机从天上飞过,估计很可能就是那么回事。"

"叔叔,这东西……值许多钱不?"

马亚逊低头将那挂坠细看一番,说看不出与路边小摊上卖的同类东西有什么两样,大约最多也就值个几十元钱。轮到他问问题了——他只问了一个问题:"那些放风筝的人,他们是什么看法呢?"

孩子们就又七言八语:

"他们呀,有的胆儿可小了,连自己放在天上的风筝都不顾了,扔了摇轮就跑,好像掉下来的是微型炸弹!"

"可不是嘛!我们跟着巴特跑过桥去以后,他们见没什么可怕的事发生,才一个个收了风筝,聚在桥那儿,隔着河看情况。巴特叼着挂坠再从桥上跑过来时,他们又吓得呼啦四散开了。"

"有那胆大的,走到巴特跟前,蹲下细看时,说的也是叔叔你刚才说的那种话——与路边小摊上卖的东西没什么两样,估计也就值几十元钱。"

马亚逊拍拍巴特的头,快意地说:"想不到你还有空降财运这么一天,既然是你捡到的,那么当然要归你啰!"

他让孩子们去给巴特也好好洗次澡,亲自为巴特擦干身上的水，亲手将挂坠扣在了那狗儿的脖子上。还拿起一面小镜让巴特照了照，以欣赏的口吻问："咱们巴特漂亮多了吧?"

孩子们都开心地笑了。

自那日后，巴特知名度大增。不论孩子们带它玩时，或跟在马亚逊身边时，常有人叫它："巴特，巴特，过来，蹲下，让我看看你的挂坠。"

走出了被遗弃的阴影的巴特，对人又亲昵起来。有人叫它，就会摇着尾巴走过去，蹲下，颇觉得意似的让人细看它的挂坠，让人用手机拍它。它对凡是出现在那条街上的人，不管认识的还是陌生的，一律信任地对待。而只要一离开那条街，它对陌生人还是有所戒备的。

不久那狗儿的照片开始出现于微信，由这样一些朋友圈转发向那样一些朋友圈，关注点由对它的经历的同情逐渐转向对它的挂坠的兴趣。

又不久，它的照片出现在当地某些网站上了；于是，一位当地珠宝业的权威鉴定人士在网上宣称——那挂坠很可能是名贵翡翠精工磨制而成，链子也很可能是纯金的，否则配不上那样名贵品质的挂坠。如果他的判断不错，总价值应在二百几十万元。当然，他没见到实物，话说得有所保留，但估计十有八九会是他说的那样。

好心之人将那权威人士的网上言论复述给马亚逊听了，他却大不以为然，只淡淡地说："别听他瞎掰，网上的话哪能当真?"

一天鉴定家来到了他的住处，自报家门后，真诚地说明来意——要见识一下实物，当面为他的翡翠进行鉴定，分文不收。

马亚逊说："那不是我的，那是我养的狗的，是它捡到的。"

专家一愣，随即说："那，就算我为你养的狗进行鉴定吧，可也得经过你的同意呀是不是？我已经声明在先了，分文不收，绝没有什么不良的企图，完全是出于一种职业兴趣，也可以说是一种职业本能，希望你作为狗的主人，代表它同意。"

专家说得真诚坦荡，马亚逊表示同意。

巴特跟孩子们玩去了，专家愿意耐心等，边与马亚逊闲聊，边给他讲些鉴定珠宝翡翠的常识。通过闲聊，对他这个人以及他和狗的关系有了一定的了解，想了解的事基本都了解到了。专家就是专家，很有"闲聊"技巧的。

专家的真诚似乎感动了冥冥中的什么神明，没使他等太长的时间，巴特和孩子们回来了。可是巴特却不愿让马亚逊将挂坠从它脖子上取下来，更不愿让专家的手碰那挂坠，它似乎对那挂坠已产生了一种动物的拥有意识。马亚逊只得将它抱在怀里，让它趴在膝上，抚摸着它，说些哄它乖点儿的话，才使专家的鉴定可以进行。而孩子们，则围观着。

专家打开小包，亮出齐全的物件，一会儿用放大镜看，一会儿用红外线笔照，一会儿用小手电和红外线笔一齐照，戴上专用的单眼镜认真看。

鉴定了好一会儿后，专家一边收起用具一边对孩子们说："有时候大人与大人说的话，是不愿让孩子听到的，你们明白我的意思吗？"

于是孩子们都懂事地走了。巴特又想跟随孩子们而去，专家一脸严肃地对马亚逊说："你最好把你的狗叫住。老实说，它戴着那挂坠到处乱跑，对它是很不安全的。"

于是马亚逊将巴特叫住了。

专家看着巴特说："起先，我在网上估计那挂坠价值二百几十万，经过刚才一番对实物的鉴定，我很负责任地告诉您，我起先估计得低了。那是顶级玻璃种，属于极少见的正阳绿，菩萨的神貌雕得也好，目前的市场价在五六百万之间，五百万出手是很容易的事。"

马亚逊听专家称自己为"您"了，已很有几分意外，待听完了专家的话，一时呆愣住了。他的头脑虽有毛病，但对五六百万元钱是个什么概念，那还是特别明白的。因为明白，也可以说他受到了震撼。

专家问："你没听懂我的话？"

他连说："懂，懂，句句都懂。"

专家说："懂就好。那么我就要对你提出告诫了——继续让您的狗戴着价值五六百万元的挂坠，不但对它的生命是不安全的、不负责任的，对您自己也是不安全、不负责任的，希望您别将我的话当成耳旁风，好自为之。"

马亚逊连声说："您放心，您放心，我听您的告诫就是了。"

专家在门口站住片刻，分明想转身再说什么，却并没转身，只说了这么几句话："如果土豪们让他们养的狗戴价值五六百万的挂坠，那也不值得别人多管闲事地说什么。但是请您别忘了，您并不是土豪。"

马亚逊望着专家背影，感激地说："您真是好人。"

送走专家，他想及时将挂坠从巴特脖子上取下来。可那狗儿看出了他的动念，调皮地满院子跑着躲他，使他没办到。

他只得作罢，想等晚上巴特睡了再那么办。

夜里发生了凶险之事——三个蒙面歹徒手持尖刀、棍棒、麻袋什么的，翻墙而入，欲将那狗抢走。先被惊醒的是巴特，它狂吠了起来。当然的，马亚逊也立刻醒了。他一醒，三个蒙面歹徒遇到了大麻烦。尽管他们是三个人，但马亚逊毫不惧怕，施展开了武功，片刻将三个家伙打得连滚带爬，一个个翻墙而逃，作案的东西也丢弃下了。有那住得近的人听到了巴特的叫声，怕马亚逊遭遇什么不测，招呼到一起，去到了那院子里。众人见他和狗都没受伤害，这才放心。

早上派出所来人了，又跟来了些街坊。不是马亚逊报的案，并非他连那点儿起码的法律意识也没有；他认为自己没受伤，巴特亦安然无恙，那么昨夜之事便只不过是虚惊一场，过去就过去了。虚惊一场的事，何必劳驾派出所的同志们呢，自己以后提高警惕就得了嘛。他特别自信他保卫自己和保卫巴特不受侵害的能力，认为有这等能力的人，那就应该让派出所的同志省点儿心。但街坊们不可能也都那么想，于是有人代他报了案。

派出所的同志观察了现场，收集了作案之物，拍了照，之后询问他："这儿，这儿，地上的血迹怎么回事？"

他说他一拳打在一名作案者的面门上，估计将对方鼻梁打断了。有眼尖的街坊发现地上有颗牙，派出所的同志就连那颗牙也收入塑料袋里了。

"那儿还一颗呢！"

总共从地上发现了四颗牙，颗颗是红色的。

马亚逊表情不安起来。派出所的同志就安慰他，说他那一拳肯定属于正当防卫。

另一位是副所长的同志又指着围墙一处问："那儿怎么回事？"

他说他朝一名歹徒踹了一脚，对方怪机灵的，躲过了，结果他那一脚踹在围墙上。围墙虽是单砖的，毕竟是水泥砌的，却被他踹得凹向了外边。派出所的同志用歹徒所弃的木棒捅了一下，几块砖掉到了墙外，墙上出现了一个洞。

众人的目光又都讶然地望向马亚逊，他像犯了错误的孩子似的说："我踹成那样的，我一定负责砌好。"

派出所的同志示意他跟他们俩走到一旁，是副所长的那位对他小声而严肃地说："你的狗捡到那挂坠的事，我们也是有所耳闻的。昨夜的事都是那东西惹的祸，所以你再也不可以让你的狗戴着它。"

他协商地问："逢年过节让我的巴特戴一次行不行？它喜欢戴。以后一次都不许它戴了，我过意不去。"

副所长不拿好眼色瞪他，其话说得毫无余地："再也不可以就是一次也不行！这是我们作为治安维护者对你的严正要求，是你必须服从的！"

马亚逊这才连声说："保证服从，保证服从。"

还说："我已经把那东西藏在了一个别人不容易找到的地方，您二位如果不信跟我来看。"

副所长又不拿好眼色瞪他，训导他："你藏哪儿我们就没必要看了。我们就不是别人了？同志你要明白，也要给我们记住——在这件事上，除了你自己，一切人都是别人，包括经常到你这儿来玩的那些孩子！"

另一名派出所的同志紧接着说："是啊是啊，如今有的孩子那也是不可不防的。"

派出所的同志替马亚逊考虑得很周到，当日在他们的官方网站上发布了一条消息——在他们的建议之下，他已将挂坠寄存于某保险公司了。

以后十几天里，太平无事，似乎那挂坠再也不会引起什么不良情况了。些个网众对于那挂坠的兴趣，也逐渐转向别的方面去了。只有两件讲不讲都没太大意思的事又骚扰过马亚逊。一件事是，先后有两拨人找到了他，想出高价将巴特买走——他们认为巴特是一条招财狗，希望它也能给自己带来意想不到的财运。马亚逊毫不客气地将他们驱逐了。另一件事是，有人抱了一条哈巴狗来，希望自己的狗能与巴特交配几次，如果巴特使哈巴狗怀孕了，主人承诺给予马亚逊一万元"借种费"。这件事马亚逊倒是较为乐意的，乐意到谢绝"借种费"的程度。依他想来，他的巴特肯定也是高兴恋爱一次的，哪有不愿与母狗配对的正当年的公狗呢？然而他的特人性化的考虑落空了——那一天他才知道，巴特是一条公狗不假，却已被阉了。

一个月后的一日，一辆高级的越野车停在马亚逊住那院子的门前，车上踏下位一身名牌、精气神都特良好的中年男子。这自然会引起街坊们的注意，于是有几个人跟入了院子。马亚逊正在院子里逗巴特玩，巴特摇着尾巴走向来人，意欲表示欢迎。但它在距来人五六步远处站住了，疑惑不安地望着那人。

　　那人叫它："阿拉克，阿拉克，过来呀，不认识你真正的主人了吗？"

　　巴特却掉头就跑，夹着尾巴一溜烟跑入屋里，院子里所有的人都听到了它从屋里发出的呜咽般的低叫声。

　　来人对马亚逊说，他是那狗儿真正的主人——它两年前跑丢了。他及他全家人一直惦念着它，也一直在寻找它。他来到这里，就是要确认一下，被叫作巴特的狗，是否真的是他家丢失的狗。现在他完全可以得出结论了，所谓"巴特"，正是他家两年前丢失的狗"阿拉克"。

　　马亚逊听他从容不迫地说完，目瞪口呆，如同被对方使的定身法定住了。

　　对方问："是你给狗起名叫'巴特'的？"

　　马亚逊默默点头。除了点头，他根本就不知说什么好了。如果对方动抢，那他知道该做出什么反应。但对方彬彬有礼的，他的确不知所措了。

　　对方讥笑地说："巴特，巴特，一听就猜得到，这种狗名，肯定是那类既没文化却又想赶时髦的人给起的，不中不洋的。哪国语发音？英语？法语？俄语还是德语？你回答不上来了吧？那就还莫如给起个中国乡下土狗的名字嘛，比如'笨笨''来喜'什么的？我们给狗起的可是意大利名字，'阿拉克'，快乐王子的意思。看来，它在你这儿一点儿也不快乐，连智力都下降，所以好像认不出我这位主人了。可怜的阿拉克，没想到你居然沦落到这种地步了！阿拉克，阿拉克，快过来，咱们回家，我要把你带走……！"

巴特出现在屋门口，身子在屋里，只将头伸出，冲那人示威地汪汪叫。

那人奇怪了："咦，我狗戴的挂坠呢？我劝你还是老老实实将挂坠交出来……"

马亚逊终于说出话来，实际上只低吼出一个字："滚！"

那人冷笑道："跟我要横？不想好好解决问题？那你能占什么便宜呢？如果你肯配合一下，这五千元钱可以给你留下，算是对你养活了我的狗两年所做的经济补偿……"

对方从兜里掏出一沓钱，在另一只手的掌心拍着。

"我修理你！"——马亚逊突然向他冲过去，被两个是街坊的男人及时拽住了。

"不识抬举！"——对方将钱揣入兜里，轻蔑地摇摇头："听说了，你不就是会几招三脚猫的烂武功吗？不仅耍浑，还想进行人身伤害？那算了，不跟你废话了，咱们法庭上见吧！如今可是加强法治的社会，你等着法院的传票吧！"

那人扬长而去，街坊们可就都气得像炸锅一般。有的骂那人真他妈的小气！五千元！亏他好意思往外拿，想配种的还给一万呢，人家可是开普通车来的，他妈的他是开一百多万一辆的高级车来的，真是越有钱越抠门！有的骂那人想带走巴特是借口，明明是冲着翡翠挂坠来的！如果巴特和挂坠都归了他，做街坊的也咽不下这一口气！

最后大家一致劝慰马亚逊别着急别上火，更别怕什么。不就法庭上见吗？现在的人连有毒食品严重雾霾都不怕，还怕打官司吗？这年头，只要搭得起工夫，谁想打官司就陪谁打着玩儿呗！

于是街坊们当场指定三个退休了的人，二男一女：女的是位退休了的小学校长，俩男的一个曾当过二十年前倒闭了的皮革厂的副厂长，一个曾当过街道主任——在那一片百分百百姓人家组成的社区，他们三个算是有资格帮马亚逊在法庭上主张权利的人物了。

马亚逊自是极感动的，接受了街坊们的好意。而那三个，也都想偶尔露一下峥嵘，对打赢官司表示信心满满……

四

又一个月后，马亚逊的官司输了。也不能说是彻底输，客观地说是打了个平手。但对于马亚逊而言，却不可能不觉得官司打输了。

先是，临近开庭的日子，退了休的小学校长突发心脏病去世了。她为替马亚逊打官司付出的时间和精力最多，准备得也最充分。原方案是——她充当的是"首席"律师的角色，两位男士是助阵的配角。她一死，主将没了，两位男士有压力了。而且，辩护材料什么的是她整理的，她死后，儿女不知她究竟放哪儿了，找不到了。两位男士呢，也不好一次次催她的儿女非找不可呀，所以，是心有压力空着两手陪马亚逊上法庭的。即使那小学校长没死，为那么一种官司三位"律师"陪着被告上法庭，也是不被法官所允许的。正应了那么一句民间的话——"有些事怎么样了是'该着'那么样的。"

人家原告却准备充分。人家没请律师，在法庭上有条不紊地陈述着，一件又一件出示着配有照片的文字证据，几乎将优势全都占去了。

人家说，第一，人家的狗不是遗弃的，而是跑丢的。人家出示的照片证明，那狗儿在他家过的是好命狗儿的生活，优越的宠物生活——有人家孩子和那狗儿快乐玩耍的照片；有人家夫妻俩一块儿为那狗儿洗澡的照片；有一家三口带着狗儿外出，狗儿将头探出车窗的照片。总之，不管谁看了那些照片都会这么想——他们一家三口是多么爱那狗儿呀，怎么会将它给遗弃了呢？

人家说，第二，那翡翠挂坠根本不可能是从天上掉下来的。怎么会有那种事呢？如果有，天上掉馅饼岂不是也就不奇怪了吗？人家又出示了几张照片，证明相同的挂坠原本便是人家所有之物，是人家夫人的喜爱之物，平时舍不得戴，出席特殊场合才戴一戴。人家还出示了多人的证言，皆言之凿凿地证明不止一次见过他夫人佩戴那挂坠。人家的小孩子只偷着给那狗儿戴了一次，偏偏那天它失踪了……

而马亚逊一方，两位充当律师的男士，除了反复说狗是马亚逊捡的，挂坠是狗捡的，再就拿不出任何证据了。他们只反复说那是千真万确的事实，却似乎不明白，在法庭上，不论多么是事实的事，那也要靠证据来证明。而事实倒是证明，那两位街坊，对自己未免太缺少自知之明了。没上法庭之前他俩觉得事实胜于雄辩，也觉得自己那还是能言善辩的；一陪马亚逊坐到被告席上，竟变得说话结结巴巴前言不搭后语了。

　　倒是马亚逊显得还够镇定，胸有一定之规。

　　当法官问他什么态度时，他大声说："只要巴特归我，挂坠我不要，经济赔偿也不要。"

　　原告赶紧接言道，他欢迎被告这种态度，也愿意成全被告对狗的令他刮目相看的感情。但挂坠是必须物归原主的，因为他夫人太爱那挂坠了，而他爱他的夫人胜过爱狗。

　　法官却是这么宣判的：狗归原告，因为被告不能提供有效之证据证明，那狗确系被遗弃的；挂坠暂归被告所有，因为原告并不能证明他所言的挂坠确系目前被告所持有的挂坠，除非原告能出示一张狗脖子上戴着挂坠的照片，而那也只能作为参考证据……

　　就那样，法槌在原告和被告都极其不满的嚷嚷声中落下了。是原告的那男人嚷嚷着说必定上诉！是被告的马亚逊也大声喊叫："谁都休想夺走我的巴特！"

　　散庭后，法官将马亚逊留住了一会儿。

　　法官问："非想要那狗不可？"

马亚逊气恼地说："对!"

法官苦笑道："将狗判给你,将挂坠判给原告,你俩倒是都满意了,但我对自己就太不满意了。所以我偏不能那么判,这你得理解。"

马亚逊又喊叫起来："不理解!我不靠你们法院解决问题了,我和他私了,用挂坠换狗不就得了?!"

法官正色道："被告,我必须代表法庭警告你,你没那个权利。我判决书上写得明白,挂坠是暂时归你所有,并不等于就是你的了。那么贵重的东西,不是谁捡了就是谁的了,狗捡的也并不能就归狗的主人了。所以你如果随便用它交换狗,那是肯定要承担法律后果的。这正是我要留下你单独和你说几句的原因,你要记住我的话。"

马亚逊听罢,呆住了。

法官又问:"还是非要那条狗不可?"

"非要不可……更得要它了……"

马亚逊不禁流下泪来。

法官表情不那么严肃了,缓和了语气说:"那你就请一位好律师,那两个,太不给力了。"

那两个一直等在法院外边呢,见了马亚逊,急问法官跟他说些什么话。

马亚逊诚实地回答:"法官说你俩太不给力了。"

那两个就都红了脸。

一个说:"是啊是啊,这我们自己也不得不承认,但那家伙准备得再充分，再能说会道的，不是也只不过与咱们打了个平手吗?"

另一个说："挂坠判给你了，明摆着就是一大胜利! 你得这么看，那家伙一心想得到的是挂坠，却就是没得到，得到的只不过是狗，所以还是他输了官司……"

马亚逊生气地打断他的话："可我一心想得到的是巴特，却就是没得到，得到的只不过是挂坠，所以我比他输得惨!"

那两个互相看看，一个就笑了，对另一个挺高兴地说："我觉得咱们老马当了一次被告，上了一次法庭，说话干脆利落了，这证明他脑子的问题有好转了呀，这也是咱们一大收获嘛!"

另一个皱眉道："他说的差不多就是你刚才说的话，不过仅仅改说了几个字而已，所以我并不认为他脑子的问题有好转了。"——扭过头劝马亚逊："我俩都能理解你对巴特的感情，但你得这么想，那狗判给了原告，对那狗并不是坏事。那人的家是什么生活水平的一个家呀? 你没听到那家伙在法庭上怎么说的吗? 狗在他家吃的一向是进口的狗粮和狗罐头，想喝牛奶就有进口牛奶可喝，到了冬天还有狗衣狗鞋可穿，还定期体检……"

"你给我住口!"——马亚逊大为恼火了。"你两个脑子有毛病吗? 他要的明明是挂坠，法官却只将狗判给了他，那他不就很失望吗? 那他还能对我的巴特好吗? 他虐待我的巴特，给我的巴特气受，外人谁又能知道? 巴特，巴特，你的命怎么就这么苦唉……"

一个人赤手空拳打得三个手持大刀或握棍棒的歹徒仓皇而逃

的马亚逊，双手捂脸蹲下身去，无助的孩子般地呜呜哭了。

那两个看着听着，渐觉惭愧起来。

这个说："非得请高人相助不可了。"

那一个说："是啊。人家原告当庭扬言上诉了，还得面临下一场官司呢，靠咱俩的水平肯定是不行的。"

五

"所以呢，后来我就成了那马亚逊的代理律师。"

在我家，我的律师朋友扬扬得意，优哉游哉地吸烟，吸得极享受。

我问："你不戒烟了吗？"

他说："这不终于讲到我自己了嘛。接近尾声了，讲了半天，犒劳犒劳自己呗。"

我又问："那马亚逊，一个那样的人，怎么就能使你成了他的律师？"

他说："前边我不是讲到一位小学校长吗？那是一所重点小学，是我的小学母校。那小学也有同学会，我是会长，退休的校长是名誉会长。因为这么一层关系，那两个前'律师'就请到了我。我听他俩讲了官司的经过，毫不犹豫就接了。"

"正义冲动？"

"正义冲动肯定是有几分的。但老实说，也有名利上的考虑。我承认，名利上的考虑更多点儿。当时那官司又成了我们省网上一件备受关注的事，当时我没接什么案子，正有一段闲在的时光。总而言之，根据当时我和那桩官司的具体情况，本律师审时度势，认为是天赐我一次提高知名度的机会，所以就当仁不让地接了。"

"不怕官司又打输了，反而对你这位名律师有负面影响？"

"怎么会输呢？一寻思就胸有成竹了，本律师稳操胜券嘛。而且现在事实也是，不但大获全胜，胜利成果还远远超出了预期。"

"对律师这么有利的一桩官司，你的同行们怎么就没谁抢先一步呢？"

"人家不是没请别人先找的我嘛！再说，同是律师，有的很现实，什么案子接与不接，首先考虑的是能挣多少钱。太现实了，就目光短浅了。本律师可不是目光短浅的律师。名律师挣钱不但靠水平，也靠知名度，知名度与收入是水涨船高的事，所以名律师尤其在乎知名度的提高。而那没什么知名度的，正因为没有，也就往往忽视提高的机会……"

按他的说法是——他从不打无准备之仗的。即使胸中有数，稳操胜券，那也还是要格外认真地对待，广泛"借力"。

于是，他在网上发了一条声明，宣布自己即日起已正式成为"马亚逊和他的狗"的唯一代理律师；而自己之所以要免费担当"草根马亚逊"的律师，乃是为了要以实际行动回报小学母校老师们当年对自己的谆谆教导——见义而勇为，当仁而不让，同时也是为了替已故的自己所敬爱的小学校长完成遗愿，以此实际行动寄托对她的哀思。那声明也就三行字而已，然而学问颇大，传播了以下内容——"马亚逊"是"草根"；"巴特"是"马亚逊"的狗；自己小学母校退休了的校长生前的愿望之一便是替"草根马亚逊"打赢官司；是那小学桃李之一并且已成为名律师的他，岂能坐视不管？

一日后那声明引出了对于他的"人肉搜索"：从小学到高中都是品学兼优的好学生；大学是学生会干部；博士学位是在国外取得的；成为律师后业绩可嘉——看似不相干的人对他进行的搜索，实则是"五毛党"不显山不露水地替他这位名律师"量身定做"的小广告。

网上随之出现了对他的小学母校的介绍，使他的名字具有了一块良好的"人文"基石。

又随之出现了一篇篇对已故的小学校长的怀念文章，证明她是一位曾为小学教育鞠躬尽瘁的可敬女性。

他承认以上事是有人按照他的策划来做的。

他说："有了那么一种开头，以后的事就根本不必我再推动了，网络自身的作用开始发酵了，我的策划只不过是导向式的。而且，那基本也都是事实，所以我并不觉得违背职业道德和做人原则。"

接着网上出现了对已故小学校长儿女有视频的采访，她的儿女证明要替"草根马亚逊"打赢官司，确系她生前"最主要"的愿望。她女儿说"最主要"三个字时落泪了，而她的儿子则说："妈妈在病床上还嘱咐我，如果她出不了院了，那么我一定要替马亚逊去找查律师……"

许多人在网上留言说他们也落泪了，祝好人灵魂升天堂。

查律师便是我的律师朋友。

更多的留言是："查哥，我们坚决挺你!"

再接着网上出现了对马亚逊的视频采访，看过的人都留言说——他不仅是"草根"，简直还是"野草根"啊!

当马亚逊泪流满面地说"挂坠、赔偿我都不要，就要我的巴特回到我身边"时，看的人不仅流泪，而且愤慨了。

于是出现了这么一句留言——"野草根"们连养一条狗都得受欺负吗？有良心的中国人，咱们也该为因工伤而失忆，忘记了哪里是家乡、亲人又何在的马亚逊做点儿什么吧？

一石激起千层浪，于是网上出现了令人热血沸腾的口号：巴特保卫战开始了!

隔日网上出现了"马亚逊禁卫营"，简称"捍马营"，其宗旨宣称："捍马就是捍正义。"

三日后，滚雪球般，"捍马营"发展壮大为"捍马团""捍马师""捍马军"。

"人肉搜索"又开始了，此一番被"搜索"的是原告。一"搜索"，结果令众多网民叹为观止，那人家族中和他老婆的家族中，两门里出了一位局级干部、两位副局级干部、六位正处级干部——九名处局级干部皆任职于从县到市到省的实权部门。

于是出现了实名者化名者对他们的劣迹现象的指斥；于是很快引起了各级纪检部门的关注；于是有网民发表短评文章——《肃吏是反腐的重要而长期的任务》，获得一片点"赞"。

我的律师朋友笑道："这么一种局面确实超出了我的预期，情况都变成这样了，你想那官司还有必要再打吗？"

我反问："究竟打了没有呢？"

他说："原告惊慌失措地亲自找到了我，求我放他一马，他表示挂坠和狗都不争了，但求给他私了的机会，还愿赔一笔精神损失费。依我嘛，确实挺可怜他的，很想给他私了的机会。但我的理性告诉我，自己也不能那么做呀！不经法律判决的胜利，就是打折扣的胜利嘛！我做好人，我也可以说服马亚逊做好人，但网众们会答应吗？他们的情绪那也是我不能不照顾到的呀！再说我的律师经验告诉我，原告夫妻两族里一帮子官和吏，虽没太大的官，那种合力加起来也万不可小觑呀！他那三亲六戚中还有几个经商的呢，财力很雄厚呀！私了肯定是他的缓兵之计，同意了岂不后患无穷吗？所以我将心一横，坚决服从了理性的决定，板着脸拒绝了他的苦苦哀求。再接下来的事更没多大讲头了，无非由我来写的诉状到了上一级法院，又开庭了，又判决了，还是终审判决。那条狗呢，自然重新回到了马亚逊身边。整个过程我没再做任何庭外的文章，网上的'马家军'们也分享到了大获全胜的欢喜……"

"那，马亚逊现在的情况如何？"

"好啊。对于他那类'草根'而言，现在可以说处在了人生的黄金时期。经历了一场官司，他的失忆症不治而愈。我肯定是他命中的贵人，还一纸诉状将一名包工头告上了法庭，对方诚惶诚恐地分两次补偿了他四十万工伤费。他用其中二十万租了个门面，开起了洗衣店。"

"为什么是洗衣店呢?"

"他说他愿意干使人们生活得卫生、干净的活儿。他有知名度了,生意挺旺。那条叫巴特的狗经常蹲在店门前的台阶上望街景,有些人为了亲眼看到它一次,宁肯开着车带上一大包衣服送他那儿洗。他那离婚了的老婆不知从哪儿冒了出来,又与他复婚了。她因为终于能过上较安稳的城市生活了,自己不必辛辛苦苦地挣钱也不愁吃住问题了,不但自己特知足,并将他伺候得体贴周到的。他的儿子和女儿也不知从哪儿冒出来了,经常带着他们的孩子来看望他。他住那地方的土地所有权问题仍在闹纠纷,所以他仍可以住那儿,原先那份活儿也仍干着。两方面挣的钱加起来,每月五六千元收入。挣钱多了,心情好了,活得也有兴致了,在那院里又种花又养鸟的,将那院子弄得鸟语花香的。"

"那挂坠再没人来要?"

"怎么会呢?又有人来要过,说自己在飞机的厕所里呕吐了,大弯腰深低头对着马桶呕吐时,挂坠就掉马桶里了。也像那条狗的原主人那样,出示些照片为证。但一看就知道,照片是做了手脚的。而且从飞机上掉下东西来也是无稽之谈。一架客机只要是在正常飞行着,任何一名乘客都根本不可能从飞机上掉到空中任何东西,从马桶也不能。"

"那么挂坠究竟怎么会从天而落呢?"

"这就没人能说得清楚了。我也不能。或许当时从天上掉下来的根本不是那挂坠,是别的什么东西……"

"那就更令人疑惑了呀。如果是谁将那么值钱的挂坠丢在草坪上了，事情又闹得沸沸扬扬的，真正的拥有者一定会出现的呀。"

"是啊是啊，应该是你说的那样。可真正的拥有者就是到现在还没出现嘛。匪夷所思，太匪夷所思了。别人告诉我，马亚逊的老婆儿女多次主张将那挂坠卖了，值五六百万呢！搁谁都会动那心思的。可马亚逊一听他们的主张就翻脸。他的想法坚定不移——明明属于别人的那么贵重的东西怎么敢就把它擅自给卖了呢？万一把钱用了，真有人拿出确凿的证据来要，那不是自找麻烦吗？有人认为，他固执地那么想，证明他的头脑还是留下了受伤的后遗症，他老婆和儿女都那么觉得。也有人认为，他能那么想，证明他的头脑比一般正常人更正常。他和他老婆他儿女之间闹的这种别扭，估计是他目前的日子里唯一不顺心的事。"

"原告经历了那么两番官司，后来怎么样了呢？"

"惨了。惨到家了。他和他老婆两个族系里的官吏，一多半被'规'了、撸了或判了。平心而论，都不是太严重的问题。无非贪污了几百万，受贿过几百万，买官花了多少钱，卖官花了多少钱那类事。数额说多不多，说少不少的，不是正赶上了'打老虎拍苍蝇'的时期嘛，算他们倒霉吧。"这是他的观点。

"我听说，你评上了你们省的风云人物，如愿以偿了吧？"

"我也就获得了那么一种精神慰藉呗。我当时见义勇为，并不知道省里后来要评什么风云人物，也算撞上了运气吧。"

我的律师朋友说得轻描淡写，却一脸的踌躇满志，春风得意。

他愿无偿将他的"故事"提供给我写小说，还愿在我的小说收入集子里后，自费买上三五百本——只要求我签名。他说他的各路朋友都盼着看到他的"故事"变成小说。这事对我有益无害，我爽快地与他达成了"交易"。

一个月前，我多次拨他的手机，想告诉他小说写完了，他的手机却一直关机，联系不上了。于是我只得向我们共同的一位朋友询问他的情况。我们共同的朋友告诉我——他出车祸了，断了三根肋骨，大难未死。交管部门的结论是交通事故，他却凭着律师的敏感嗅出了人为的气息，所以，伤刚好就躲到国外去了，所有认识他的人都与之失去了联系……

2014年12月4日于北京

春 秋

一

仅有那么一角土地了。

边界很不规整，近似弓形，二分左右；一半在山坡，一半"搭"在河床。河也没个名，是一条大河的支流。大河两岸有几家私营小厂：造卫生纸的、生产塑料餐盒的、加工皮革的——环保部门查得严关些日子，风头一过继续。

大河里早已没有鱼虾了。

小河里连鱼虫也不出现了。

水系污染严重到一定程度倒也有一个好处——蚊子没有了繁殖的佳境，日渐少了。自然，蜻蜓蝴蝶也难得见到了。

那条小河的河堤比河面高出一米多，有的地方高出两米多。高出一米多的地方，某几段砌了石头。高出两米多的地方杂草丛生。石头是村委会用公款雇人砌上的，因为村里曾有"留守儿童"不慎滑入河中淹死了。雇人上山采石头砌河堤得花不少钱，村委会没几多钱，只好作罢，仅在两米多高的地方移栽了几十棵树。

如今村里几乎没有"留守儿童"了。孩子们十之八九被在城里打工的爸妈带走了。没被带走的几个，也都成了镇里住宿小学的"托管生"。

　　如今村里只有十几位六七十岁的老人了，便是那些孩子的爸爸妈妈的爸爸妈妈。他们的儿女没谁愿将他们带到城里去，嫌累赘。比之于孩子，他们确实会成为自己在城里打工的儿女的大累赘。何况，人性的一个真相乃是——爱的天平宁愿向儿女那边倾斜。至于父母，能兼顾则兼顾，兼顾不上，也就不兼顾了。在城里打工容易吗？特辛苦呢！——这是极充分的无法兼顾的理由，谁听了都没得谴责的话可说的。说那种话的人岂不是站着说话不嫌腰疼吗？

　　从前也就是十多年前，城里人形容某些农村的"空心化"情况是——只有老人孩子和狗了。

　　如今有的农村连孩子的身影也少了。几乎只剩下老人了。连狗也少了。狗在农村可不是当宠物来养的。农村人养狗主要是为了看家。只剩下老人的农村的家，也就没什么值得防偷防盗的东西，养狗多余了。

　　在这个原本三十四户农家，大山深处的小村里，姚阿婆是最年长的一位老人。她七十六岁了，独守着三间老宅。老宅下半截是砖的，上半截是木板的，挺结实。二十世纪八十年代她四十几岁时，也曾在城里打工多年。当年在城里打工同样不容易，同样特辛苦，工钱与如今比起来却少得可怜。当年城里人的工资也极低，自然不能同日而语。当年她也曾想将自己的儿女带在身边的，但那种想法却只能是梦里的想法，梦醒了是断不敢还那么想的。真那样，她在城里就根本找不到工作，只有带着孩子流落街头了。当年在她自己的父母与儿女之间，她的爱心也是向下一代倾斜的。得知母亲病重，她只不过往家里寄了几十元钱，硬着心肠并没请假回家乡。那年她在城里一户人家做保姆，主人全家对她不错，她怕自己一走，再回去时别人已顶替了她；结果她没能与老娘见上最后一面。那十来年中她靠打工挣的钱终于为家里盖起了这幢房屋，其余全都花在一儿一女身上了。为了能为他们多买几件衣服或一双真正的皮鞋，她往往春节也不回来——春节期间少数打工者可挣到双份的工资。那十来年中她却没为自己买过一件新衣服或一双新鞋。城里人家打算扔的，她经常舍出自尊心讨了去，如获至宝。当五十多岁的她很难在城里挣到钱时，才不得不归根于村里。而她长大成人的儿女开始外出打工了，将他们的小儿女留给她来照看。事实上儿女非但不感恩于她这位含辛茹苦的母亲，内心里对她还颇有怨言。他们不满意于她在打工的十来年里回家看望他们的次数太少了，也认为她五十多岁了才归根村里是缺少自知之明——如果她早几年回来，他们不是便能早几年出去吗？他们在城里打工不是肯定比她在城里打工挣的钱多些吗？她错误地以为守着家园在属于自己的土地上劳作的那一份儿辛苦与在城里打工的那一份儿辛苦相比，毕竟是儿女们习以为常当然也必是儿女们较愿意面对的。但儿女们对习以为常的辛苦早就厌烦透顶了。他们巴不得赶快有人替他们照看孩子，以使自己没有后顾之忧地闯到城市里去……

二

姚阿婆向后屈着小腿并坐在小腿上，以一种半跪的姿势凭窗外望，望着一百几十米处那一角弓形的土地。全村数她的家离小河最近，她的土地在河的那边。她不但能望到它在山坡的部分，也能望到它"搭"在河堤内侧的部分。而那一座小山基本上是一座石头山。早年间村人在山坡上植过树苗，成活率很低，然而到底还是使山坡上稀稀落落地生长着一片勉强称得上成林的大树了。大也大不到哪去，最粗的也就大号烟灰缸那么粗。山体水土流失严重，那些树居然能长到那么粗已属侥幸了。而山腰以上，到处除了石头还是石头，连野草也长得少。山上那些树，至今仍属于村里的公有财产。那些树除了具有阻挡山体滑坡的作用再无多少经济价值。

无名的小河上却有着一座半桥。一座是早年间的铁索桥——一九四九年以前就有了，铁索至今挺给力。村人们换过几次木板，最后一次是在八十年代分田到户之前换的，如今半数朽了。姚阿婆过桥去侍弄自己那一角地时，总是小心谨慎忐忑忑忑的。为了防止自己掉下去，她还从自家的猪圈上、茅厕上拆下了几块木板垫在桥上。那半座桥只不过是两行或高或低的水泥桥墩——二〇〇〇年前后，村里出了一位在城里不知怎么一下子发达了的男人，曾开着辆小汽车回过村里。在村里风光了几日，带着老婆孩子离开那天，留下一笔钱，信誓旦旦地说自己将要出资为村里修建一座永久性的桥。村人们都觉得，他与大家的告别很可能也是永久性的告别。然而又都很相信他的话，因为他的话不但说得信誓旦旦，还特慷慨，特豪迈，大有责无旁贷的意味。当年村里还是有些青壮男人的，于是在他走了几天后，就齐心协力用他留下的那笔钱买了水泥，请人指导着筑成了那两行桥墩。但以后那男人却并没如他所保证的那样给村里寄回过钱。以后的以后，听说那男人犯了什么事被判刑了，两行桥墩便至今仍是桥墩。

今年的春节儿子和女儿又没回来。在这个村里，除了她这位老娘，似乎已再无什么与儿子和女儿有关系的东西了，如果她这位老娘也是"老东西"的话。分田到户那年重新分给每家每户的土地，种了几年粮后种了几年菜；种了几年菜后种了几年果树；种了几年果树后又种了几年菜；最后几年都改种茶了，村人便都成了茶农。起初，对于种过粮种过菜侍弄过果园的本村农民来说，侍弄茶秧和采茶确乎使他们新鲜过一阵子。不必整天手握锄杆或镰刀把了，带给他们一种仿佛已不再是农民了的自我想象。当天采的茶，傍晚就可以卖到镇上的收茶站去，现钱到手快，这是他们高兴的。那时的他们，已不是姚阿婆们这一代农民了，而是下一代新农民了。新农民新就新在，做梦都希望不再是农民了，最好永远不再是。尽管家家户户的土地所属权差不多都由父母辈的名下转到了他们名下，但几亩离城市遥远、看不到什么开发前景也就不能使他们一夜暴富的土地，已是他们根本不稀罕拥有的。做农民究竟有什么出息呢？没有什么实际的例子能向他们证明做农民也是一种有出息的活法。姚阿婆们是不太想以上问题的，但他们却是势必要想的。当年他们才三十几岁。三十几岁的他们，不但势必要为自己想，也势必要为他们的下一代想。这也是他们与上一代不同的方面。所以，当他们接着体验到侍弄茶秧与采茶的辛苦后，当有城里人开出较令他们满意的价钱时，全村家家户户的下一代当家人，不约而同地全都将茶地"转租"出去了。这虽然并没使他们暴富，但却使他们全都实实在在地拥有了一笔数目可观的钱。是的，他们已成为家家户户的当家人了，大事小事的决定权已操在他们手中了，姚阿婆们那一代"旧"农民，已在各自的家庭中被历史性地边缘化了，开始变得多余了。居然没有哪一家哪一户因为"转租"之事闹过两代人之间的不和。姚阿婆们那一代"旧"农民皆保持着谨小慎微的沉默。人的岁数一往老年无可奈何地滑滚过去，沉默为好的自知之明便会在内心里油然而生。他们都清楚地知道，如果自己居然没有那种自知之明，那么处境不但将是更加被边缘化，还很可能受到虐待。交出了当家做主的权利的他们，在儿女面前无可奈何地变得胆小了。

在那一年里，下一代新农民们纷纷离开了村子，带走了数目可观的茶地转租金。

"没有了地，你们又进城去了，留下爹妈可怎么办呢？"

"能不能把那转租金分给爹妈点儿，万一爹妈有个病有个灾呢？……"

没有哪家父母敢开口说出以上话，而他们的儿女们似乎也都没想到，都走得迫不及待无牵无挂。

茶地依然是茶地，幸而依然如此——那些年姚阿婆们还可以被茶地的新主人雇了采茶。都是些老人或半老不老的人了，眼力都不济了，嫩茶是不雇他们采的。只有在茶季过后才雇他们采大叶子茶，往多了说一天能挣个十元钱左右。那几年他们在茶地里见着了，免不了互相说几句鼓励的话，都希望能靠那每天十来元钱继续活下去。后来由于污染问题茶叶断了销路，土地的新主人就在那片土地上盖起了养猪场和鸡场，仿佛被儿女们遗弃了的老农民也就是最后一代旧农民们，便又开始靠为养猪场和鸡场干些力所能及的活儿挣点儿钱。此事不知怎么被举报了，上级认为是违反农耕地使用政策的。

于是养猪场和鸡场停办了。

于是这个小村的农民们失业了。

生活在农村的农民们居然会失业，听起来似乎不可思议。然而正因为他们已只能生活在农村且失去了土地，"失业"二字对于他们反而比对于城里人更加具有咄咄逼人的意味。

他们再遇见了，大抵会嗫嗫嚅嚅地互问："常给寄点儿钱来吗？"

"是啊是啊……不过，也不太经常……"

"经常不经常的，只要每年还能想着给寄点儿就好。"

"是啊是啊，倒还没完全忘了……"

"千万别生病。"

"是啊是啊，可不敢生病……"

他们便只有靠此类话安慰自己和对方了，那种话中流露着相同的惴惴不安。他们都活得极为忐忑。

在那一年，姚阿婆开垦出了那一角土地。那一年她不是村里岁数最大的老人。三个比她岁数大的老人接连死去，她很快成了村里岁数最大的老人。重新拥有了属于自己的土地，姚阿婆活得不那么忐忑了。每年她都能靠到镇上去卖菜挣个四五百元的，几年下来，已存有两千多元钱了。她希望攒够四千元钱。她估计自己也就只有那么大的能耐了，根本不敢往五千元想。

四千元钱对于她意味着什么呢？

意味着——死前死后或者儿子在，或者女儿在，而不至于死了几天没人知道。

比她"走"得早的三位老人中，有两个就是死了几天才被发现的。

村里的老人们虽然也怕死，但更怕的是那么一种死前的情形死后的结果。

姚阿婆总是淡定地，有时还微笑着说自己是不怕死的。一点儿都不怕。

"两眼一闭，长睡过去了似的，有什么可怕的呢？是不？"

嘴上这么说时，其实内心里挺怕死的。像许多离死越来越近的老人一样，她愈发觉得自己还没活够，还愿意长久地活着。尽管活得很累，每每这儿疼那儿疼的。尽管活得越来越没什么意思。当然，也更怕死前死后身边连个人都没有。没有别人那是肯定的了——但儿子和女儿可不是别人啊！

"喏，那什么，这四千元是给你的……"——多少次了，她在想象中对儿子或女儿如是说；尽量装出随口而言地说，还要不显山不露水地说出几分老娘的尊严来。在儿女面前那点儿起码的尊严，快死到临头了她也还是想要的。靠了那笔"转租"了土地的钱铺路，儿子和女儿分别在两个城市里混得都还不错。儿子开了个小杂货店，女儿开了家洗衣店，每月都有三千多元的收入。如果需要他们谁回来照顾自己一个月的话，那么四千元够补偿他们谁的收入损失了。

她还有一怕是怕出了这样的意外情况——如果儿子和女儿赶回来了，服侍了她一个月，她却还没有死到临头的迹象。

她不止一次暗自发誓，果真出了那样的意外，自己就要装出病得咽不下口东西的样子，开始不作声明地绝食，将自己活活饿死。

儿子和女儿正因为在城里混得还不错，所以才不怎么回这个农村的家园了。据他们说他们都在城里有了自己的家——他们的店面的后间屋就是他们和孩子在城里的家。又据他们说住得还算可以，有厨房，有厕所，厕所里可以淋浴。他们说时，那种表情那种语调，看去听来都有几分乐不思蜀的意味。这使阿婆很替儿女高兴，从此不太为他们在城里的生活怎样而忧虑了。算来，儿女说那话已是四年前他们回村时的事了。四年转眼过去了，阿婆由七十二而七十六岁了；四年中儿子和女儿再没回来过。

连自家土地都没有了的这么一个小破村子，孩子也不在村里了，家只剩下了几乎没什么家具的三间老旧房舍，确实不值得每年非回来一次了啊！既耽误生计，又要花路费，交通也不方便——下了火车要乘长途汽车，下了长途汽车要转坐收费不低的私家载客车，回来一趟真是很麻烦的。

阿婆特理解儿子和女儿兼顾不上自己的苦衷。

她一年又一年孑然一身，孤苦伶仃地极有韧劲地活着，对儿子和女儿从无怨言。有几次受别的老人的话语影响，内心里也确曾起过怨意。但那怨意刚一冒头，立刻就被她用不该有怨的本能压将下去，如同用一锹土将一摊屎盖住。

"你不对。你太不对了。儿女们，孙儿孙女们在城市里都生活得挺好，都不必你操心，这是你多大的福分啊！你还有什么不知足的呢你？！……"

她这么谴责自己时，就又毫无怨言了。并且，似乎连觉得孤独也是一种根本不值得任何人怜悯的矫情了……

三

这天夜里下了一场大雨。

从春至秋，当地第一次下起那么大的一场雨来，几乎下了一整夜，其间还夹了一阵雹，使阿婆直担心会将她家的窗玻璃砸碎了；然而只不过是一夜虚惊，并没发生那样的事。

大雨下了两个多小时后，河水湍急的流响声开始传入屋里。阿婆的双耳还不背，她清清楚楚地听得到的。只要一下大雨，主流的几道水坝就难得地开闸了，好泄去部分陈水，蓄入新水，平日水浅的小河就会怀着股怨恨的怒气似的猛涨，变得汹涌，往往涨出一米多高。

阿婆睡的单人竹床原本是在里间屋的，自从开出了那二分地，她请村里的几个老男人帮忙，将竹床从里屋搬到了外屋，摆放在窗前那儿了。早年民间工匠做什么都讲究手艺的可靠，那床至今倒还结实。岁月在床上留下了迹象，每一节竹体都油黑发亮了。床头最外侧的一节尤其黑亮，是几十年里阿婆的手经常撑抚的缘故。她将床移至窗前，为的是每日坐在床上也可以望见自己的土地。是的，她认为那是自己的土地。虽然从属权上讲是属于村里的公共土地，但如今村里只剩下些老人了，已没谁会代表村里与她掰扯那份儿属权道理。何况，毕竟是她一锨一锄地开出来的。春天埋下种子以后，白天她会终日坐在床上凭窗守望着，怕什么鸟或谁家的鸡刨开土将种子啄食了。秋天土里秧上有成果了，她又怕在自己收获之前被猪羊抢先一步给吃光了。本村的老人们都养不得猪羊了，操劳不动了，也就只能养儿只鸡鸭了。连鹅子也养不得了，鹅子吃得多。邻村却有养猪养羊的人家，有一年秋天，阿婆土地上的成果几乎全被猪羊吃光了。在春季或秋季的某些夜晚，阿婆连做梦都会梦到自己的土地遭殃了，惊醒便无法再安心入睡。在那些夜晚，阿婆瘦小的并有几分驼背的身影，幽灵似的从小桥的这一端缓缓移动向那一端，幽灵似的在她的土地上一会儿蹲下，一会儿站起，走几步又蹲下。那时，她往往会情不自禁地，是的——情不自禁四个字用以形容当时的阿婆，真是再贴切不过了——她的老手情不自禁地、轻轻地，老祖母抚摸孙儿孙女们的嫩脸蛋似的，满怀爱心地抚摸眼前的叶子、茎棵以及长得圆的小菜雏儿。它们即将变成的可是钱呀！钱，阿婆所欲也。儿子女儿寄回家的钱根本不够她用的。而且也不按时。他们似乎忽略了他们的老母亲是会生病的这样一个事实，然而她的确是会生病的，还真病了几场，却没通知他们。他们寄给她的钱中，并没将她这位老母亲生病了也需吃药，买药也需花钱这一常识考虑在内。爱抚孙儿孙女，亦阿婆所欲也。但她已多年没见过孙儿孙女了，她已想象不出他们长成什么样了。她猜测，她再见到他们时，他们与她的关系肯定很生疏了，肯定不乐意被她的老手抚摸了。两欲自剪一欲，所以呢，阿婆抚摸她地里的菜时，从内心里传导到指尖上的，几乎便是她全部的爱心了。是啊是啊，除了爱它们，可再叫她去爱什么爱谁们呢？还有什么能比生长在她那一小片地里的菜更值得她爱的呢？还有谁们又稀罕她这个老太婆的爱，起码挺在乎她这个老太婆爱或不爱呢？但是她那些夜晚去到地里的事，她从没跟村里的老人们说起过，对几个与她关系亲密的老姐妹也只字未提。怕她们不理解，也怕她们太理解了——由她被儿女们抛弃般的晚境而联想到自己同样情形的晚境，结果使她们受了不好的情绪影响。阿婆是很刚强的老妪，她总是想为村里的老人们做刚强的榜样。她十分清楚，那正是他们所希望的。好像如果她居然能活到一百岁的话，那么他们大约也都能活到九十几。她太不愿令他们失望了。她明白自己是不能给予这世上的别人们一点儿什么希望的。以前曾给予过儿女们某种实现起来不怎么难的希望，如今儿女们也有儿女了，根本不再有任何希望往她这位老娘身上寄托了，所以她特别不忍令村里的老人们失望。还能给村里的老人们一种不需要她做出物质奉献的希望，是她刚强地活下去的一个精神支点。

　　竹床上铺了电热毯，是女儿最后一次回村时带给她的，是四年前的事了。阿婆从不对人说抱怨儿女不孝的话，半句都没说过，也在内心里一次次自己反对自己那么想。如果不是她这个老娘还活在此村，明摆着，儿子或女儿是不太会再回到此村的。他们回来当然是为了探望她这个老娘，这证明儿子和女儿仍还是牵挂她的嘛！还给她带回电热毯来，证明他们是有孝心的嘛！除了冬季里最冷的一段日子，她一年里是很少开几次电热毯的。阿婆认为电热毯像其他一切电器一样，少用自会用得长久。她希望当她病在床上起不来时，电热毯还能使她的身子享受到温暖。而且，她怕费电。费电就是费钱啊！费钱的事会使她感到罪过，而好东西的作用应该起在关键时刻一贯是她的生活信条。

　　窗玻璃安然无恙地经受住了冰雹的袭击，早已朽裂得处处缝隙的窗框却上下左右全方位地淌进雨水来了。当年阿婆打工也挣不了多少钱，房子修得简陋，半截墙体是木板的，除去窗框所占的宽度，再就没有窗台可言。冬季里，阿婆总是用旧棉花塞那些缝隙，或用破布条，以堵寒风。夏季里一敞窗，就都得清除。倾盆大雨一阵阵泼在玻璃上，缝隙并无阻止，外边淌入的雨水便像房檐水帘似的无声地贴着木板内墙往下流，如同某些高级宾馆大堂的流水景观墙那样。因为无声，起初阿婆没注意到。等她注意到了，床上已然湿了小半边——床与墙靠得太紧了。

　　阿婆开了灯，下了床，想要将床挪开些。毕竟七十六七岁的人了，尽管是张单人的竹床，阿婆也移不动它了。不遗余力地尝试了几次，却仅仅使床的那一侧与流水不止的墙体分开了两指宽而已。也不是因为阿婆的力气甚小了，二三十斤的蔬菜都能用竹筐背着走走歇歇地走八九里到镇上去卖，凭她的一把子老力气，搬起那张单人的竹床也不在话下。但床下塞满乱七八糟的东西，卡住了床的四腿，所以她那把子老力气几乎是白使了。

然而床与墙之间，毕竟被她分开了二指宽的距离，这使她安心了许多。她坐在床沿喘息了一阵，才关了灯重新躺下身去。平时阿婆夜里是不拉上窗帘的，她怕黑。那一夜阿婆顾不上黑不黑的，将窗帘严严地拉上了。她想，窗帘也能起到挡住雨水的作用啊。

半边褥子已潮湿了，出过一身汗后，阿婆觉得冷了，便开了电热毯。

渐渐地，阿婆感到身下热乎了。

迷迷糊糊的，将睡着还没睡着之际，她想到一夜大雨之后，地里那几个倭瓜、西葫芦将被淋得干干净净的，一排秧架上的老黄瓜也会像被洗过似的。还有两垄秧上的柿子，看去会显得越发的红了吧？总共十多斤呢，明天一早背到集上去，老买主们见了一定喜欢，也一定会卖出好价。

这么一想，阿婆闭着眼微笑了。

她是讲信誉的人。夏季里，有位老买主要求她为对方留些老黄瓜，说喜欢吃老黄瓜片炒木耳，偏爱老黄瓜炒后那股天然的微酸口味。也许对她说这些话的人早忘了，但阿婆却牢牢地记着呢。嫩黄瓜能卖好价的时候，她都没舍得将它们摘下卖了。

她很希望听到那人的感谢话。而且相信对方肯定会说的。

七十六岁的阿婆心中有数，估计自己这一辈子从别人口中再听不到几句感谢的话了，听到一次少一次啊！她已开始将别人对她说的每一句感谢的话，当成是自己活在人世间的最重要的意义之一了——除了村里的老人们寄托在她身上的那一种心照不宣的希望，除了别人对她说的感谢的话，她实在已不能另外体会到自己仍活在人世间的意义了。

哦，对了，还有十几垄土豆没起呢，得抓紧从垄下刨出来了。否则，地里的湿度太大，土豆会烂的——那也值几十元钱呢！

这是阿婆入睡前最后的想法。

四

一场疾风暴雨过后，第二天是个大晴天。冉冉升起的太阳仿佛在向人世间宣告——看，我夜里也被大雨淋了个痛快呢！所以我心情特好，以后你们世人将享受好多个大晴天哩。人啊，你们对我感恩吧。

小镇分明被雨水洗得比往日清洁了。

集上，几个镇里人家买菜的人在期待着阿婆的身影出现，他们是她的老买主了。

"那阿婆卖的菜从不上化肥的，吃着放心。"

"是啊，不像有的菜农，上化肥的卖给镇里人，不上化肥的留给自家吃。"

"阿婆卖的菜那种菜味也正，就是看去品相差了点儿。"

"比起上化肥的菜，不上化肥的菜样子自然没那么好，这正是区分的经验嘛。"

他们期待着，交谈着，等了十几分钟也就失去了耐性，在别的菜摊上各自买些菜散去了。

他们的期待，其实也是有心照顾阿婆的小买卖。那么大一把年纪的一位老阿婆了，还经常用竹筐背菜，走八九里到镇上来卖，太不容易了。

他们都挺心疼她这位农村老妪的。

那一整天阿婆也没在镇里出现。

她的身影同样没出现在"她的"那一小片其实并不属于她的土地上。

几天后，阿婆被一位村里的老姐妹发现死在家里，死在床上，尸体恐怖地扭曲着，情形看去很悲惨。

镇派出所的人会同县公安局的人到场拍了照，他们经过分析，给出的结论是——窗帘的下边垂在床上，下大雨那天夜里，从窗框缝隙淌入的雨水将窗帘弄湿了，湿了的窗帘成了吸水布，不但本身吸足了雨水，而且将雨水引到了床上，结果使电热毯传电了。

阿婆是被电死的。

阿婆床上那电热毯的质量也大成问题。电热毯的包装纸盒仍在床下，其上显示的生产厂家居然子虚乌有，自然也没有合格标签，完全可以证明是便宜的伪劣产品。

她的儿子女儿终于双双回村了，并没带他们的儿女一起回来。

阿婆被仓促地草草地埋葬了。

之后她的儿子和女儿声明，愿意将老屋以便宜的价格卖给任何人。

本村是没人买的。那些还活着的老人们的儿女，还期待着自己的父母死后也将自家的老屋卖了呢！

邻村一户养羊的人家将那老屋买了去。双方办完买卖手续，儿子和女儿平分了钱，第二天就一块儿走了。

那老屋也就是以后的羊圈的主人夸奖地对别人说："看来那兄妹俩是好儿女，分钱分得没争没吵，心平气和的。不像有些人家的儿女，一涉及分钱分物就结仇了。"

以后的一个月里，村里又接连死了三个老人。两个忽然不吃不喝了几天，结果就死了。另一个呢，上吊了。阿婆的死在老人们之间引起了大的惶恐。

剩下的老人们慌慌忙忙地搬到一户住去了，组成了一个"老人之家"……

2014 年 11 月 14 日于北京

有鹭的家园

夕阳坠落的速度加快了，几只白鹭率先归巢。它们在一片竹林上空盘旋片刻，纷纷降在自己的巢边。正是小鹭们成长的季节，对下一代的责任使白鹭们归巢的时候提前了。白鹭们是很少在竹林间筑巢的，竹梢太细了，即使一阵不大的风也会使竹梢晃动不止，那对它们的巢是极不安全的。它们终究只不过是鸟，当初选择此地作为家园不能像人一样考虑得多么周到。是这里的一片湿地吸引了它们，湿地中的小鱼小虾是它们的最爱。梯田也是它们喜欢的，秧绿水浅的日子里，它们更愿意陪伴自己的小鹭在梯田中寻找田螺和小蟹大饱口福。即使稻子成熟了，梯田中水干了，也还有蚂蚱可以啄食。在土地上、稻棵间啄食蚂蚱，对它们更容易一些，对小鹭们也是更有乐趣的事。梯田是白鹭和它们的孩子们的后花园、"儿童娱乐场"。它们选择此地作为家园的最主要的一点乃是——这里虽有梯田却人烟稀少。一早一晚，另一片竹林中叫作"村子"的所在也和别的村子一样会升起炊烟，但人却是少见的。也没有凶恶的狗会跑到梯田中去进攻它们的孩子。然而以上只不过是它们从别处获得的生存之道，总之"智鹭"千虑必有一失，它们飞来以后才发现这里没有茁壮的树木，筑巢成了个问题。

白鹭们的光临，被一名跟随县领导下乡访贫问苦的记者报道了，于是引起了省城爱鸟协会的关注。爱鸟协会派人来，对一片竹林进行了改造。那是很简单的活儿，也不必花钱。人们砍倒几棵竹，剁为竹杠，或横或竖地架在湿地旁的野生竹林间，加固了。又于是，白鹭们可以无忧无虑地在竹林间筑巢了。现在，这里已是几百只白鹭满意度很高的家园了。

夕阳是更红了。当它还是西天一景时其实是金橘色的，望去也仿佛很通透。越往下坠落，其色越深。不经意间，已从金橘色变为血红色了。并且，不那么通透了。连它的光也发红了，使它四周的云变为晚霞了。晚霞绚烂，使西天异常美丽。湿地中的芦苇啊，水面啊，竹梢啊，稻穗啊，包括大大小小的白鹭们，像是被舞台上的红色普照灯所照耀，皆呈现着淡淡的红色了。如果是在晴朗的日子，如果是在乡下，如果是在四周便是梯田的乡下，那么此时的风景比日出之际，比上午比中午比一白天的任何时候都更加美好。满目青山绿水固然养眼，但三天之后人就会审美疲劳进而视觉麻木的。人是高级的动物，长久生活在四面八方不超过三种色彩的地方是会受不了的。而人眼若年复一年地不见红色，人往往就打不起精神来。"夕阳无限好"正是好在这么一点上，未有红色，似见红色。

此刻，一位从省城来的摄影家，通过镜头喜悦地欣赏着眼前美景。他也许算不上是一位摄影家，只不过是摄影爱好者。但他的照相机是特别高级的那一类，高倍广角的，玩摄影的人士说它是"大炮"，可将一里地内的一概静物活物十分清楚地拍摄下来。他将他的"大炮"架在一幢被弃的农舍里，从窗口探出去。那农舍在被梯田包围着的最高的一座山头上。说是山头，实际是丘岭。从前，成分不好的人家才住其上。或换一种说法，住得最高的人家土地最少。

"大炮"的主人已拍下了一些较为满意，自认为够得上作品水平的风景。他还不想离去，要等夕阳血红，眼前的一切皆沐浴于那一种红色时多拍几张。

当他又一次移动机位后，镜头中出现了一个少女。

少女坐在他对面一道梯田的田堤上，连双脚也放在上边。田堤是就地取材的石头砌的，约一尺宽。他能通过镜头看清的是少女的侧影。她穿一件长袖的白底碎紫花的衫衣，大翻领的，颈部以及上胸部的肌肤特白。她的乳房发育得很丰满，甚至可以说过于丰满了。这使她的上身的侧面看去太厚。而她的腿看去太短了，裤子是蓝色的，紧绷着皮肤那一种，膝部成心搞出破绽的那一种。也不知是摄影家还是摄影爱好者的那中年男人叫不出那一种裤子的款式，却知道它在省城曾很流行。但早流行过了，如今省城最赶时髦的青少年已不穿那种裤子，特别是少女。即使向贫困农村和灾区捐献，那种裤子也会被拒收的，哪怕是新的。

少女穿双玫瑰红色的塑料凉鞋，高跟的。唯那双鞋的红色，令那男人眼睛为之一亮。但他并未因而按一下快门，又将镜头转向白鹭们了。那时，几乎所有白鹭的羽冠都被涂红了毛边似的。在鸟类王国中，白鹭和金刚鹦鹉的羽冠是一等漂亮的，漂亮得有时使人自惭形秽。父母回家了，伏在窝里的小鹭都变得很安静。它们白天已经被父母喂饱了，现在只想享受一番与父母之间的亲爱了。之后呢，可以安安全全地睡了。一只只白鹭用嘴替小鹭们梳理着羽毛，而小鹭们扭动着脖子，用刚长出羽冠的头依偎向父母的胸脯，或也用嘴替大鸟们梳理羽毛。大鸟们是不往窝里趴的，它们的巢是只为小鹭们筑的，也可以说是它们专为小鹭们提供的"儿童床"。它们栖在巢的旁边，尽职尽责地守护着小鹭们。

这里的农宅是分散的。确切地说，已都不是宅，而是小楼。东几幢西几幢的。有的两层，有的三层；几乎每一幢小楼的正面都贴了形形色色的瓷砖，都有阳台。水泥和砖真是好东西，几乎使中国绝大多数农民的家园都实现了砖瓦化，这个只有三十几户，农家分散的偏僻小村居然也不例外。但他们青睐的却依然是灰色的鱼鳞瓦。那些朝西的小楼的窗玻璃，在夕阳和晚霞红辉的沐浴下，也反射着晃眼的微红的光。

都说现在的所谓农村只剩下老人孩子和狗了。这个丘岭地带的偏僻小村除了老人和孩了，如果少女不算孩子的话，那么就只剩老人孩子三个少女和两条狼狗了。两条狼狗是王启旺家养的，全村数他家的楼房建得气派，高高大大，院子也宽敞，围着厚墙。他家的双开铁门却一年四季经常严关着。王启旺不知怎么一来就发达了，便搬到县城住去了。他全家已很少一起回来住了，只他自己偶尔回来住几日。平时住在他家的是哑巴堂弟，替他家看守楼院。据说王启旺发达得不得了，在县城有多处房产，还有几处商铺。他总是开着一辆高级的车回来，也总是在天快黑的时候回来。只要他家那幢楼三层的窗子全都亮了，村里的老人们就知道是他回来了。至于他什么时候走的就只有他哑巴堂弟知道了。村里的孩子们没几个见到过他的，对于孩子们，他仿佛是不存在的。三个少女都是学生，都在县城里的一所中学上学。叫娟子的十六岁，叫小翠和山月的都十五岁。除了节假日和学校放寒暑假了，她们的身影也不常出现在村里。现在就是暑假期间，她们都回来了。从去年这时候起，村里的老人们就再没见到王启旺家楼房三层的灯全都亮过。他们也不想知道。谁关心那事儿呢？但娟子是知道的。小翠和山月当然也知道。

摄影着的男人又将镜头对准那坐在田堤上的少女了。他不是忽然对她感兴趣了，而是想拍摄那面岭坡的梯田了。斯时，半个夕阳已经沉到那座丘岭之后了。还可见的半个，以及两边的红晚霞，将它们全部的也是最后的红辉都涂在那面坡的一层层梯田上了。田堤内即将被收割的稻穗，像是刚刚被血水喷洒过似的。

他希望她已不在那儿了。

她却还在那儿。

她的双腿已从田堤上垂下了，向前悠荡着。她一肩搭着书包带，而书包放在她的大腿上。那书包不是如今的学生们背的那种双肩带的，是从前年代仿军挎包的那种，如今已极少见了。从镜头中望去，书包瘪瘪的，不像装有什么东西。

如果一个女人生得丑，连上帝也会心疼她，并且内疚。少女也是如此。

而一个丑男人只要有足够多的钱，即使不对自己的脸进行改造，那往往也会被别的男人们包括许多女人们逐渐看习惯，于是都说他的脸是有特点了。

照相机的主人虽不是上帝，却连他也很是心疼那少女了。镜头之眼比他的肉眼所能达到的观看清晰度更高——她即使并不算典型的丑女，也肯定算得上是典型的不好看的少女。

她肯定是个"吃货"，两腮的肉都快胖横了。

男人通过镜头看着她，一心只想她快点儿从那里消失，好让他拍那面坡上的梯田。同时他在心里对她说："姑娘，也没个人告诉过你早就应该节食吗？"他认为她那样子还因为她肯定是个吃货。而这完全是事实。

那少女便是小娟。

她从书包里掏出一支棒棒糖，剥去糖纸含入口中，接着又掏出手机联系什么人。

男人又在心里说："你倒是快走嘛！"

他着急夕阳就要沉没了，最初的夜幕就要降临，镜头中再无任何特色可言了。

小娟要等小翠来。

小翠是她们三个少女中最漂亮的一个。

她刚才正是用手机催小翠。

"我来啦！"

小翠突然从上边的田堤蹦了下来。

她是从另一个方向来的。

小娟从口中取出棒棒糖，远远一扔，亲近地说："坐下，咱俩聊会儿。"

于是小翠也坐下了。

而废弃的农舍中的男人开始整理地上的旅行兜，准备走了。

小翠说："一遍遍给我发短信，就是为了让我陪你坐这儿闲聊啊？"

小娟说："一会儿我要干一件大事。估计古今中外，全世界所有的国中，一百年内也不见得有几个像我这样年龄的少女干得出来的大事。"

小翠咯咯笑道："你就吹牛吧！你能干得出来什么大事呢？"

小娟郑重其事地说："一会儿你就知道了。"

"一会儿不行，现在就得说！说不说？说不说？"

小翠胳肢她。

小娟为了躲避，蹦下了田堤。

她站在小翠的手够不着的地方，不错眼珠地看着小翠问："王启旺又该回来了吧？"

小翠反问："今天星期几？"

小娟肯定地说："星期五。"

小翠也肯定地说："那他明天这时候准回来。"

接下来，两个少女你一句我一句的，话都说得互相戗着了。

"我知道，他又是为你和山月回来的。以前还是为你俩，后来就主要为你自己了。"

"你嫉妒？"

"我也知道你到他家去，你俩凑一起干什么勾当。"

"你不是也和他有过那种事？"

"就一次！而且是你硬把我拽去的！而且还是，他怕我对别人说才……"

"不管几次，反正你和他也那样过了！那你就没资格瞧不起我的了！"

"他偏心，只给你买过金项链！"

"后来也送给过山月一条！"

"可是他什么也没送给我过！就算我长得不如你俩好看，可我也不是丑八怪吧？我就不值得他也送给我点儿东西，也像对你那么好地多对待我几次吗？！"

小娟怒火中烧了，脸涨得通红，这使她的脸更不好看了。

小翠冷笑道："早知道你嫉妒我！连山月也嫉妒我。可模样是爸妈给的，嫉妒也白嫉妒！"

"我爸妈长得不比你爸妈差！"

小娟的眼中有着凶光了。

她叫嚷起来："可我的身子比你俩都白！我的乳房比你俩都大！在学校时，他把车停在门口，只用手机联系你俩，带你俩去饭店！洗桑拿！逛商场！给你俩买这买那的！咱们仨是一个村的！从小一块儿长大的！他王启旺也是咱们村的！他怎么能那么不拿我当个女的看？！你俩，你和山月，怎么也都一点儿不替我感到委屈？！你俩替我感到委屈过吗？！……"

小娟眼中刷刷地淌下泪来。

小翠同情地说："我俩替你委屈过！可他是男人，我俩做得了他的主吗？我俩有办法强迫他喜欢你吗？再说，不管他喜欢不喜欢你，总之也没少给你钱吧？"

"只给过四次！加起来不到一千元！"

小娟的眼中又凶光闪闪了。

"那你想怎样？让满世界人都知道？"

小娟抹把泪，摇摇头。

小翠也蹦下田堤，从脖子上取下项链，边往小娟脖子上戴边说："给你了。只要你肯保密，我让他对你以后大方点哈，他听我的。"

小娟平静地说："小翠，你把项链给了我，那我也还是要杀死你。"

小翠替她抹着泪说："别尽疯言疯语的！明天你好好冲次澡，化妆化妆，精心打扮打扮，咱小姐妹三个一起去他家，我保证……"

突然小翠的表情大变。

不知何时，小娟从书包中取出了尖刀，狠狠捅入小翠肋下。

她平静地说："你再怎么哄我也晚了，今天我非杀死你不可！"

她拔出刀，又狠捅一下。

小翠就软软地靠在她身上了。

"我想好了，为你偿命我不在乎。用我的丑命、贱命，抵销你的花骨朵命、男人最爱的命我不吃亏！我要让王启旺因为你的死心疼得心尖乱颤！我要让认识我的不认识我的人都对我刮目相看！……"

她将手中尖刀一次次捅入小翠的身体，一次比一次用力，一刀比一刀狠。

小翠软绵绵地倒下去了。

她用纸巾反复将刀上的血迹擦尽，放入了书包里。低头看看小翠，再看看手中的红纸团，蹲下，将纸团塞入了小翠半张的口中。

"小翠，姐抱歉了……"

她又淌下泪来，心里觉得特委屈，也有种如释重负的解脱感——原来杀人这种事也不是太难，挺满意于自己把事干得如此利落。

她又从书包里掏出一支棒棒糖，剥去糖纸随手一扔，将糖含在口中扬长而去。

或者是摄影家或者只不过是摄影爱好者的那个男人，眼睛离开照相机视窗，吓得面色苍白如鹭，一时动弹不得了……

2014年7月30日于北京

金原野

我识汪君已近半个世纪了，关系算得上是朋友。

朋友关系多种多样，却也可大体分成两类：一类是朋友；一类"算得上"是。

是朋友的两个人，不论男女，除了兴趣相投，义气方面总有些共同的接受。这里所言之"义气"，是要拆开来理解的。"义"指所谓"价值观"，"气"指宁肯恪守它到什么程度。至于性格啦，职业啦，文化差距年龄差距啦，都没有大妨碍的。

"算得上"是朋友的两个人，往往是，也可以说其实是这样的两个人——在以上方面一概并无共同之处，但是却有特定的感情基础，而双方又极看重那种感情，都视为自己喜欢的老物件，没了会觉得内心空了一角，损坏了会心疼，于是就都必须是朋友了。好比一屉蒸出的相互粘连的两个黏豆包，非要分开，便都破皮儿了。

现而今的中国，"算得上"是朋友的几乎只剩两类人了——吃货和发小。发小关系破裂之现象已比比皆是，人心都不疼了。吃货关系却日益增多。为了吃而"算得上"是朋友；"算得上"是朋友了，于是可以结伴吃将开去，发誓将吃遍天下似的。世间许多关系在中国都馊了，奈何？

我讨厌吃货像讨厌毛毛虫。甚于讨厌毛毛虫。毛毛虫毕竟能变蝶，吃货们能吗？

汪君便是吃货。

但他同时也是我的发小。我们一块儿捡过破烂、采过野菜；一块儿偷过建筑工地的砖和水泥，一块儿因此挨过看守者的打；一块儿逃过学，一块儿租过小人书；后来，一块儿下乡……

对于我俩，"算得上"是朋友太是起码的关系了。

发小的感情基础在那儿啊！

忽一日，汪君半夜打来电话。

他说："老哥啊，我明天必须见你。"

听来他心烦意乱的。他是个天生乐观的人，我不记得他也由于不好的事降临而心烦意乱过。那时他的口头禅是："去他娘的，顺其自然！"

我犹豫地问："非得明天吗？"

他不给我一点儿商量余地："下午两点，定了啊！"

他说罢挂断了电话。

我猜他肯定查出得了癌症，还是晚期。

他虽然是吃货，身体却一直特好，各项指标都正常。这使我一想到他就不由得心生嫉妒。

他怎么也会得癌症呢？

当他出现在我面前，我见他气色极佳，红光满面的，只不过明显发福了，腰围粗了，脸盘大了。

我说："你这不挺好的吗？"

他说："两天前是挺好来着。"

他的话又使我想到了癌症，试探地问："没病吧？"

他摇头。

我放心了，笑道："哥还以为你得了绝症。"

他生气地说："你少咒我！"

他表情庄重地从包里掏出一个红绒面的大证书放在桌上，推向我。

我困惑地翻开一看，见是美食家协会颁发的。他不但成了美食家，还成了该协会理事了。

我说："有这么个协会呀？"

他说："那当然。吃是一种文化，不喜欢吃的人文化不全面。"

我放下证书，心情放松地说："祝贺你。那就开始谈正事吧。"

他饮一大口茶，仰首长叹道："老哥，这次你弟真的碰到丢人现眼的事儿了，也许会身败名裂，没法再在画家这一行中待下去了……所以呢，想请你帮弟出出主意……"

他突然往桌上拍了一掌，连说："倒霉！倒霉！我怎么如此倒霉啊……"

汪君是位画家，但他至今未入中国美术家协会。据他说，凡入中国美协的画家，前提是必须在中国美术馆起码举行过两次画展。也许个展只举行过一次就行，而联展是两次。他老早的时候说过的，我记得不是太清了。而他对此前提曾表现过相当大的不以为然。实事求是地说，我这个"弟"，是个在有些方面挺孤傲的人，所以他至今只不过是某省美术家协会理事。

他是小学生时就喜欢绘画。天分不仅使我等一些与他好的同学十分崇拜，连老师们也交口称赞。当年他家和我家一样贫穷，哪里舍得给他钱买画笔和画纸呢？我们也不能眼睁睁着自己十分崇拜的小绘画天才就那么完蛋了呀，便经常一个教室一个教室地为他收集彩色粉笔头。而他的绘画天才，是靠用彩色粉笔头在黑板上、水泥路面和这里那里的水泥墙上得以持续、发扬光大的。

中学时，我俩同校不同班。两家离得近，仍一块儿去上学。放学了，往往一个在校门口等另一个，等到了一块儿回家。谁没等，另一个会不高兴的。

他的画已经被学校推荐到少年宫去参展，而且获过几次奖了。

后来，自然逃脱不了下乡的命运。我比他早一年下乡，结果我俩没能成为同一个团的"兵团知青"。于是呢，书信成了我俩联络感情的唯一方式。新的友谊固然也会充填进我备觉枯燥的生活，而我相信还是发小之间的感情关系更可靠些。在他那方面无疑也是。我在信中每写一首不成样子却又自我欣赏的古体诗或什么词牌的词，题曰"偶感"并赠"吾弟"之类，而他复信中便也来一首并题"和吾兄"之类。

我们通信频繁，在乎友谊不消说是原因之一，其实更主要的原因是想家。我俩想家也不是由于怀念在家里做儿子时的舒坦时光。贫穷之家的儿子能有多少舒坦的时光呢？我俩想家主要是由于各自都很惦家。不是所有的人都愿意将惦家的话语写在家信中的，而在写给发小的信中则可以如实地一一道来。书信联系在人与人的感情关系中是这样一种事——像渴极了时吃到一支冰棍，吃过之后更渴了。

我俩互相的思念像情人。

于是我俩靠书信约定，都争取在同一年同一月的同一段日子里探家。

我俩如愿了。

在那一段探家的日子里，他告诉我他几乎每年都参加兵团总司令部举办的美术创作班，还为我画了一幅油画肖像。

那段日子是我俩在"文革"期间唯一的一次相聚。

"文革"结束了，知青大返城了。我已从复旦大学毕业，分配到了当年的北京电影制片厂，成了北京人。而他成了哈尔滨市某区群众文化艺术馆的美术教师，不久加入了省美协。

我俩都做丈夫了。不像当年那么书信频繁了。

两年后，我听说他由于婚变离开了哈尔滨，调往南方某省去了。

又两年后，我听说他在彼省成为省美协理事了。

而那是在二〇〇〇年以前我所知道的关于他的最后情况。

此后，我与他失去了联系。

大约是二〇〇五年，某日我意外地接到了他的电话。

他说他也成为北京人有几年了。说北京电影制片厂没了，中国儿童电影制片厂也没了，而我又调到大学去了，所以他没处联系我了。

"我承认，我那几年里也没太上心找你，因为那几年混得还不理想。"

他在电话中呵呵笑了。

我说："那么你现在的人生很理想啰？"

他又呵呵笑道："马马虎虎，马马虎虎，比上不足比下有余。"

他请我到他家做客。

我说愿意，问去他家的路线。

他反问到我家的路线，说会派他的司机接我。

我笑问："你居然有专职司机了吗？"

他那头也呵呵笑道："起码的，起码的，五十好几的画家了，否则岂不太没出息了？"

接我的是一辆奔驰，很大个儿。那是我平生第一次坐奔驰，感觉的确与坐出租不同。似乎不管谁坐在里边谁身份都高级了。

他的家在近郊一处别墅区内，独栋的，有前后院。前院花间陈列几尊石雕，后院树荫下置竹的桌椅。

他家中有画室，在三层，约二百平方米。

我说："你不必占用这么大的画室嘛，太浪费空间了。"

他笑道："那该怎么利用？打隔断出租？"

我说："你简直过上资产阶级生活了。"

他指着旁边说："马马虎虎，马马虎虎。你看，那边还有八百多平米、一千多平米的。"

他如果强调什么意思，喜欢说重复句了。

他告诉我住在那里的人家，非富即贵。谁谁的儿子谁谁的孙子谁谁的干女儿都在那里有个"家"，只是几乎不去住，因为别处有更高级的"家"。

就我俩吃的饭。

他的不知是第几任的夫人出国玩去了。

我是不愿沾酒的，两小盅后便脸红心跳反应迟钝了。

他却显得更高兴了，问："眼气了是吧？"

我诚实地回答："有点儿。"

他哈哈大笑，表扬道："我哥还是当年那个哥，回答得好坦率。别的嘛，也当成是你的家呀！想什么时候来住就什么时候来住，想住多久就住多久！"

他忽然伤感了，又说："咱俩都是年过半百之人了，今后我得称你老哥了。"

以后的十来年里，我也只不过又去了他那里四五次。每次都见他那里高朋满座的，认识了一些身份神秘莫测高深的人……

我问他究竟遇到了什么滋扰。

他反问："你记得你最后一次去我儿，非常欣赏的一幅油画吗？"

我想了想说记得。那大约是二〇〇八年的事，我在他画室见到了一幅苏联，不，现在应说是前苏联或俄罗斯油画了，五尺乘三尺的。其上画的是秋季原野——近处有麦田，麦田中有正在弯腰收割的农夫农妇；一个梳条褐色大辫子穿红花长裙的姑娘牵着一匹马，马车上是高高的麦捆；几个孩子在捡麦穗，大狗在孩子们周围奔跑，小狗互相戏闹。远处是水平如镜的河流、大桥、色彩绚烂的白桦林。没有山廓，更远处是地平线，使画上的风景看去极广阔。

当年他告诉我那是一幅已故的前苏联绘画大师的杰作，他去他们那儿交流、讲学时花重金买回来收藏的

我忆起他当时说那幅油画叫《金原野》。他说："对。"

他告诉我，他的大烦恼由那幅油画引起。先是，有外地一位不大不小的官员，想要从他那里买去作为礼品送人，他通过经纪人开出的价是二百六十万元。对方特爽快地说行，事情就那么口头定下了。不料几天后，传来确切的消息说那官员被"双规"了，对方不但卖官，还向大官为自己买官。后来，他女儿要上中学了。为使女儿顺利进入某重点中学，他将《金原野》送给该重点中学的女校长了。

我感慨多多地说："你真大方。"

他说："不是觉得那幅画不吉利了嘛。而且，我当年骗了你。那不是什么前苏联大师的原画，是我画的。也不是仿画，根本就是我的作品。我为什么经常往他们那边去，主要是为了写生啊。那是我根据写生进行的创作。"

再后来，一个星期以前，那女校长居然也被"双规"了，而

且基本已坐实了在学校扩建过程中贪污和向某些新生家长收贿的罪名。

我沉思良久，安慰道："你送的是画不是现金，只不过是为了女儿能入一所好中学，画又是你自己的作品，估计法律不会对你怎么样的。"

他说他已咨询过了，相信法律确实不会对他怎么样的，但女校长的儿女找他的麻烦。那是女儿的哭哭啼啼地哀求他出具一份证明，自己证明自己那幅画根本不值二百六十万，是连几万都不值的赝品。而那是儿子的青年扬言，如果他不乖乖配合，将收买黑社会惩罚他，使他非死即残。

我说我明白了。说据我所知，数年前似乎是这样的：二三百万算贪污受贿之数额不大；五百万以上算较大；一千万以上算巨大。虽然没明确公布为法条，却大抵是以此数额界线量刑的。所谓不成文法，内部掌握的判决尺度。而如果那幅油画的价值被认定为二百六十万，那女校长准会被判得较重，反之会获得轻判，对不对？

他说："对！"

接着愤愤然道："都什么状况的时代了？五百多万还算得上数额较大啊？那么几十亿几百亿上千亿的该怎么判？不是简直得按窃国罪来判了吗？"

我说："你别激动。别人什么状况是别人的事，先把你自己这事理清楚了好不？你若不出具《金原野》仅值几万元的证明呢，良心上甚为不安，觉得当初求人家如今反而害人家罪行加重了也很罪过，对不对？而出具那么一份证明呢，又等于自己贬低自己作品的价值，怕以后自己的画不值钱了，对不对？"

"对！对！"

他大口大口吸烟不止。

我问："那女校长的儿子的话使你害怕吗？"

他说："当然！那当然！现在有些青年，什么浑事干不出来啊！但我也不只是怕那种后果……"

据他向我"交代"——多年以来，他主要是靠打着前苏联绘画大师们的招牌才财源滚滚的。那是暗中经营的一条买卖链，很被某些有"亲苏情结"的官员所青睐。几乎不砍价，反正又不是他们自己出钱买。有那官员，反而标价越高越喜欢。能证明那些画是原画的证书一概由其幕后经纪人提供，可以说要什么有什么。

"如果我出了那么一份证明，以前买过我画的人都找我退画，那我不惨了吗？卖画的钱变成别墅和车了呀，心甘情愿地破产？"

他烦躁不安，在我家狭小的房间里走来走去。

我想了想，这么说："后果不至于严重到那种地步吧？买你画的不都是官场中人吗？他们买画之目的不是见不得阳光吗？何况又不是他们本人出钱的，所以他们必然心虚，不敢那么做的。"

他愣愣地看了我几秒钟，问："事情传开了，我以后还有脸见人吗？我以后还卖得出画去吗？卖不出画了我靠什么生活？在北京要维持住我目前这种生活我容易吗我？"

我也愣愣地看了他几秒钟，反问："你的水平又不低，何必非打着别人的招牌呢?"

他冲我嚷嚷开了:"我的老哥哎,真是隔行如隔山,你太不了解我们这行的情况了! 水平不低,甚至可以说水平较高的画家,在中国太不乏其人了! 哪个省没有那么十几位呢? 算上画得相当不错的青年画家,全国少说五六百人! 可能在画廊卖出高价,在拍卖会上拍出天价的能有几位? 叫我们怎么办? 你说叫我们怎么办吧? 可不有时就得……做些违心的事儿呗!"

我陪他分析讨论了两个多小时,却没能献出什么良策。

他走时失望得无精打采。

当天他半夜时分又给我打了次电话。

他说:"我决定出那么一份证明了。我女儿当年毕竟成了那所重点中学的学生,人家毕竟给我面子帮我忙了。我用自己的画冒充前苏联大师的画送给人家,已经很不道德了。明知人家将会被判较重的刑再不证明真相的话,那也太没人味儿了啊!……"

我说我很高兴他本质上还是当年那个他。

他又说:"我也不是你想的那么奋不顾身地拯救别人。我没你想的那么高尚。是律师朋友给我写的证明特智慧,是这么写的——‘《金原野》是本人以二十万人民币从俄罗斯所购之画作,因有求于被告在完全自愿的情况之下赠送给被告的。’你看,这么一来,我保住了点儿面子,那位校长的受贿金额一下子少了二百四十万,估计不至于被判较重的刑了。你看,‘所购’二字把我不愿承认的事完全避开了,老哥你是作家怎么连这点儿聪明劲儿都没有?……"

从他的语调听来，他心里有种化险为夷的庆幸。

我问："《金原野》的标价证书上不是明明写着二百六十万吗？你送给人家画时不是连同证书一起送的吗？那证书不是已经在法院了吗？"

他说："是啊是啊！老哥，这人家律师早考虑到了，我的证明还有下文呢——'本人当年是通过前苏联一位文化官员朋友所购，所以二十万是象征价，跨国同行之间的友谊价。人家为了表示真诚，当然连价格证书也给予本人啰。'即使你是法官，你也再没什么话可追问了吧？你总不会为一桩小小不然的案子跑到现在的俄罗斯调查吧？你就是真去找我也不怕。你老弟在那边路子很广，人脉旺，朋友多，才不愁没人帮我圆事呢！……"

他呵呵笑得蛮得意的。

汪君不仅打算出具证明，还关心案子究竟会怎么判呢。

他又派车将我接到他那儿去了一次。这次见到了一位中年律师和一位退休了的老法官。他介绍说都是喜爱他画的人，也都是他朋友。

在他的要求下，我们四人共同分析起可能性来。他干脆即兴导演，请老法官充当检方公诉人，请律师充当法官，他自己充当被告辩护律师，请我充当资深法制报记者，在画室来了一次虚拟开庭。

汪君表情庄重严肃地说："法官先生……"

"法官"同样表情地说："重来！"

汪君耸肩一笑，随即恢复刚才的表情，朗声道："尊敬的法官，本律师认为，关于被告受贿二百六十万之罪名，断不能成立。理由如下：一、《金原野》乃是画家实际以二十万人民币在俄罗斯为了自己收藏目的所购。我们都知道的，人民币在彼国部分特殊人群中早已流通。而画家汪某是出于感激赠画，并非为了借助被告之权力实现什么商业目的。故若将此事判定为行贿与受贿性质，肯定引法无据。二、即使非要判定为行贿受贿性质，那也应以画家汪某实际购画时付出的二十万为数额，而绝不应以在买卖关系中实际并没发生的二百六十万为量刑依据。好比一个人实际只花二十万买了一件什么东西，却连同标有二百六十万的价格标签送给您，那么能等于您接受了一件价值二百六十万的礼物吗？我们又都知道的，礼品价格标签在中国是很不靠谱的……"

看着汪君一本正经的模样，听着他煞有介事的辩护，我觉得很好笑，却又不可以笑。那时候笑太那个了，强忍着不笑。三个中老年男人，为一个确实犯有贪污受贿罪的中学女校长能少判几年刑而体现一片苦心，这事分明有些黑色。可又似乎，也不黑。我那时完全明白了，汪君他的煞费苦心不仅仅是为了求得良心安宁，同时还是在维护自己名声——行贿二百六十万，传开去多丢人啊！听他说到自己时一口一个"汪某"，我很难忍得住笑，佯装咳嗽转过身去。

"公诉人"演得更加投入地说："公诉方完全不能同意被告辩护律师的所谓轻判理由。我们认为，在此案中，收钱是受贿，收礼同样是受贿。以名画代钱，早已不是行贿受贿案件中的什么秘密。官场腐败要严厉制裁，教育界的腐败就可以姑息轻判了吗？公诉方坚持法庭以被告受贿款项另加二百六十万进行判决。盖有俄罗斯某艺术品拍卖公司的公章，印有俄文的一纸价格证书，不应在法律上被等同于什么中国商店里的一般的价格标签。被告在接受《金原野》时显然心知肚明，将归自己所有的《金原野》约等于人民币二百六十万。否则，画家汪某为什么会连同价格证书一并相送，而被告也长期将价格证书予以保存呢？……"

双方唇枪舌剑了一轮后，"法官"宣布："鉴于此案涉及一个有争议的法理问题，本庭暂不宣判，择日再次开庭。"

"法官"说以他的经验，估计第一次开庭肯定是这么个结果。

律师表示同意。

汪君说："这就证明轻判是有希望的。"

他问我对他的辩护词有何见教。

我态度认真地说："条理清晰，挺好。只不过别用'本律师''断不能''即使非要'之类的词句，法官听了会反感的。一反感，对被告反而不利了。"

他笑道："咱们这不是虚拟一下嘛！人家已聘请了高水平的律师，也轮不着我上法庭啊。预演一下，只不过是为了我今晚能睡个好觉。"

他另外两位朋友也都理解地笑了。

他手机忽然响了。

我等三人，见他刚接听时表情大变。

他合上手机，垂头沉默良久，低声说："女校长精神崩溃……疯了。"

2014年8月1日于北京

鸳鸯劫

冯先生是我的一位画家朋友，擅画鸳鸯，颇有名气。近三五年，他的画作与拍卖市场结合得很好，于是阔绰，在京郊置了一幢别墅，还营造了几亩地的庭院。庭院里，蓄了一塘水。塘中养着些水鸟。无非野鸭什么的，还有一对天鹅。自然，鸳鸯也是少不了一对的。

有一次我们二人坐在庭院里的葡萄架下，一边观赏着塘中水鸟们优哉游哉地游动，一边东一句西一句地闲聊。

我问："它们不会飞走吗？"

冯先生说："不会的。从动物园托人买来的，买来之前已被养熟了。没有人迹的地方，它们反而不愿去了。"

又问："在天鹅与鸳鸯之间，你更喜欢哪一种？"

答曰："都喜欢。天鹅有贵族气，鸳鸯之美，则属小家碧玉，各有其美。"

我虚心求教："听别人讲，鸳鸯鸳鸯，雄者为鸳，雌者为鸯；鸳不离鸯，鸯不离鸳，一时分离，岂叫鸳鸯。不知道其中有没有什么传说故事？"

冯先生却说，他也不太清楚。说他只对线条和色彩以及构图技巧感兴趣，至于什么故事不故事，从来不想多知道。

三个月以后，季节已是炎夏。某日，我正睡午觉，突然被电话铃扰醒，抓起一听，是冯先生。

他说："惊心动魄！惊心动魄呀！哎，我刚刚目睹了一场惊心动魄的事件！这会儿我的心还怦怦乱跳呢！"

我问："光天化日，难道你那高档别墅区里发生溅血凶案不成？"

他说："那倒不是那倒不是。但我的庭院里，刚刚发生一场生死大搏斗！"

于是，冯先生语调激动地讲述起来：

冯先生午睡前有一个习惯，总是要坐在他别墅二层的落地窗前，俯视着庭院里的花花草草，静静地吸一锅烟。那天，他正要磕尽烟斗起身的时候，忽见一道暗影自天而降。定睛细看，竟是一只苍鹰，企图从水塘里攫捉到一只水鸟。水鸟们受此大惊吓，四面游逃。两只天鹅，猝临险况，反应疾迅，扇着翅膀跃到了岸上。苍鹰一袭未成，不肯善罢甘休，旋身飞上天空，第二次俯冲下来，目标盯准的是那只雌鸳鸯。而水塘里，除了生长着的几株荷，再没什么可供水鸟们藏身的地方。偏那些水鸟们，包括鸳鸯，久不起飞，飞的本能意识已经大大退化。

正在那雌鸳鸯命系一发之际，雄鸳鸯不逃窜了。它一下子游到了雌鸳鸯前面，张开双翅，勇敢地扇打俯冲下来的苍鹰，结果苍鹰的第二次袭击也没成功。那苍鹰似乎饿急了，飞上空中，又进行第三次攫捉。而雄鸳鸯，那美丽的、除了被人观赏外几乎毫无可取之处的水鸟，也又一次飞离水面，用显然处于弱势的双翅扇打苍鹰的利爪，拼死保卫它的雌鸳鸯。力量悬殊的战斗，就这么接二连三地展开了。

令冯先生更加看呆了的是，塘岸上的一对天鹅，仿佛产生维护正义的冲动，它们又一齐伸展开了双翅，扑入塘中，加入了保卫战。在它们的带动之下，那些野鸭呀鹭鸶呀，便都不再恐惧，先后参战。水塘里一时间情况大乱……

待冯先生不再发呆，冲出别墅，战斗已经结束。苍鹰一无所获，不知去向。水面上羽毛零落一片，有鹰的，也有那些水鸟的……

我听得也有几分发呆，困意全消。待冯先生讲完，我忍不住关心地问："那只雄鸳鸯怎么样了？"

他说："惨！惨！差不多可以用遍体鳞伤来形容，两只眼睛也瞎了。"他说他已打电话请来一位动物医生，为那只雄鸳鸯处理过伤处了。医生认为，如果幸运的话，它还能活下去。

到了秋季，我带着几位朋友到冯先生那里去玩，发现他的水塘里增添了一道使人好奇的"风景"——一只雌鸳鸯，将它的一只翅膀，轻轻搭在雄鸳鸯的身上，在塘中缓缓地、缓缓地游来游去，使人联想到一对臂挽着臂在散步的恋人。

而那只雄鸳鸯，往日的漂亮不再。它的背上、翅根，有几处地方裸着褐色的呈现创疤的皮。肯定地，那几处地方，是永远也不会长出鲜丽的羽毛了……

更令人心怦然一动的是，塘中的其他水鸟，包括那两只气质高贵的天鹅，一和那对鸳鸯相向游着了，都自觉地给那对鸳鸯让路。而当它们让路时，每每曲颈，将它们的头低低地俯下，一副崇敬的姿态。

我心中自然清楚那是为什么的，悄悄对冯先生说："在我看来，它们每一只都是高贵的。"冯先生默默点了一下头，表示完全同意我的看法。然而别人是不清楚为什么的，纷纷向冯先生发问。冯先生略述前事，皆肃默。

不久前某日，我忽又接到冯先生电话，他寒暄一句，随即便道："它们死了！"

我一愣，低问："谁们？"

答："我那一对鸳鸯……"

于是想到，已与冯先生中断往来两年之久。先是，他婚变，后妻是一年轻女郎，小冯先生三十五岁。新婚正宴尔，祸事不妨来。——他某次驾车撞在水泥电线杆上，脑震荡严重，落下手臂挛颤之症，无法再作画。后妻便闹离婚；不堪其尖言刻语之扰，同意。后妻去前，将其画作一概暗中转移。给我打电话时的冯先生，除了他那大别墅和早年间积攒的一笔存款，也就再没另外的什么了。坐吃山空，前景堪忧。

我不知该对他说什么好。而冯先生呜呜咽咽地告诉我——那塘中的其他水鸟，因为无人饲喂，都飞光了。

我又一愣，经久才问出一句话："不是都养熟了的吗？"

又是一阵呜咽。冯先生没有回答我的疑问，他把电话挂了。我呆呆地陷入了沉思，猛然想到了一句话："万物互为师学，天道也。"却怎么也回忆不起是哪一位古人说的了……

地　锁

小青楼

小青楼其实是一幢红砖小楼。

二十世纪七十年代初，省京剧团有位因饰演《白娘子》中的小青而著名的演员吴玥，出身不好，有可疑的海外关系，被下放在化工厂劳动改造，属于群众监督对象之列。当然，她不仅演过小青，还演过红娘、杨排风、苏三、穆桂英等等角色。年轻、漂亮，扮相美，身段婀娜，小旦、花旦、刀马旦、青衣都演得出色，时称"台上蝶"。而她演的小青，却是人们最爱看的。虽然政治上被划入了另册，但化工厂从工人到"三结合"干部到军代表、造反派，并没谁欺负过她。也不是没谁想欺负她，当年存有占她便宜的潜念的男人那也还是有的，但都不太敢采取行动。因为，仿佛人人都将她视为共同拥有的"安琪儿"，那么也就绝不容忍某个人偷香窃玉之勾当得逞。故对她心存邪念者，也就只有痛苦又明智地心存而已。总之，化工厂的男人们都暗做护花使者，克制着自己，谨防着别人。那时她"与时俱进"的丈夫已与她离婚了。按她的想法是认命了，蛮希望在化工厂暗中庇护她的男人中找个年龄相当的结为夫妻，彻底忘记自己曾是红角那码子事儿，相亲相爱，默默过完低人一等的一生算了。但她的希望却很难实现——一切企图多接近她的男人，不久便会受到不同之政治罪名的批判。在那样的年代，几乎批判谁都是不愁找不到罪名的。即使政治罪名较难罗织，企图多接近她便是一种罪名，一种具有政治色彩的道德罪名。这一罪名在当年更厉害，变成双料的了。她也万不敢主动接近某个男人，唯恐于对方于自己都大为不利。渐渐地，她真的认命了，以为自己这一辈子注定了就该成为男人们心目中精神上共同拥有的"戴罪的安琪儿"，于是也就自行将再婚的想法沤死在心里了。

吴玥是怎么也想不到"文革"居然还有彻底结束的一天，"四人帮"还有集体垮台的一天的。

一九七九年，她又回到了省京剧团。一九八二年，又开始登台演出了。专业能力毕竟荒疏了十年，正式演出怎么也得有段基本功恢复期。她是个怀揣感激心的人，前三场正式演出，场场都赠送给化工厂二十几张票。"文革"期间，省化工所被取消了，所里的科研人员都下放到化工厂的各个车间部门去了，为的是便于他们接受工人阶级的再教育。而到了一九八二年，国际科技交流又被允许了，二十几张票中的一张，就招待给了一位五十来岁的法国化工厂专家康斯坦先生。康斯坦先生既是化工专家，也是成功的化工企业家。他的父亲曾是某届诺贝尔化学奖获奖提名者，其家族的化工厂企业在法国广为人知，在全世界也小有名气，并且在"文革"前就与中国化工部建立了良好的合作关系。可以说，他是化工部也是中国的老朋友了。招待给他的票，自然是头排正中间的最佳位置。当年的"台上蝶"已四十余岁了，台下依然风韵犹存，台上还是光彩照人，直看得丧妻数载的康斯坦先生心猿意马，爱悦无限。那是吴玥第三场演出发生的情况，康斯坦先生第一次见到她饰演的小青。"台上蝶"的表演有几分使白娘子的戏份黯然失色了，尽管并不是她成心的。散场后，康斯坦先生向陪同他观看的化工厂的头头们天真地发问："为什么我们看的是小青，而戏名却叫《白娘子》呢？"头头们一听全都笑了，一位回答道："我们看的也不仅仅是小青啊！"另一位回答道："眼中只有小青的估计仅仅是你自己。"

那日后，康斯坦先生迷上了京剧，一从报纸上看到京剧演出的消息，便骑着厂里配给他的自行车前去买票，并且肯定要买甲等票。厂里的头头们说他看多少场京剧都会有招待票的，他却总是大摇其头表示谢绝。当然，前提是剧中有吴玥演的角色。头头们中有人就看出了剧外的故事，暗中穿针引线。

两个月后，康斯坦先生成功地将一枚定情戒指戴在了吴玥指上，而她以特高兴的心情默许了他的做法。二十世纪八十年代的中国女性，思想开放的速度走在国家前边。

又两个月后，康斯坦先生迫不及待地要与"小青"回法国去完婚，化工厂为他俩举行了欢送晚会，几乎全厂人都参加了。"小青"毕竟已经四十余岁了，而且政治上也与大家平等了，没谁再视她为公共的心理上的情人了，没谁再嫉恨某个"垄断"她的男人了，何况那男人还是个法国佬。到哪时说哪时话，国家开放了嘛！所以呢，欢送晚会的气氛依依惜别，感情四溢。"小青"唱了几段京剧，许多男女争着与她合影留念。如果时间倒退回"文革"年代去，那肯定就是"阶级斗争新动向"，胆大包天的男人的下场也肯定将是自讨苦吃，吃不了兜着走。

那种人人真情流露的氛围，使康斯坦先生和吴玥深受感动。特别是吴玥，又幸福又感动，晚会结束时哭了。

她说："化工厂是我俩的红娘，我一辈子感恩于大家。"

而某些男人听了她的话，真是另有一番滋味在心头。

到了一九八六年，康斯坦和吴玥夫妇，向化工厂捐了二百万美元，在信中说明，希望用来改善科研知识分子们的住房条件。人们明白那表达的首先必是吴玥的想法，因为康斯坦先生在厂里时，并没去过哪位科研人员的家里，所以也就不了解他们的实际住房情况。当年大多数的他们与工人们合住在老旧的筒子楼里，家家户户的住房都很小，都在楼道里做饭，共用厕所和水池，环境卫生极差。化工厂的头头们未敢将信的内容照实宣布，怕引起工人们对康斯坦与吴玥的恼怒。果真那样，对人家夫妇不是太不好了吗？头头们只得宣布说，是为改善大家伙的住房条件人家才捐款的。此事汇报到了省市，省市里便又批给了几百万。于是，一年后盖起了一幢四个单元的六层红砖小楼，其中一个单元的住房是三室的，另外三个单元都是两室的，七十来平方米。三室的比两室的多出一间十一二平方米的小屋。这幢红砖小楼的正式街道牌号是甲十七号，但化工厂的人们都喜欢叫它"小青楼"，叫来叫去的，天长日久便叫开了，整条街的人们都随之也叫它"小青楼"了。总而言之，那幢小楼以"小青楼"这一叫法而在那条街上闻名。近年有那快递人员找不到甲十七号向人询问时，别人一说"小青楼"他就知道了。

去年，"小青楼"的外墙修缮了一层保温层，依然涂刷为红色，比红砖的红色更红。而人们，却仍习惯于叫它"小青楼"。

程先生和李师傅

程先生和李师傅都是"小青楼"的老居民。

程先生程亦诚是一九六六年毕业于北京化工学院的老大学生，但尚未毕业就赶上了"文革"，因为在学校里属于"保皇派"组织，毕业鉴定中有一条是"不得重用"。分配到化工厂后，一直在车间当工人，直到"文革"结束落实政策，才加入到研究人员的行列，后来被留在厂里任命为副厂长了。但他并没完全丢掉研究专业，所里的某些科研项目他也参加了，还获得过两次化工部的优秀科研成果奖。他是厂级领导干部中在位时间最长的一个，也是唯一具有正研究员高级专业职称的厂级领导。人品好，口碑佳。五十岁以后，厂里人不知从哪一天开始都称他"程先生"了。即使退休了，"小青楼"的老居民们都称他"程先生"。尤其是李师傅，称他"程先生"时，语调透着发自内心的尊敬和亲近。

李师傅李新宇是化工厂三车间的副主任，当年程先生就在三车间当工人。李师傅比程先生小几岁，是从化工学校分到厂里的。

他在校期间是造反派头头、校革委会常委，厂里对他的工作分配颇重视。

否则，以他二十一二岁的年龄，根本不可能在入厂一年后就当上车间副主任。虽然车间副主任是不脱产的，但那也使年轻时的李师傅很是得意，也很牛。

起初李新宇对程亦诚的态度极不好，也可以说相当粗暴，相当歧视。

他每每这样训斥程亦诚："你是大学毕业生有什么了不起？你给我听明白了——我，是社会主义的苗；你，是资本主义的草！化工厂也是研制农药的地方，这里的红色政治农药是专门从思想上杀灭青草的。"

程亦诚觉得他只不过是一个没有半点儿独立思想的被"文革"宠坏了的小青年，并不与他一般见识。终于有一次，程亦诚被训火了，与他顶了起来。

李新宇恼羞成怒，扇了程亦诚一耳光。

程亦诚顿时火冒三丈，叉开五指，以其大号的手也扇了李新宇一耳光。程亦诚在校时期是校排球队队长，本就天生手大，经常打排球使他的手更大了，李新宇被他的大手扇了个跟头。

于是二人打了起来。

程亦诚高出李新宇半头，劳动使他成了一个身体强壮的人。而李新宇入厂后开会的时候多，劳动的时候少，身体方面显然处于不利的情况。那一架他们打了十来分钟，结果是程亦诚将李新宇好一顿修理，直至车间主任闻讯赶来才将二人拉开。

三车间加上徒工有二十几名青年工人。耐人寻味的是，他们都默默地看着，谁也不帮"社会主义的苗"对付"资本主义的草"。

车间主任训他们："都瞎了？为什么不拉架？看着副主任吃这么大亏无动于衷，这是错误的!"

一名青年工人解恨地说："活该。"

"资本主义的草"时时处处都表现很低调，干活儿也不惜力气，身上并没有什么"臭老九"的臭毛病，所以青年工人们并不怎么讨厌他。恰恰相反，倒是"社会主义的苗"身上那股牛劲儿早就引起了他们强烈的反感。

车间主任将程亦诚扯到一旁，小声说："他该修理。修理也就修理了，我担保，没事儿。但是到此为止，千万别再弄出这么大动静了。"

李新宇听不到车间主任在对程先生说什么，但从车间主任的样子看，不像是说护着自己、训程先生的话。

而"活该"两个字，他是清清楚楚地听到了的。用今天时兴的话来说，那两个字使他受到了震撼。他终究是个多少有点儿内省力的青年。自打那一天起，他开始自问某些问题了，为人处世也变得低调了，不再敢动辄训斥程亦诚了。

不久又发生了一件事——程亦诚无意中撞见了他调戏吴玥的可耻行径。

程亦诚当时怒瞪着他说了一句："你还想找修理是不是？"

他赶紧红着脸溜了。

程亦诚于是温言细语地安慰了吴玥良久，却并没揭发李新宇。

但李新宇太担心被程亦诚揭发了呀。吴玥不仅是改造对象，还是厂里男人们的心理情人甚至梦中情人啊！他的行为是会引起众怒的，那后果比被程亦诚修理一顿严重多了。

于是他反过来经常找机会讨好程亦诚了。机会总是属于有所准备的人——尽管此话已被说得极滥，但用以来言当年的李新宇，却还是闪耀其真理性的光芒。半年后的一天，程亦诚忽然胃疼，蹲在车间的角落面色苍白，冷汗淋漓。李新宇背起他就往厂医务室跑，医务室的医生见状严重，自知无能为力，催促赶紧送程亦诚去大医院。偏偏当时厂里并无闲着的机动车辆，李新宇找到了一辆三轮平板车，将程亦诚抱上车，蹬起便走。他一个人去，车间主任怎放心得下呢，急命另一青年工人跟去。结果呢，平板车上就又多了那名青年工人，使程亦诚靠他怀里。平板车蹬到医院门口，李新宇已累得汗透衣背，喘如垂命之兽。经过检查，程亦诚是胃穿孔了，医生说再迟一步，必有生命危险。他住院期间，李新宇也去探望了一次。

程亦诚说："你是我救命恩人。"

李新宇说："应该的。"

程亦诚伸出了一只手："咱俩若不成为朋友，老天爷都不高兴。"

李新宇就握住他的手说："我愿意。"

从那以后他们便成了朋友。

一年后，北京化工学院的一封公函寄到了厂里；化工学院革委会换了一茬人，要纠正前一茬人的极左路线——于是程亦诚的党籍恢复了；于是他人下人的日子熬出头了，成了车间党支部委员，隔年又成了支部书记、车间副主任。而由于群众基础差，也由于生产常识差，李新宇的车间副主任被免了。在李新宇苦闷极了的日子里，程亦诚给予他的劝慰比他的任何亲人都多。

一次谈心时李新宇问："我这样的人也能入党吗？"

程亦诚反问："为什么不能？你又不是坏人。"

李新宇吞吞吐吐地又问："吴玥那件事，肯定是我做人的一大污点吧？"

程亦诚坦率地说："对吴玥的不良念头，估计厂里许多男人都产生过的。你呢，由于年轻，自控力不足，所以使自己的念头变成了行为。你以后没再骚扰过她，证明你是个能够知错改错的人啊。"

见李新宇还是一副后悔莫及的样子，程亦诚又说："对于漂亮的女人，哪个男人不想入非非呢？我也一样的。尽管我已经结婚了，但吴玥她也一度是我的梦中情人啊。"

"仅仅是一度吗？"——李新宇显出了困惑。

"自从看见了你对她的不良行为，我自己对她的不良之念便少了，同情便多了。往往，只想暗中保护她了。"——程亦诚说罢，拍了李新宇的头一下，像哥哥对弟弟常做的那样。

李新宇最后说："那我也想入党。"

程亦诚便鼓励他放下思想包袱，积极争取。

车间主任是从部队转业下来的，当了十几年车间主任了，不论是在车间里还是在厂里，都是个威望很高的人。偏偏这么一个关键人物，对李新宇的看法不是太好。

车间主任对程亦诚说："他也想入党？等我退休后吧。"

然而四年后他虽未退休，李新宇却心想事成地入了党。

在支部欢迎新党员的会议上，车间主任首先表扬了李新宇一番，说他四年来的确变了，像换了个人似的。说四年的时间虽不算长，但在和平年代，对于一名曾是小知识分子的青年工人，考验期也是不短的，所以应该祝贺他经受住了考验。

接着车间主任话锋一转，朝程亦诚翘翘下巴说："你能入党，连我都替你感谢他。为了扭转我四年前对你的不好看法，他没少和我辩论。"

那天晚上，李新宇喝了不少酒——他终于洗刷了当年被免职的耻辱。四年来夹紧尾巴做人，对年轻的他谈何容易。从此，又可以挺直腰杆做人了！

那天晚上，程亦诚也喝了不少酒。他高兴的是——李新宇毕竟很争气，而自己，也算是报答了救命之恩。

…………

"小青楼"建成后，全厂人的眼睛都盯在了它的分配问题上。

李新宇求到了程亦诚，诉说自己的家住得多么拥挤，希望程亦诚无论如何也要帮他分到一套房子。

程亦诚当时虽已是副厂长了，却不是分房委员会委员。他自己也是交了分房申请的人，明知僧多粥少，稍有不公就会闹出打破头的事来，只得委婉地表示爱莫能助。

李新宇恳求不休，以至于流眼泪了。

程亦诚最后只得说："我一定尽力而为……"

当一个人对另一个人的请求说出了"尽力而为"四字，他无非有两种选择——或者根本不为，而后说已经尽力了；或者，当作承诺，明知困难，知难而上。在任何年代，后一种人都是少的，如今就更少了。当年的程亦诚必属于后一种人。

但怎么尽力啊？

他想不出任何尽得上力的办法来。

偏巧，几天后他收到了吴玥的信。信中夹有照片——吴玥当母亲了，而且是龙凤胎。从几张她与丈夫各抱一个孩子的照片看，她无疑正处在人生最幸福的阶段。

程亦诚忽然有了"尽力而为"的办法。那几日李新宇的恳求使他"压力山大"，实际上他特别后悔说出了"尽力而为"四字，千不该万不该的是前边还加上了"一定"二字。

他立即给吴玥回了一封长信，不厌其烦地向她"汇报"厂里的种种人事变化。估计吴玥想了解的，几乎都面面俱到地写在信中了。当然，也重点写到了李新宇的重新做人和入党，并受李新宇"委托"向吴玥表示忏悔。结尾一小段，专写李新宇家居住情况如何困难，请求吴玥给厂里写封信，替李新宇争取到一套两居室的住房。

厂里还真收到了吴玥的一封信。

她在信中写了这么一行：如果李新宇也能分到一套住房，那将是她和丈夫都很高兴的事。

结果李新宇就具有了毫无争议的分房资格。

否则，可以肯定地说，李新宇与程亦诚二人是断无缘分同时成为"小青楼"之邻居的……

那是什么？

话说二〇一四年六月某日上午某时，程先生的老伴蔡鸣芬伏窗外望，良久不动。

程先生奇怪地问："看什么呢？"

老伴定那儿了似的，神秘地说："你也来看看。"

程先生便走了过去。

老伴指着问："那是什么？"

程先生说："那不是地锁吗？地锁你没见过？"

不知何人何时在楼前三米多宽新铺的行道上，固定了一副车位地锁，黄色的，新的，立体三角架式的。

老伴说："昨天我在楼前看见李师傅从人行道上往下倒车……"

程先生打断她的话，教诲道："纠正你多少次了，别再叫人家李师傅，你就是记不住！人家也是知识分子，当年人家是从技校毕业的。李师傅是对工人的称呼，你总叫人家李师傅，人家也许心里是不高兴的。"

老伴说："我从没觉得他不高兴过呀，别人不是也都叫他李师傅吗？"

程先生不耐烦了："嘱咐你改一种叫法你就改一种叫法！别人是别人，你是你，你与别人不一样。"

老伴也奇怪了，反问："我跟别人怎么不一样了？"

程先生更不耐烦了："不一样就是不一样！你也是当年的老大学毕业生，所以你叫人家当年技校毕业的人李师傅，人家心里也许就不高兴。人家心里不高兴脸上不表现出来，你就没法知道人家高兴不高兴……"

老伴有点儿火了，顶撞道："你有病啊？芝麻大一点儿事儿也非教训我啊？他在厂里不是一直当工人吗？不是以工人身份退休的吗？"

老伴说得对，李新宇确实一直在厂里当工人来着。这是因为，"文革"时期厂里分入了几批"工农兵大学生"，将他成为科研人员的路一次次给挡住了。"文革"后又分入了几批正式的大学生，成为科研人员就更没他的戏了。

但程先生对老伴的纠正也是煞费苦心而且自认为必需的事。因为，多年以来，程先生觉得他和李新宇之间一次比一次谈不拢了，有时似乎都有那么点儿话不投机半句多的意味了。程先生意识到，他俩已不再是，而且不太可能再是朋友了。只不过，双方都尽量掩饰这一点罢了。毕竟，他们都曾有恩于对方。

一次，两人不知怎么又杠起来了。

李师傅说："你这种知识分子是既得利益者，你看问题的立场当然和我们工人阶级不一样。"

程先生不爱听，就问道："别忘了你当年也是技校毕业生，技校毕业生在当年也算是知识分子，只不过是小知识分子……"

李新宇嘲讽道："所以嘛，你这种大知识分子当上了副厂长、研究员。而我这种小知识分子，却一辈子沦为了工人。你成了'先生'，我呢，成了'师傅'。哎，如果你们当年拿我当小知识分子看待，那我今天也怎么都不该被称作'师傅'吧？"

程先生瞪着他，一时不知回敬几句什么话才好。

李师傅又说："《列宁在十月》你也看过多遍的，有一段情节你肯定和我一样印象深刻——列宁快步走入会场，走上台去，望着台下的工农兵代表，大手一挥响亮地说：'同志们，工农兵代表同志们，我们盼望已久的苏维埃政权，它今天成立啦！'你是大知识分子，你比我更加明白'苏维埃'三个字的意思。你和我之间的人生差距意味着什么，你不傻，自己去想吧您哪！"

程先生张了几次嘴才说出一句话："新宇我提醒你，你只是你，代表不了多少工人。"

李新宇冷笑道："你这么认为吗？那咱们在网上搞一次有限范围的统计？"

程先生又张了张嘴，这次没说出话来，一转身走了。

从那天起他明白，他和李师傅根本不会再是朋友了。

他在回家的路上联想到两件事。一是六十多岁的李新宇从前年起迷上了健身舞，自制了一套音量颇大的音响设备，成了附近公园里一伙大妈的教练。当然也不完全是大妈，间或有中老年男士出现于舞列，某时四五人，某时六七人，从没超过总人数的十分之一。二是他某晚在公园散步时，从舞列旁经过，听到李新宇在对他们讲话。他不由得扭头看了一眼，见李新宇倒背一只手，另一只手在胸前比画着为了加重语气。

他不由得站住了。

李新宇说："我不喜欢你们称我李师傅，称呼得再尊敬我也不喜欢。我本不该成为什么李师傅的。我曾是知识分子，而且出身于书香门第。是因为时代对中国开了一个大玩笑，我才成了今天的李师傅的。我也不喜欢你们称我教练。教练都收费的，我可是白教。你们要想表达对我的敬意，以后请称我先生吧。现在先生不是很普通的称呼吗？你们就用很普通的称呼来称呼我好了。"

联想到以上两件事，程先生对李师傅打内心里生出鄙视来了。他曾是车间党支部副书记，李新宇的入党介绍人啊。对李新宇的档案，他太熟悉了呀。李新宇的父亲是三轮车工人，爷爷是一辈子没进过省城，三年困难时期饿死在农村的农民嘛！怎么可以胡编出身欺骗对自己不了解的人们呢？太可笑了。

联想到以上两件事，程先生对李师傅的鄙视升级了，就像当年看见他调戏吴玥以后那么鄙视他了。

二〇一四年六月的那一天，因为老伴以后应该怎样称呼李新宇的问题，程先生就又想起了以上两件事。但他却又不愿对老伴讲，老伴仍处在两家关系特好的自我感觉之中，他不忍破坏她那种一厢情愿的自我感觉。老伴呢，则固执地与他辩论——知识分子不仅是一个文凭概念，还是一个文化概念；而"先生"和"师傅"都是同样含量的尊称。

"你的意思是指他没文化喀？"——程先生来气了。

"你认为他有文化吗？自打认识他，我就从没见他读过一次书，也没见他家里有过一本书。一见别人在读书，他要么把头一扭，要么说些讽刺别人的话，当他面我也敢说他没文化!"——老伴也来气了。

"不许!"——程先生怒吼了，像老伴在说他是一个没文化的人似的。

"我跟谁说什么，怎么说，从哪天起需要你的教导，非得经过你的允许了？我没有言论自由了吗?"——老伴涨红了脸，据理力争，也仿佛尊严受到了侮辱一般。

最终，还是程先生首先缓和了语气，向老伴承认自己对她吼是不对的，道歉了，保证以后再不了。

但他仍苦口婆心近于低声下气地说："就算我求你了行不行？以后咱们也称他先生吧!……"

"也称他先生？一幢楼里住了快三十年了，一向称他小李，李师傅，忽然都改口称他先生？你脑子有毛病了，我脑子还正常着呢!"

老伴又不干了。

"确实不好，让我想想，这样，咱们往后都叫他新宇吧，新宇，这样叫他更亲近了是不?"

连程先生自己也感到若称李新宇"先生"太虚伪了。

"叫他新宇是我可以接受的。"

老伴终于让步了。

于是，话题又回到了地锁。

老伴说，她昨天看见李新宇从人行道上往下倒车时，问他要去干什么，他说去买地锁。

"那么，地锁肯定是他安的！"

"那是不对的！人行道本就是不该停车的地方。因为停车的地方少，谁家车停那儿也就停那儿了。他又带头安地锁，不明摆着是占公共之地为一家私有的行为吗？"

程先生离开窗前，从桌上抓起了电话。

老伴问："你想怎样？"

他说："我要批评他那样做是带了个坏头。"

老伴说："别忘了你早就不是副厂长了。"

程先生愣了愣，缓缓将电话放下了。

老伴说："你坐下。"

程先生顺从地坐在了桌旁。

老伴也坐在了桌旁。

"咱们也得买车了。钱不是早存够了吗？事不宜迟，今天就买。连地锁一块儿买回来……"

老伴心中分明已有主见。

"不许！"

程先生又吼了起来。

"好好好，那就先不买地锁。但今天必须把车买回来，真的事不宜迟了！又不是买不起，那还拖个什么劲儿？孙子眼瞅大学毕业要参加工作了，儿子两口子不久也要从国外回来定居了，两方面都没车太不方便了……"

老伴心平气和却坚决地摆着当天必须将车买回来的种种理由：自家也早日占个车位是大势所趋，有车位的房子即使卖了也会卖个高价；听说本市的私家车辆也要控制了，像北京那样摇不到号就买不成了；都七十来岁的人了，没辆车以后看病也麻烦……

老伴的理由每一条皆是硬邦邦的理由，事不宜迟的主张具有无可置疑的前瞻性。程先生并不反对买车，只不过不太上心。退休后，特别是过了六十五岁以后，他对某些事明显地缺乏应有的兴趣了——对车便是那样。

他完全放弃意见地说："那你就和孙子商量着买吧，我出去散步了。"

也不能只聊天气

程先生在公园里遇见了李师傅。

两个做过朋友，互相都有恩于对方的男人，而且又都是年纪一大把的男人遇见了，虽然关系已早有裂痕，但双方毕竟都没撕破过脸，都在心里想你不先跟我撕破脸我就还跟你嘘哈着——这么样的两个男人遇见了，往往都是会驻足聊几句的。那时他们将那一种主动当成一种修养，一种风度，往往还暗比看谁比谁在修养和风度方面更高些。

于是他二人站在公园一处阴凉地方聊天气。

那天的天气很好。他们倒除了说好，再就都没什么话可说。

他二人都觉得，在只聊了一两句天气的情况下，若谁先转身便走，不但证明谁失礼在先，而且证明谁首先不将对方当一回事儿了。

于是他二人又聊起了房价。

聊房价也聊到都无话可说时，程先生没话找话地说："我家也要买车了，决定今天就买回来。"

李师傅呢，则抓住新的话题，建议程先生该买什么价位哪种系列的车，而不该被哪几款车的外观所迷惑。他对车挺懂，建议也格外诚恳，一打开话匣子，就侃侃而谈起来。

程先生感兴趣的话题则是历史及时事，而这类话题是二人最谈不拢的，便只有尽量装出洗耳恭听受益匪浅的样子听着而已。就在他的耐心几乎崩溃时，手机响了，他老伴催他回家吃午饭。

"新宇，我家也要买车别跟他们说啊！"

他撇下这么一句话匆匆走了。

李师傅久久望着他的背影，一时想不明白他对自己的称呼为什么改了……

怎么会这样？

程先生的孙子程晓光从学校回来了。那孩子接到奶奶命他回来买车的电话本是十二分不乐意的。他已考下了驾驶证，也像奶奶一样早就希望家里有车了。但他正忙于修改毕业论文，处在惜时如金的情况。

奶奶在电话中说："再拖下去，买回车来也占不到车位了，你自己看着办！我着急还不是为了你？"

这话说到根子上了，所以晓光不情愿也还是回来了。三口人吃罢午饭，立即出门去买车。想买车的人到了车市，几乎没有不看花眼的。他们买得起的是十五六万的车，那车市那个价位的车最多，他们不但看花了眼而且很难统一意见。一会儿这个坚持买这一款，一会儿那个又主张买那一款。三个多小时后，最终由孙子行使一票决定权，才总算由奶奶去划卡交款了。

在孙子开车回家的路上，老伴问程先生："感觉如何？"

程先生回答："挺好。"

"与坐出租车不一样吧？"

"那是。"

"十六万多花得舍得吧？"

"舍得。"

"高兴不？"

"高兴。"

"以后到了周末，想不想让孙子开车带咱俩去郊区玩？"

"想。"

听着爷爷奶奶的对话，孙子也高兴了，得意地说："还是最后由我选这一款选对了吧？车膛宽敞，提速快，刹车灵，性价比高，音响也不错！"

他说罢开了音响，调准了台，请爷爷奶奶听他俩爱听的王玥波的评书。

路上开始有点儿堵了。中国之省会城市，已经没有在交通高峰时段不堵车的了。

但还算一路顺利地将车开到了楼前。

爷爷奶奶和孙子，三人望着楼前目瞪口呆——楼前三米多宽的人行道上，仅仅一下午的时间便发生了意想不到的变化，安装了一溜崭新的、金黄色的、立体三角式的固定地锁！

程先生大为惊诧："怎么会这样？！"

老伴喃喃自语："我说什么来着？事不宜迟，事不宜迟，还是迟了吧？"

而孙子默默关了音响，三人都变成了不会动的假人似的。

而在他们的车后响起了阵阵喇叭声，几辆车被他们的车堵住了去路。

街两边也停满了车，根本没有可以再停一辆车的地方了。

无奈之下，孙子只得将车开入附近一个小区，往保安手中硬塞了一百元钱，才在一处白线画于犄角旮旯的车位停下了自家的车。保安说那家人驾车旅游去了，估计很快会回来，只能停几天。

孙子那本就有限的高兴被一扫而光，没心情留下吃晚饭，快快地赶回学校去了……

夜半三更哟

是夜，老两口失眠了。

老伴侧身而卧，背对他，一动不动地说："总共十三桩地锁。"

程先生良久才说："那我就明白了。"

又良久，老伴问："明白什么了？"

再良久，程先生索然地回答："不说也罢。"

二〇一四年的"小青楼"，老户只剩十五家了。三居室这一单元中，老户只剩程先生他们一家了。前几年"小青楼"的三居室房价看涨，好卖，另外那些人家就都将房子卖了，添些钱买下更好的房子搬走了。他们老伴俩也动过心的，然而"小青楼"虽是幢老楼了，却地点好，交通方便，附近有公园、小学、超市，离一家三甲医院也很近，几经犹豫，他们决定接着住下去了。另外三个单元的大部分人家也都搬走了。剩下的十四户居民中，郝俊臣一家也搬走了，只不过没卖房子，没租，偶尔还回来住住。说是怪想老邻居们的，所以不卖也不租。郝俊臣退休时是副研究员，这成了他心中永远的疼。但他特能忍那一种疼，很少抱怨。在李师傅等工人面前，更是咬紧牙关也不说。总有即将拆迁的消息隔一年传一阵。十三桩地锁的主人们，全是对拆迁寄托很多希望的人家。而楼前那段人行道，连神仙也划分不出十四个车位来。如果又有一家加入车位的占有，那十三户有车的人家中就必有一家的车被"挤"下人行道去，每天都得在路边寻找"野车位"；那将会是很大的烦恼——程先生说"明白了"，指的正是明白了他家也买车了给那十三户人家造成的紧张感。

两点半左右，老伴俩总算渐渐入睡了。刚入睡不久，电话骤然响起，又将他们惊醒了。老伴俩谁也不接，以为响几声就过去了。过去是过去了，几秒钟后又响起来。响了三四阵，老伴忍不住接了。是附近那小区的物业值班室打来的，一个男人的声音冒烟带火地命他们赶紧去将车位腾出，因为车位的主人驾车从外地旅游回来了。那小区的物业有"小青楼"老居民们的联系电话。

老伴俩不敢怠慢，双双前往。

值夜班的保安板着脸问："给白班的保安钱了吧？"

老伴俩同声说："没有，没有。"

值夜班的保安不信："没给钱会允许你们占别人家车位？"

站在旁边吸烟的别人家的男人将烟一扔，没好气地训斥值夜班的保安："还他妈啰唆，让他们快腾车位啊！"

老伴俩又都说不会开车。

值夜班的保安也火了："都不会开车来干什么？你家会开车的怎么不来？耍人玩啊？！"

程先生连说："不是不是。"

老伴解释："孙子会开车，可他没住家里。"

别人家的男人朝程先生伸出了一只手。

程先生困惑地问人家要什么，这一问，将人家问得火冒三丈了："还能要什么？车钥匙啊！我替你们腾车位啊！"

老伴俩这才想到，孙子忘了将车钥匙留给他们。

别人家的车门一开，别人家的妻子也抱着孩子下车了，让丈夫去找保安队队长。

当丈夫的男人嚷嚷："找他们队长有屁用啊！咱们走，回家睡觉去，再出现什么情况都是他们的责任！"

人家锁了车，搂着老婆的腰扬长而去。

值夜班的保安也嚷嚷起来："哎！你们也不能把车停这儿啊，这不把进出的车道给堵死了吗？！"

别人家的女人头也不回地甩过来四个字："自作自受！"

值夜班的保安就将火气发在程先生老伴俩身上："不管你们孙子在哪儿,快让他带上车钥匙来啊!"

老伴愣了愣,转身便走。

值夜班的保安又嚷嚷起来:"聋啦?哪儿去啊?"

程先生屈辱地说:"我们都没带手机,她是回家去打电话。"

结果是老伴用人家保安的手机给孙子打的电话。程先生看得分明,老伴脸上已淌着泪了。

半个多小时后孙子骑辆自行车赶到了。但车位的主人将车停得不是地方,孙子来了也还是没法腾出车位,于是保安又不得不将车位的主人从家里请来……

当老伴俩在家中接到孙子的电话,说已将车停在了一处稳妥的地方,请爷爷奶奶放心时,窗外天已快亮了。

孙子说拦住了一辆出租车,直接回学校去了。忘了锁自行车,是借的。

程先生又赶紧回到那小区去找孙子借的自行车。

自行车丢了。

第二天一早程先生就往李师傅家打电话,连"新宇"也不叫了,劈头便问:"昨天,咱俩在公园里分手后,你是不是将我家要买车的事告诉了他们?"

他问得不客气,李师傅的反问也就特冷:"你说清楚,他们是谁啊?"

"就是,另外十三户人家的人。"

"我有病啊我?"

"你发誓说你没告诉吗？"

"程亦诚，我对你发得着誓吗？我只告诉了郝俊臣一个人，那怎么了？犯法了？你一大清早问罪似的！"

"可你为什么要那么做呢？"

"什么为什么啊？你审问啊？他回这边的家来找东西，我碰上他了。闲聊，东一句西一句地随口说了。哎！程亦诚，你以为你是谁啊？别人称你先生你就了不起了？你他妈一大早找谁的碴儿啊？老子不吃你这一套！"

李师傅啪地放下了电话。

程先生瞪着听筒呆如木鸡——二人都尽量互相包涵的关系，到底还是没将就下去撕破脸了。

烦恼大了

十点刚过，某交警队打来了电话，说程先生家的车因为停在了不该停的地方，已被拖到交警队的院子里去了；人家通知车主去交罚款。

无奈，又得将孙子从学校"请"回来。

程先生怕孙子年轻气盛跟人家交警队的人杠起来，相陪着到了交警队。

孙子问："怎么是将车停在了不该停的地方呢？是停在一家饭店门前白漆画线的停车位以内啊。"

交警队的同志谆谆教导："不是所有白漆画线的停车位都是合

乎法规的停车位。有些是擅自画的，未经交警批准。”

那还有什么可辩扯的呢？只得乖乖交了二百元罚款。

程先生坐在副驾的位置上帮孙子参谋着，孙子开着车在几条街道间兜来绕去，最后一致决定，将车停在了一座写字楼的地下车库。停在那儿稳妥是稳妥了，但每天得交一百元停车费。

孙子的毕业论文答辩已迫在眉睫，也不陪爷爷回家，又匆匆赶回学校去了。

程先生身心俱惫地回到家中，将停车结果向老伴一汇报，老伴哭了。

她哭着说：“一天一百，一个月不得三千吗？我的退休金才每月四千多！”

他心烦意乱地责备：“你就别哭了行不行？谁叫你急着买车的呢？”

老伴流着泪争辩：“是买车买出的错吗？明明是买晚了才产生这么一堆烦恼！”

他怕吵起来，转身躲入了另一间屋。

每天一百元的临时停车费他也是心疼的。孙子的答辩日刚一过去，他亲自给孙子打电话，又命孙子尽快回家。祖孙二人趁着路边的“野车位”没停满车，将车开回抢占了一个车位。“野车位”虽然是公共车位，没谁家安地锁，却都遵守着一条潜规则，那就是——谁家的车占有的时间长基本上被认可某车位便是谁家的了。爷爷奶奶孙子心里都明镜似的知道冒犯潜规则了，但还是那么做了。不冒犯又怎么办呢？他们都自我打气地这么想——潜规则毕竟不是正式规则。

傍晚外边响起了男人和女人交替着的辱骂声。这年头，谁的利益被触犯了谁不骂啊？并不合法的利益就不是利益了吗？

程家只得将窗关上，装作听不到。

孙子有意转移话题，说自己答辩前总受干扰，明明能得优的论文由于修改得马虎，勉强通过。

爷爷奶奶却都心事重重地没搭言。

一个周末，附近那小区的物业将"小青楼"老居民家的代表一一请了去。"小青楼"没有自己的物业，化工厂出钱将"小青楼"的物业委托给了那小区的物业，算是单位对退休工人和科技人员的一种福利。

人家的物业主任亲自给他们开了一次会，说有人一再向他们反映，在人行道上安地锁是不道德的。人行道岂容私自侵占？是可忍孰不可忍，强烈要求物业勒令拆除。

物业主任为难地说："你们也清楚的，我们只不过是你们那幢小楼的托管物业公司。这件事你们不能要求我们解决，我们也解决不了，因为我们不是执法单位啊。你们中不少人是知识分子，知识分子应在公德方面有好表现。建议你们相互之间协商解决。实在解决不了，那也应该向你们厂里反映，或向有关方面反映……"

人家物业主任说后几句话时，目光望向程先生好几次。望得程先生特不高兴，几乎想站起来大声表清白："我又没向你们告过状，你看我干什么啊？"——但一想到"此地无银三百两"之典故，克制住了冲动。

散会后，那十三户的代表，清一色十三个中老年男人三三五五亲亲近近地走在回家路上，谁也不搭理他。有的边走边互相嘀嘀咕咕，有的还边走边回头看他。似乎，十三户人家预先都知道开会内容，也予以高度重视，所以出席的都是户主。如果李师傅终究算不得知识分子，那么知识分子便只有程先生一人。

程先生一回到家里就坐下去闷声不响地吸起烟来，他破戒了。而老伴在看一份车险说明书。

他突然说了一句："再把车卖了！"

听来分明是气话，老伴没理他。

第二天是星期日，大学快放假了，即将毕业的孙子带着些送人没同学爱要、扔了又觉得可惜的东西回来了。小伙子进了门，刚放下东西便用目光四处寻找，最后操起拖把冲了出去。老伴俩看出有情况，程先生追出了门，老伴站在窗前，探出上身大叫孙子的名字。

孙子进门之前先看了看自家的车，发现前后车盖都被划出了深深的道子，一只车胎也被扎瘪了。

那青年怒从心头起，恶向胆边生，拎着拖把，眼望着另外三个单元的某些窗子破口大骂。情绪失控，居然骂出了一句"十三只王八十三只龟"。这下犯了众怒，另外三个单元有好几家的窗子开了，几个男女老少也站在自家窗内对骂起来，其中便有李师傅的身影。

李师傅指着吼："再指桑骂槐地骂我们，我出去揍扁你！什么鸟知识分子，黄鼠狼下地鼠，一代不如一代！"

程先生当街与孙子拉拉扯扯，扇了孙子一耳光才算将孙子拽回了家。

老伴不禁长叹，幽幽地说："一步没赶上，步步赶不上，可怜咱家那车，正要为它上保险。"

派出所接到报案派来了两名民警，为那受到伤害的车照了相，也到程家了解了情况，记了笔录。

一名民警说："类似案件不少，有的很快就破了，有的很长时间也破不了。你们要有耐心。关键问题不是我们的破案能力，是咱们这条街上没安摄像头。"

另一名民警说："究竟是有人因为你家占了人家的车位而进行报复，还是有人因为怀疑你家人告了什么状而泄愤，这也是目前不太好推断的。"

他们一走一个月内没了下文。

老伴本想去问的。有次已走到门口了却没出门。程先生也没劝阻，她自己就嘟哝着说没意思了。

一个月内程家去把车修好了，花了几千元钱，也为车上了险。但刚从自己钱包里花出去几千元钱之后才上险，老伴觉得那几千元钱花得实在冤枉，回家后心疼得心口痛。

就在这时，程先生平静地说："咱把车卖了吧。我怕不定哪天又会惹出什么更不好的事来。"

见老伴不做反应，隔了一会儿又说："我现在头脑是清醒的。"

孙子表态道："同意。我现在一想到一看到那辆车，心情就变坏。'野车位'咱们占不长的，除非把车停在那儿永远不开走。一开走，别人的车立刻就占上了。现在，连路边的车位也都写上姓氏了。咱家人能那么做吗？不能吧？"

程先生说："对。不能。"

孙子也就不管奶奶什么态度，当天将车开到二手车市去了。

不久车卖掉了，赔了两万元。

事情并没完。厂里的领导派来了工会的两名同志，一男一女。为了使市里的空气质量变好点，化工厂已迁到郊区去了，工会的同志来一次挺远的。他们说是专为解决地锁引起的矛盾而来的，逐家逐户了解情况，最后出现在程家。

工会男说："现在化工行业竞争激烈，领导们压力很大。住在'小青楼'的都是当年厂里的有功之臣，也都是有修养的人，希望能以和谐为重，也希望体恤体恤厂里的领导们，别因为一点儿小事三番五次地写上告信，分散他们的工作精力……"

工会女说："不都是中国汽车工业发展得太快惹的祸嘛！但也证明人民生活水平提高了呀。那段人行道虽然在'小青楼'的铁栅栏外，地皮却是单位的。由咱们'小青楼'的老居民们占据了，总比被后买房的、租房的，不相干的人们占据了好是不是？肥水不流外人田嘛！您程先生曾是厂里的领导，德高望重，就想开点儿，包涵点儿，别再跟他们一般见识了。他们都是工人，您是知识分子嘛……"

程先生起初还听得偶尔点头，听到后来翻脸了，一拍桌子抗议道："别跟我说那些不三不四的话！我又没给厂领导们写过上告信，你们对我说不着那些，我也用不着你们谆谆教导，谁写的信你们跟谁说去！"

他搞得工会的两位同志狼狈而去。

事情还没完。区里也来过一男一女两位同志，说是区长派来的。因为区长也收到了多封上告信。

连程先生的老伴也反感透顶了，他俩装作听不到敲门声，干脆没让区里的同志进家门。

否极泰来

钱真是好东西，很容易就能使人从倒霉中重新高兴起来。

孙子的爸妈从国外回来了。两口子在国外开了十几年中餐馆，挺成功，挣了不少钱，经济上发达了。他们听父母公婆和儿子诉苦似的谈起关于车的种种事，相视而笑，都没来气，像是在听好笑的别人家的事。

儿子说："既然在这儿住得不开心了，那就搬走呗，明天全家一块儿到处看看房子。"

儿媳说："爸妈帮我们把儿子带大了，操了不少心，辛苦了，应该住得更好些，享享福。车会有的，摇号难不住咱们。咱们的车得有车库，而不是路边上的车位。"

中秋节前一天，程家从"小青楼"搬走了。没谁送，也没向谁告别。他们住进了连体别墅，有车库，有花园。不久儿子开回了一辆"宝马"。虽然是合资的，那也是高档的。他们在"小青楼"的房子并没卖，也没租。老伴期待着拆迁，程先生对"小青楼"仍有感情，还想自己常回去住住。他对"小青楼"的感情，其实是对吴玥刻骨铭心的感情。当年他成为车间副主任，曾与吴玥有一段带给双方饱满欢愉的肉体关系。那是只有天知地知他俩知道的秘密。他是全化肥厂唯一一个得近吴玥芳泽并享受过与她做爱的美妙之境的男人。以此而论，当年的他也算得上色胆包天了。如今，越老就越忘不掉吴玥印在他头脑中的模样了。

网上出现了与"小青楼"有关的一段视频新闻——雨后，那一段安装了一溜地锁的人行道突然坍塌，有辆私家车被陷入窄长的地坑里了，当时李新宇在车中。他从车内开不了车门，也就无法出去。等吊车连人带车吊出地坑，他已由于严重缺氧导致心脏病发死去了。

程先生老伴俩看过视频后，又都有点儿伤感。在老伴那儿，是因为曾经的好邻居关系。在程先生那儿是因为——没有李新宇调戏吴玥那件事的发生，那么吴玥后来肯不肯与他有那么一段关系就难说了。他对李新宇这一种感激不亚于对救命之恩的感激，只不过得埋藏在内心里罢了。

他说："我想去参加他的追悼会。"

老伴说："那也得他家属主动通告咱们啊。"

李家没谁电话通告他们。

但李新宇的女儿李萱亲自找到了程家的新家。

李萱一坐下就哭了，请求老夫妇俩参加她爸爸的追悼会。

老伴俩同声说："一定，一定。"

李萱又请求程先生在追悼会上致悼词。

程先生犹豫地问："由我，合适吗？"

李萱说："您是他入党介绍人，又当过副厂长，没有比您更合适的人了啊。我老爸一生爱面子，您就最后给足他一次面子吧。"

人家女儿把话说到这份儿上，程先生便也答应了。

李萱接着要为父亲和程先生冰释前嫌。

她说："程伯伯，您对我父亲缺乏理解。人啊，谁不是越到老年，越认为自己人生最风光的时候好呢？可怜我父亲，做梦都想出人头地，可他人生最风光的时候，也就'文革'中那么一小骨节儿。他说那时候好，别人听了都不跟他辩论，偏您总认认真真严严肃肃地和他掰扯。如今像我父亲这样的人不老少，你能一一跟他们掰扯出个结果吗？"

程先生就内疚地说："你批评得对，批评得对。"

老伴也替他说："掰扯不清，掰扯不清。"

李萱又说："我父亲生前对您也猜疑错了——他以为准是你不断东告西告地找我们十三户人家的麻烦，他们也都是这么猜疑的。但后来搞清楚了，事实证明不是您……"

"那是谁呢？"

"郝俊臣呗。"

"他？不会吧？"

"就是他。每次寄的都是匿名打印信。他家不是不想卖房子，其实特想卖了。只不过想卖有固定车位的房子，有固定车位的房子房价高不少呢。一旦动迁，补偿费也高不少。所以他总想把既成事实改变了，闹出个重新洗牌的结果，他好趁机实现自己家也安上地锁的目的……"

李萱披露的真相，令程先生顿觉一阵冷气袭脊。郝俊臣——那位举止斯文、逢人先笑的自己的同类，肯定明知自己成了十三户老居民所憎恨的人，在他面前却从没表现过半点儿的良心不安。过年过节，还一向主动给他打电话致以问候！

"我认识李新宇同志已四十余年了。我和他曾经是朋友……"

李萱走后，程先生铺纸研墨，用毛笔写起悼词来。

"可他人生最风光的时候，也就'文革'中那么一小骨节儿……"

程先生耳边响起李新宇女儿的话，顿觉李新宇确实很可怜，遂将"曾经"二字圈掉了……

2014年7月30日于北京

丢失的心

K 先生病了。确切地说，是 K 先生觉得自己病了。

在不到一个月的时间里，K 先生数次对夫人忧郁地说："我肯定病了。"

他觉得心脏出了问题。

"它好像根本不是我的了。"——他第一次指着心口这么说时，引起了夫人的高度重视。

夫人问："具体什么感觉呢?"

K 先生嗫嚅地回答："说不太清楚。反正我就是觉得它不是我原来的心脏，而是别的什么人的了。"

听了他的话，夫人反倒不怎么认真对待了。

"它已经开始影响到我这里了。"——K 先生第二次说时，指的不再是心口，指的是头颅了。

"让你头疼过吗?"——又引起夫人的重视了。

"比头疼还糟糕。我想，也许不久以后，我整个人都会被改变的。我的，也是咱俩共同的生活方式必将随之改变，可我不愿出现那样的情况。"

确实，K先生这个人有点儿变了，夫妇二人习以为常的生活方式也有点儿变了。自从他们结婚后，三十几年里家中不曾有过一本闲书，有的全是财会方面的、股市交易经验方面的书。他退休于证券交易所，夫人退休于财会科长的岗位。夫妇二人都曾是很敬业的专业人士，从不看闲书的。他们认为看闲书的皆是精神空虚，是对自己的人生找不着北、完全丧失了方向的人。他们不屑于与那样一些人交往，朋友圈里没有一个那样的人。

"老婆你看，我居然开始买闲书了！不但亲自到书店里去一本本挑选，买回来后还一本本读，读了后居然还要思考写书人的观点对不对，居然还与写书的人进行单方面的探讨、辩论。读到欣赏的段落，居然还会再读一遍，甚至反复读！居然还会做出更可笑的事，居然向朋友们推荐！……"

K先生居然在他并不算长的话语中多次用到"居然"二字，以强调事态的荒唐程度。他们两口子及他们的朋友们，一向将世上所有的书分为两大类——读了有用的和读了没用的。有用的指能立竿见影地指导人解决实际问题、助人实现实际愿望、达到实际目的之书，其余一概是无用之书。而对写前一种书的人，他们尚会颇怀敬意称其为"作者"，对于写后一种书的人，则往往以"靠写书挣钱的人"来谈论了，谈论时难免流露出不屑的意味。即使在有用的书中，两口子大半辈子以来也基本上只读三类——菜谱、养生保健、传授如何挣到更多的钱的书。此外居然也读某些已然挣到很多很多钱、跻身富豪阶层的成功人士的传记。

确乎，近半年以来，他们家的书架上多了几十本无用之书，无非是些文学的、文化的、艺术的、历史的，关于人生与社会的思想类书。一言以蔽之，用他们的话来说，纯粹是"精神极度空虚，无聊到不知究竟该拿自己怎么办才好的人所读的闲书"。

"老婆，难道你居然一点儿都没觉得我已经变得多么不正常了吗？我怎么变成现在这样一个人了！你居然一次也没问过为什么吗？咱们的朋友们约咱们聚餐、打麻将，我居然变得不怎么情愿了！我也不怎么爱陪你看电视剧了，当你告诉我网上的关于明星的八卦新闻时，我也几乎没有了与你分享的乐趣！以前咱俩经常一上午或一下午地自编儿段夫妻笑话发给朋友们的是吧？可这半年以来，咱俩压根儿就没再共同创作过那样的微信也是一个不争的事实吧？更要紧的是，有几次别人请我去讲座我都拒绝了，理由居然是因为正在按照自己给自己订的读书计划读某一本闲书！这他妈的算什么见鬼的理由？！如果一个人对挣钱的态度都开始漠然了，那么这个人岂不是就快变成白痴了吗？！……"

K先生对自己种种不正常的表现忧心如焚，说着说着，居然眼泪汪汪的了，如同那种种不正常的表现是癌症前兆。

他夫人虽然也认为他的那些表现属于不太正常的表现无疑，但显然还没不正常到值得他惶惶不安的地步。

她善于排忧解愁地安慰道："老公，你与从前的你相比，尽管真的有些不正常的、古古怪怪的表现，但那种不正常和古怪不是也不算太出格吗？别忘了咱俩大学本科学的都是中文，当年都有先见之明，预感到了中文的没出息才一块儿奋发图强考上了经济系研究生的。我想那四年的中文底子，肯定会在咱们的头脑之中残留下了某种影响。现在那种影响找到你头上了，所以你才会有那种种古怪的表现。你当年是一名优秀的中文学子嘛，残留的影响当然会根深蒂固一些。不像我，我从来就没喜欢过闲书这种浪费人时间和精力的有害无益的东西。我当年考中文只不过是权宜之计、明智的选择。所以呢，那种残留的影响虽然头脑中也有，但却奈何不了我。这大概有几分基本遗传的原因，我家几代人中根本没有一个爱读闲书的。可你的家族中，有那种爱读闲书的坏毛病的人太多了吧？你父亲是所谓文化知识分子，大学教授。你母亲，偏偏又在图书馆工作了一辈子，一年到头经常接触到的十之八九是从闲书中找学问来做的人。往上望，你的先人中不乏秀才、举人什么的，还出过一位进士。你没退休之前，不是经常说退休以后一定要做一个以读书为乐的人吗？这都是基因所决定的。一个人不能偏与自己的基因较劲儿，只能顺其自然，以平常心看待自己身上的不良基因反应。咱们这样的人家还缺钱吗？不缺钱了是吧？银行里存的钱足够咱俩安度晚年的，单位给咱俩缴的医保也很高，退休金丰厚，在城市最好的地段住着宽敞的大房子，市郊还有连排别墅，私家车也是开出去体面的那一种。儿子呢，在国外学的也是金融，并且已在国外银行工作了，稳定，成了年薪颇高的人士。在以上这么一种前提之下，你忽然又爱看闲书了，那就看呗！就算不正常，就算是毛病，但不是对身心并没多大的危害吗？"

"可在咱们的朋友圈中，也有人觉得我变得不正常了。"

K先生没能控制住沮丧，到底还是淌下泪来了。

他夫人看着他那可怜的样子很是心疼，却也想不出什么办法，只有接着相劝："是啊是啊，我也听到了一些闲言碎语。所以呢，朋友们再聚餐，你还是不要拒绝。再约咱们打麻将，你还是要表现得一如既往地高兴。总之要使朋友们觉得，你还是和大家一样的人。朋友们其实也是为你好，怕你在不太正常的道路上滑得越来越远，变得越来越不正常，越来越古古怪怪，你大可不必将他们的话当成是嘲讽……"

然而那一次相劝并没起到什么实际上的良好的效果。

某日夫妇上床后，夫人已关了顶灯，开了床头灯时，K先生却经久地靠着床头沉思默想。

夫人一白天心情特好，上床之前便对上床之后心怀期待，温语柔言地问："老公想什么呢?"

K先生一脸严肃地反问："伯阳的话便句句是真理吗?"

夫人困惑了，又问："伯阳是谁呀?"

K先生似乎也困惑了，却看她一眼，不屑于再回答的样子，又陷入沉思默想。

夫人将他放在枕旁的书拿过去一看，见是《道德经》注释本，于是大学本科所学过的知识残留沉渣泛起。

"你指的是老子?"

"你应该知道的。古往今来，有不少学人对《道德经》的自相矛盾之处、宣扬愚民思想、几乎完全否定其前文化的世人皆醉我独醒的个人文化沙文主义不乏质疑与批判，正因为有那些先哲们的异议存在，我反倒认为老聃是伟大的。好比一件古物，不论是金银铜铁的或玉的石的木的，毕竟能使现代人觉得早已达到了那等造就水平已很不错了，挺了不起了。但若据它们的精美之点，非说远远高于现在的工艺水平，甚至说成是现在无法企及的，则我就认为是夸大其词了。"

夫人不认识他了似的瞠目结舌，不知说什么好了。

他话匣子一打开，滔滔不绝起来："老聃关于小国寡民的思想，明明有闭关锁国、使民愚安的意思嘛，某些当今学者，非要为古哲讳，硬说其伟大，文过饰非嘛。老子言：古之善为道者，非以'明民'，将以'愚之'。民之难治，以其'智'多。'明民'、'愚'民、'智'都是带了引号的原文。原文原文，哪一种原文才是真正的原文呢？因为不带引号的原文，自古以来坊间那也是层出不穷的。如果确实是反话正说，那么也同样应该用引号括上的字词，怎么就不用引号了呢？比如'绝圣弃智，民利百倍；绝仁弃义，民复孝慈'，也没用引号嘛，当今的某些学者又凭什么非说老子此处所言的圣、智、仁、义是指伪圣、伪智、假仁、假义呢？这难道不是有阿谀古哲之嫌吗？而阿谀不是老子所鄙唾的吗？老子早已指出，凡阿谀者，必有所图。他们图什么呢？"

K先生的目光凝视着夫人了，导师向学生提问似的问："你说说看，他们图什么呢？"

夫人不仅瞠目结舌，而且大惊失色了。

K先生则沉思默想地接着说："我觉得，咱们中国人有一种很古久的毛病，往往一个时期里将自己的文化成就、文明成果自我否定得一无是处，一概地说成是'瞒'和'骗'的文化；一个时期里却又将自己的文化、文明百般美化，仿佛美轮美奂，白玉无瑕。这世界上哪一个国家总体的文化会是那样的呢？哪一个国家的文明史又没有往事不堪回首的负面呢？"

夫人骇然地问："你怎么了？"

K先生神情庄肃地反问："你认为我怎么了？"

夫人口吃了："你……你胡思乱想些什么呀？老公……你你你可，从来不这样的啊！没什么正经事可想了吗？值得为……为那些根本不值得一想的破问题费脑子吗？……"

"我是不是又不正常了？是啊是啊，我这是怎么了？我怎么会变成这样？我多次说过我变得不对劲儿了嘛，可你总是不当回事，掉以轻心！可怕，太可怕了！"

K先生于是紧张兮兮的了，如同癌症患者又在自己身上摸到了致命的肿块。

"你捧本闲书看了一白天，看一会儿出一会儿神发一会儿呆的，这时候肯定头脑乱成一锅粥了！乖乖睡吧大宝贝儿，不要再胡思乱想了啊！"

夫人吻了他额头一下，将床头灯也关了，并将《道德经》压在了自己枕下。

黑暗中，K先生居然慢条斯理地又说："民可使由之，不可使知之，孔子这话也有两种不同的解释，我觉得主张愚民的解释语法上反而更靠谱一点儿。"

夫人小声地请求般地说："睡吧。"

她眼角流泪了。

第二天是周日，每月的那一个周日，几户人家的夫妇朋友或曰朋友夫妇，基本上都要聚餐一次的。都是生活较优渥、独生儿女工作了成亲了的人家。都有共同的也是简单的，并且都感到特别充实的生活乐趣——对吃喝的永不餍足的享受、对股市行情的深入热烈的讨论以及对时事的本能般的关注。时事在他们之间便是明星或名人们的绯闻，这个门那个门的。他们从不谈政治之事，与政治有间接关系的话题也不谈，认为那些话题太粗鄙，容易引发人的不良情绪。他们都愿做有特色的优秀的中产阶层人士。优秀当然就要优秀在"从心所欲，不逾矩"一方面。他们虽然都离七十岁还有些年头呢，但都觉得有条件"从心所欲"了那就何必太教条。况且他们的"从心所欲"挺自制，不乱来。为了"不逾矩"所以不谈政治，这是他们的共识。他们早已将本市上档次的饭店吃了个遍，这次是第三轮从头开始了。

K先生又不愿去了，请求夫人允许他留在家看书。

夫人不悦地说："前两次你就没去了，我再编不出谎言替你解释了。就算还编得出来，朋友们也不会信的。"

那意思：凡事不可一而再，再而三，何去何从，你自己看着办吧。

怕使夫人大为扫兴，他又表示愿意去了。临出门，居然带了本书。夫人不拿好眼色瞪他，他赶紧将书放下了。

聚餐时，K先生的表现还算正常。朋友们大快朵颐，他也吃得津津有味。朋友们交流保健经验，他也发表看法或洗耳恭听。

他们一向自诩"食者"，以区别于"吃货"，以表明对"美食家"应有的谦虚。不得不承认，他们男男女女皆是"食诣"特高的食者，什么好吃的都不错过，都吃不够，却又从不至于吃出健康方面的问题来。他们经常互相传授如何吃却吃不胖吃不出脂肪肝、"三高"之类的丰富经验，其经验中最宝贵的一条居然不是锻炼之法，而是常服一种据说原属宫廷秘方如今也只有少数幸运的中国人才知晓的中草药汤，某几味中草药还不太容易买到，然而那对他们不是什么难事，他们都是有门路也不乏神通之人。在互相传授经验这一点上他们都特无私，谁对谁都不瞒着掖着的。

吃罢照例是要搓麻的。

搓麻时分为三桌，数局之后 K 先生表现出他的不正常了。

在 K 先生那桌有位 D 先生原是位区委副书记，他说："中国有麻将，外国玩扑克、桥牌，但是若论文化含量，外国的扑克、桥牌是没法与咱们的麻将相提并论的。咱们的麻将可以是良竹的、珍木的、玉石的、玛瑙的，其上的点可以是镀金的、镀银的，那是怎样的一种手感啊！外国的扑克、桥牌却永远只能是纸的。这是文化差异。文化差异决定一个国家的历史、当下与未来。"

另外二人点头称是。

K 先生既没点头，也不称是，却说："中国外国，还有更发人深省的文化差距。"

他的话以及语调听来莫测高深，于是他们的目光一齐望向了他。

D 先生便说："请道高见，愿听端详。"

K 先生索性放下麻将，双手叠于桌上，垂着目光说："我是没有什么思想可言的。"

他们便也都放下了麻将。

K 先生又说："当然，现在也是有一点儿的啰。"

他居然读了《梁启超传》，记住了梁任公给新生上课时的口头禅，将"知识"改为"思想"，权当成自己的话想要表明他很知晓自己的斤两。

但他们是绝不读《梁启超传》一类闲书的，当然不明白他只不过是借名人言以炫辞令，掉书袋。

一人催促："你就别卖关子了，说吧说吧。"

K 先生便说："如果承认孔子是中华文化的蒙师，那么他的国家思想大体上是一种回头看的思想。在他那个时代以前，有过一个周天朝。也许那是一个相对而言较好的朝代，但终究是半封建半奴隶社会的朝代。一个较好的时代确实存在过，于是使孔子那样的思想家不可能不含情脉脉地回望它，而那样一种太有感情色彩的回望，使较好在他心目中逐渐变为很好、特好、完好，这就妨碍了他以向前看的眼光拓展他的思想维度。在思想维度方面，他显然不如老子的思想维度广阔，尽管老子也有老子的思想局限性。与别国对比，就以希腊为例吧，苏格拉底们所处的时代是古城邦文明的鼎盛时代，回头看没有什么更进步的时代可言，所以苏格拉底、柏拉图、亚里士多德们也就不会以含情脉脉的目光回望。又所以言，他们的思想是朝前看的，具有对未来的想象与设计的性质……"

同麻将桌的三个男人一时间你看我，我看他，最后又都一齐将目光注视在 K 先生脸上，仿佛三头猩猩忽然看出原以为是同类的某猩猩其实不是猩猩，而只不过是猢狲。连另外两桌的男人女人也皆转身或扭头看着他了，包括他夫人。

他夫人说："老公，别谈政治，别谈政治行不行？"

他说："我没谈政治，我谈的是文化。"

D 先生说："孔子老子，何许人也？你这么谈文化，也太大言不惭了吧？我们维护自己的传统文化还来不及呢，你倒好，一番言论全盘否定了！"

K 先生辩道："我何以是全盘否定呢？我只不过是在学习的过程中有了一点儿感想。这要感谢书籍，不读书我连现在这点儿感想还没有呢。"

D 先生怫然色变，严厉地训斥："我看你是中了某些闲书的毒害了！"

K 先生反唇相讥："我读的闲书你又没读过，你怎么知道有没有毒？"

二人你一句我一句唇枪舌剑起来。

D 先生一怒之下，霍立而去。

K 夫人尴尬地哭出了声，一帮子朋友不欢而散。

回到家里，夫人对 K 先生泣训："你怎么可以对人家那么失礼，人家曾经的地位比你我都高你又不是不知道！"

K 先生懊悔地说："我那是不由自主！我也不想那样啊，我有不正常的表现能全怪我吗？我的心，我原来的心、丢失的心啊！……"

他双手抱头坐于沙发，一副深受病魔所害无辜且可怜的样子。

多少年的友情毕竟在那儿，绝不是一阵风就能刮没的。傍晚，几位朋友先后与K夫人通了手机，或发短信给她。朋友们的一致看法——K先生确实病了，他说的那些话证明他真的太不正常了，一个正常人头脑里怎么会想那些乱七八糟的呢？以前的K先生多正常啊，除了养生、股市行情和理财经验，几乎再就不往头脑里装什么了。那才叫活得简单了，做人做得纯粹了。已经那么不正常了得及时看病，千万别拖着。连D先生也高姿态地做了自我批评，并对K先生的不正常情况表示极大关心，还发给K夫人一首诗请她让K先生看。

诗云：

啊朋友朋友，

哭泣吧哭泣吧哭泣吧！

你丢了你的心，

变成一朵毒之花，

读闲书，这多么可怕！

啊朋友朋友，

看病吧看病吧看病吧！

你要乖乖地听话，

友谊之树长青，

找回心，得靠我们大家！

....

K 先生大受感动。

夫人问："那咱们去不去看病呢？"

他乖孩子般地回答："去。"

但他坚持首先进行心脏方面的检查。问题毕竟出在他自己身上，他自己更能对医生说得明白。像他们那么重视保健珍惜生命的人士，有病是必定要启动关系网找专家看的，十几分钟后夫人就用手机联络妥了。

面对心脏病主治医生时，K 先生才吞吞吐吐道出了真情。原来，半年多前，有一个什么专门组织各类授课活动的公司，由于看重他的人脉以及股票方面的权威性投机经验，赠给了他到某国旅游的往返机票。他患有恐高症，一生最大的遗憾是害怕出国。那次不知怎么鬼使神差地竟登上了出国的飞机。他所加入的旅行团多半是第一次出国的中老年人，好奇心都特强。旅游领队一问想不想欣赏"重金属"特色的乐队的演出，异口同声地都说："想！"结果大多数人就都去了。是一支主要由黑人乐手组成的乐队，他们的座位好，在第一排，离舞台才两米多远，舞台灯下，连那乐手手指上的戒指都看得清清楚楚。他们以为第一排是头等座位，其实对于"重金属"特色的乐队，那是最廉价的座位。演出开始不久，有位老先生便在震耳欲聋的击打声中心脏病发作一头栽倒了，随之有几个男女被震得呕吐了……

K 先生讲到此处，看了夫人一眼收住了话。

妻子鼓励道："说呀，医生在注意听呢。"

医生也耐心可嘉地说："是的，我在认真听，请讲下去。"

K先生这才接着说："我看见他们将心脏都呕吐出来了。那位老先生也是呕吐了之后才晕倒的。演出停止了，他们就在地上爬着四处找心。我也那么找，因为我的心也呕吐出来掉在地上了。我是最后才找到一颗心的，赶紧吞下去了。当时我就觉得那并不是我的心，我一米八几的身材，有的应该是一颗大个儿的心。我也明明看到了我呕出的心是大个儿的，像大红萝卜那么大，掉在地上的响声听起来很实，证明我的心质密度很高。可我找到的才是一颗苹果那么大的心，拿在手里也软乎乎的，但我还是将它给吞下去了。"

夫人听得又瞠目结舌了。

医生不动声色地问："明明看出不是自己的心，为什么还要吞下去呢？"

K先生羞愧地说："我怕。万一有人找不到心呢？如果我不赶紧吞下去，连那样一颗我瞧不上眼的心也被别人抢夺了去呢？"

医生又问："苹果那么大的心也不是人想吞下去就能吞得下去的呀，你是怎么做到的呢？"

K先生回答："这我也觉得奇怪，反正当时就是吞下去了，别人也都将他们找到的心整个儿吞下去了。回国一个月后，我发现我变得不太正常了。以前我是根本不看闲书的，我开始变得爱看闲书了。以前我头脑里从不想些乱七八糟的问题，现在我头脑里尽想些古古怪怪的问题。我敢肯定这是因为我胸膛里的心不是我自己的心了，就是这么回事！"

"你的意思是说，有一个别的什么人将你的心找到了，吞下去了？"

"对。一看那么大个儿的心，质密度结结实实的上好的一颗心，那还不人见人爱啊，成心将错就错呗！"

"会不会有另一种情况是，你的心当时滚到了什么犄角旮旯儿，没被谁找到？"

"不可能！不可能！每一个呕出了心的人最后都找到了一颗心吞了下去！"

"那么，什么人最有可能将错就错，将你的心给吞下去呢？"

"那个晕倒了的老家伙！肯定是他！他是小个子，我吞下去那颗心的体积正适合他的身材。再说他就爱看闲书，在飞机上在大巴上都手不释卷的。都什么时代了还看书，那不是作秀嘛！"

医生再就什么都没问，指示一名护士带领 K 先生先去做心电图。

只有 K 夫人与医生时，K 夫人眼泪汪汪地说："医生，你听他那一通神乎其神的乱说乱讲，都不正常到了什么地步呀！您千万要将他治好，帮他恢复到原先正常的状态啊，拜托了！"

医生说："您先生刚才的话您也亲耳听到了，确实神乎其神。我看这样，只做心电图还不够，您再陪他拍次心脏的片子，进行一番心血管透视检查吧。容我想一想，看了诸项结果再做结论好不好？"

大约两小时后，K 先生夫妇回到了医生面前。

医生看过诸项检查报告，恭喜地说："我很负责任地告诉您，以我二十多年的经验判断，不管是不是将错就错，你胸膛里的心很健康，目前一点儿问题都没有。"

"不可能！不可能！难道我是装的不成吗？难道我是编故事吗？"K先生急了，仿佛自己被当成小孩子哄骗。

医生说："你要相信医疗科学。我们医院的设备是更新了的，是国际水平的。我已经为你开了药，你回去先服着，好好休息。我不是一般医生，是主任医师，又是朋友介绍你找我看病的，我会对你负责任的。鉴于你的情况，我将征求其他医生的意见，为你进行一次会诊，过几天再告诉你结果。"

回家路上，K先生一边开车一边嘟哝："在我胸膛里跳的怎么可能是一颗正常的心呢？明明是那老家伙的衰老心嘛！他可占了大便宜，又有一颗上等的心了！我就算找到了他也无济于事啊，这年头，谁占了大便宜还肯拱手相让呢？"

K夫人却已收到了医生发给她的短信："我现在就可以告诉您结果，您丈夫肯定精神方面出了问题，而这是我当着他的面不便直言的。趁现在还不严重，建议及早送他去精神病院。我听你说还是他亲自开车来医院的，这太危险了。千万别让他继续开车了，你们打的回家吧。"

K夫人看着短信，心中一时如打翻了五味瓶，说不清是种什么感觉了。她是定力较强的女人，并没乱了方寸，让K先生将车开往一家商场，并命K先生去买几样东西。K先生不知是计，买回东西时，见夫人已坐于驾驶座了。

一路平安地进了家门，夫人立即命他服药。而医生开的全是稳定情绪及安眠之类的药。K先生倒还听话，也不问是什么药，乖乖服了。片刻便觉困意上来，说句"我想睡会儿"，进入卧室，仰面睡去。

　　K夫人此时才觉心中慌乱，流下泪来。她不敢一个人和K先生待在家里了，边流泪边按手机号，将住在本市的弟弟唤来壮胆。朋友们不久也都得知了K先生大为不妙的情况，也都互相用手机通话，或发短信，为K夫人出主意，想办法，献计献策。正所谓人间自有真情在，忧患之际见友谊。朋友们最终统一了意见，认为像K先生那么要面子、自尊心特强的人，一下子就被直接送往精神病院，恐反而大大刺激了他的精神，使他尚不严重的精神病轻转为重。有位朋友的朋友是心理医生，大家建议还是先让K先生接受一个时期的心理治疗，看效果如何再说。

　　过了几天，K先生在夫人、小舅子及朋友们的轮番说服之下，总算答应接受心理治疗了。

　　然而一星期后，K先生的不正常表现一点儿都不见少，心理医生显得束手无策。

　　K夫人失望地问："那你们一谈一上午一下午的，都谈了些什么呢？"

　　心理医生苦笑道："到我这儿来过的人，就没见过你家先生求知欲望那么强的。他似乎一心想要饿补，我说的是饥饿的饿，不是凶恶的恶。你家先生多文质彬彬的一个人啊，一点儿都不凶，在我这儿从没有过恶的目光或表情。不像有些到这里来过的人，动不动就显出与全中国人全世界人结下了深仇大恨似的。你家先生都是退休的人了，却像要考文凭的青年，一看起书来就那么全神贯注……"

K夫人忍不住打断道："您还没回答我的问题，你们在一起都谈些什么呢？"

心理医生说："他向我请教心理学方面的知识，我听他谈他的种种读书心得。有时我看我的专业书，他安安静静地看闲书……"

K夫人不满了："可我们送他到您这里，不是让他一上午一下午地来看闲书的。"

心理医生眨眨眼，自有一番道理地解释："那是那是，但我如果不多侧面地研究他，就无法搞明白他为什么从一个正常的人变得不正常了。他关于他的心的说法，依我想来，也不全是疯话。他出国旅游了一次，这是事实。他们去听了什么'地动山摇'乐队的演出，这也是可能的。有一位老者当场晕倒，也未必就是他瞎编的。只有一点肯定是疯话，那就是他们中有人包括他自己将心脏呕吐了出来的胡言乱语。说自己将错就错地吞下了那老者的心脏，更是典型的疯话。这明显是意识幻觉。他头脑中之所以产生那么一种幻觉，分明是因为强烈的现场印象对他的精神造成了刺激……"

"可那种刺激，与他变成了一个喜欢看闲书的人，由而又变成了一个爱胡思乱想的人，这之间又有什么因果关系呢？"

"有有，有的。人类的基因返祖现象分两大类，一类是肢体的，一类是大脑的。前一类多，后一类极少。你家先生的先人中，不是几乎个个是爱读书的人吗？这种基因，在你家先生身上忽然被唤醒了。我前边说了，可能正是始料不及的强烈的现场印象，对他的脑神经系统造成巨大的冲击、震撼，于是沉睡的家族基因被激活了，使他不但爱看书了，还爱思想了。一个从不爱看书不爱思想的人一反常态，当然使亲友们觉得不正常了。虽然对于很多人而言，爱读书确实太古怪，爱思想肯定证明大脑出了问题，但也就是于己不利，于家庭不利，对社会是没什么大危害的，所以您也大可不必过分担忧……"

K夫人第三次打断心理医生的话，她极不爱听地说："您这是什么话？于我先生自己不利就等同于于我不利，于我们夫妇二人都不利就等同于于我们儿子不利。家庭是社会的细胞，于我们一家三口都不利，岂不等同于社会细胞发生病变了吗？我希望您作为心理医生，要本着对全社会负责任的态度来帮助我先生，也就是帮助我们这个家庭，而不是夸夸其谈无所作为！"

心理医生说："你别激动嘛！我的想法是分两个步骤来拯救您丈夫行不行？第一步，先请精神病医生们医治他的精神病，也就是通过药物治疗消除他的幻觉。之后，由我对他进行心理疏导，使他逐步认识到闲书对他的危害性，从而不但使他讨厌闲书，还讨厌一切的书……"

K夫人强调道："只使他讨厌闲书就行，菜谱、保健之类的书除外。"想了想又补充："男女笑话之类也可以不讨厌。"

她似有收获似无收获地回到家里，见K先生在上网。

"你在看什么？"

"不是看什么，在舌战群儒。"

"那是种怎样的游戏?"

"也不是玩游戏，是在进行思想辩论。我只不过发了篇博文，指出中国即将进入老龄化社会是种必然，而增加读书人口比例，乃是将来减少老年痴呆症、孤独症、忧郁症的一剂良方。老年人习惯于与书为伴，是比乞怜于儿女的孝心更明智更愉悦的晚年生活方式，结果引起了不少人的反对，还有抗议。他们乱扣帽子，还辱骂我，说我企图将严重的社会问题转移为个人生活方式问题，替政府充当可耻的辩士! 可我博文的意思只不过是: 一个人如果年轻时养成了爱读书的良好习惯，晚年就更能体会到书籍是自己多么贴心的老友……"

夫人凑前一看，叫苦不迭，已有人在网上咒 K 先生断子绝孙惨遭横死了!

她一言不发立刻将电脑关了。

她对自己的丈夫不知如何是好了，她小弟对大姐夫也不知如何是好了，朋友们更是奉献不出什么良策了。

结果 K 先生在服了安眠药的酣睡中被亲人好友送入了精神病院。

两个月后院方态度坚决地催促 K 夫人尽快将丈夫接出院。理由有二: 一、根据两个月的观察，医生护士皆不认为 K 先生的精神有任何问题。他对人生和社会现象，每有独到的、智慧的、幽默的甚至可以深刻言之的看法，很少人云亦云，这使医生护士们心怀敬意。即使对自己被当成了精神病患者这件事，他都能幽默看待，笑言："外边的世界很精彩，精彩太多了于是无奈。精神病院的生活很无奈，但是看开点儿，除了不怎么精彩也并非多么无奈。"二、有那医生护士背地里向 K 先生请教炒股经验，K 先生总是认真地予以指导，这使那些医生护士在股市上尝到了几分甜头，于是更多的医生护士背地里请教，大有将精神病院演变为炒股讲习所之趋势，院领导虽三令五申，仍有阳奉阴违者。所以院方更加意识到，将 K 先生这样一位精神正常的人士当成精神病人收治着，不但是不人道的，而且是不利于院方整肃纪律的……

K 夫人没辙，只得接丈夫出院。那时他们的儿子小 K 已回国了。儿子没见到父亲时，伤心欲绝。及见到了父亲，转忧为喜了。常言道，知子莫若父，反说也是那样。儿子并不觉得父亲的精神问题有多么严重，他对于使父亲恢复正常状态把握挺大。

儿子说："我爸不就是想找回属于自己的那颗心吗？"

当小舅的替当妈的问："谈何容易？"

儿子说："只要舍得花一笔钱，不是太难。"

K 夫人的反应敏感了，问："得多少钱？"

儿子胸有成竹地回答："十万足矣。"

K 夫人松了口气，痛快地说："妈出得起。"

儿子说："那你们就放心别管了，允许我按我的高招行事即可。"

K 夫人嘱咐："你千万别乱来，绝不许做违法的勾当。"

儿子保证地说："怎么会呢！我的高招很有创意的。"

儿子有位高中同学，后来考上了电影学院制片专业，现而今在影视界已有一帮子弟兄了。

儿子找到了自己高中同学，将自己要求的事一说，同学当即表态："眼下正闲着，这活儿我接了。不就情景再现嘛，小菜一碟。"

过了几天，一个晚上，儿子说要带父亲去看一场只限内部人看的独幕剧彩排，K 先生眉开眼笑地答应了。

彩排在一间不大不小的摄影棚进行，私人的，小 K 那高中同学的哥们儿之一承包了。租金是交情价，才六折。小 K 所谓"独幕剧彩排"，其实便是老 K"丢心历险"之印象再"创作"。

父子俩进入时，台上已或坐或立着几名"黑人乐手"了，都是些个"八〇后"年轻人化了装冒充的。大个儿的打击乐器之类，中西混杂，业已摆妥位置，只待"指挥"一给手势，便铿锵之声大作。同样化了装冒充的"旅游者"们也已各就各位。"导演"已对他们的表演风格做出了要求：动作要尽量夸张，不夸张不刺激；但同时要表现得特别真实，不真实就往荒诞了去了，没甚现实感了。用"导演"的话说那就是："大家都要带着深厚的饱满的感情来参与，既然我是你们哥们儿，小 K 是我哥们儿，那么你们也要将他视为哥们儿，哥们儿的老爸便是咱们大家的老爸。咱们老爸的心丢了，咱们当儿子的不急谁急？咱们有责任帮他找回来！干活儿和干活儿不一样，这不仅是对得起工钱对不起工钱的问题。咱们中国人是最讲孝道的，不管外国佬们承认不承认这一点，咱们中国人得想象咱们确实是那样的，所以咱们的合作是对得起对不起伦理亲情的问题。哥们儿们呀，血浓于水，父子情深比海深，每个人都不能对自己的角色有半点儿含糊！"

那位被严重怀疑见利忘义、成心错吞了 K 先生的心的老先生也到场了。——当然非是本人，而是一哥们儿化装成的。老先生本人是位社会学兼文化学学者，领政府津贴的专家级人物，不幸于一个月前去世了。"他"旁边的空座是留给 K 先生的。实际上当时"他"与 K 先生的座位并不挨着，为了加深 K 先生的印象，有意那么安排的。年轻人们一经特有责任感地做事，做起来是很认真的。他们事先征求了那位心理学家的意见，问那么安排是否会引起大家的老爸"出戏"。心理学家也特感动于年轻人们的认真，同样很有责任感地翻阅了大量心理学书籍，给出了支持性的结论——只管那么安排就是。只要大情节是真实的，细节的不真实绝不至于影响大情节的可信程度。因为没有任何人的记忆是百分之一百全面的。即使具有一等记忆力的人，其记忆那也是有空白处的。何况 K 先生并不是具有一等记忆力的人，他的记忆力的深刻点明显只在于心的丢失，其他部分也明显忽略了。又何况，"老者"的样子、衣着，都是依据 K 先生最后一次回忆所化装、所搭配的。

小 K 说："爸，你看就等咱们到场了，快入座吧。"

于是父子二人匆匆走过去坐下了。

"老者"问："您是这个位置吗？"

K 先生不由得看了"老者"一眼，表情顿时无比惊讶。不仅惊讶，目光里还有谴责与怨恼。

"老者"那句"台词"是小 K 亲笔加到台本中的。没那么一句台词 K 先生可能就不看对方，不看就不会立刻认出对方来。而没立刻认出对方来，就不会立刻"穿越"到再现的情景之中。

小 K 之目的达到了。

"对，这是我父亲的座位。"

小 K 刚替父亲回答了，灯光霎时齐暗，不是暗到像电影院那样，是像烛光舞会——三步内见表情，五步外见身影。几乎同时，"乐手"们大动大作，各显其能，于是震耳欲聋之乐声响起。恐其声欠响，辅助以录音。除 K 先生父子，别人都是预先堵了耳的。小 K 坚持不堵耳，非要与乃父体验同等感受不可。片刻，小 K 觉胸腹翻江倒海，两眼金星乱冒，受不了啦。老 K 却定力超强没怎么样似的，注意力全集中在旁边的"老先生"身上了，不错眼珠地瞪着对方，专等对方将原本属于他的那颗心呕出。又片刻，"老先生"开始干呕了，于是一片混乱，众人纷纷站起，捧腹弯腰的，扒胸顿足的，捂耳撞墙的，仿佛一个个都被孙悟空钻进了肚子里，干呕不止，状态难以形容。

就在那时灯全灭了，黑暗中但听这里那里有人高叫：

"哎呀我的心呕出来了，别踩了我的心！"

"放手，是我刚呕出来的心，别抢我的！"

"是我的，才不是你的，我咬你手了啊！"

已经掉在地上的心引起了人们的争夺，斥骂声殴打声不绝于耳；还有些心刚掉落，听来像气足的皮球拍在水泥地上，几乎都蹦了几蹦才滚向四面八方。

"停止！停止！赶快停止！"

"心！我找不到我的心啦，要出人命啦！"

"他妈的聋了？立刻让乐队停止！"

在又一阵喊叫声中乐声才戛然而止，随之全部的灯同时亮了。

这时除了小K，已无人再坐着了。有人保持着爬的姿势，分明还没找到一颗心；有人在捋脖子，有人在抚胸膛，看去已吞下了一颗心，却不知是自己的还是别人的是健康的还是有病的，惊魂甫定，满脸茫然；有人则在双脚离地尽量高跳着，看去吞心吞得极不顺溜，心堵在食道或胃门了，想要顿将下去。

"乐手"们皆以击打之姿僵在舞台上，犹如被人使了定身法。"指挥"出现，朝他们做了个手势，他们才一个个"活"转来。"指挥"又做了个手势，他们栖栖遑遑地退到台后去了，有的在台口居然不忘反身谢幕。

当下之中国，几乎人人都是一流演员，年轻人尤善此道，无师自通，通于角色表演与本色表演结合得水乳交融的表演境界。

"老者"仰面朝天昏在地上。

小K在用目光寻找老爸，老爸K先生不知从哪儿爬过来了，一见"老者"，速爬过去，双手使劲按压"老者"胸膛。

小K一边往起扶老爸一边关切地问："怎么样老爸？您是外行，别帮倒忙了，已经有人传呼过120了。"

K先生将儿子推开，急赤白脸地说："我不是要抢救他！我胸膛里的心又呕出来了，可我还没再吞下去一颗心！黑暗之中我根本没抢到！现在我的胸膛里空空如也，没有心不是比有一颗次等的心更糟糕吗？！"

小 K 装模作样地说:"是啊是啊老爸,您是想……把他的心从他口中按出来?"

K 先生又急又气,怒斥:"那颗心原本就是我的!今天是物归原主的日子到了,你倒是左挡右挡地拦着我干什么?!"

小 K 也不敢不拦着呀;怕老爸使一通蛮劲儿,真闹出人命来,那麻烦不就大了嘛!

他说:"爸你省省劲儿,我替你来!今儿咱父子不达目的誓不罢休!"替老爸按压起"老者"的胸膛来。

"公民们,请安静!"——又一个至关重要的人物出现了,单手举一颗大红萝卜似的心;像莎士比亚戏剧演出中的串场人。

继续爬在地上找着的和胸膛仍不适的人们,无一例外地将目光望向了那人。

那人朗声说道:"本人是这里的负责人!出现了如此意外的情况,非谁所能预料。本人虔诚道歉,保证承担诸位的精神损失。"话锋一转,另一只手指着高举过头的手又大声说:"我们的工作人员也捡到了一颗心。我们的工作人员都是道德品质很高的人,不是自己的东西,哪怕再好也不会据为己有。不像有的人,明明不属于自己的心,一看好,成心将错就错。这一颗大个儿的心,分量重,弹性好,外表光滑漂亮,肯定是一颗质地优良的心,富有旺盛生命力的心,刚才还在我手中跳来着!……"

他高举着一颗大个儿的心的艺术范儿,令人联想到高尔基笔下的丹柯。

"我的!"

"我的！！"

"我的！！！"

所有双手着地的人全都站了起来，争先恐后向举心之人冲过去。

及时出现了十几名身强力壮的保安，一个个手挽手，围成一圈，将举心之人围在中央。他们虽然也是花钱雇的，却真的是保安。

K先生没挤过别人，被挤到一边去了，在边缘处喊："可耻！他们全都撒谎！那是我的心！我丢失它已经很久很久了！我儿子可以做证！儿子！儿子！"

小K也站起来喊："我做证！那是我老爸的！谁他妈敢抢我跟谁玩命！"

仰躺在地的"老者"见没人理自己的死活了，一个鲤鱼打挺跃将起来，神不知鬼不觉地找地方吸烟去了。

举心之人大声说："真的假不了，假的真不了，我从骨子里相信你们父子！"

他将心有把握地一抛，被小K的双手准准地接到了。为了那一抛一接之绝不会失误，二人互练了无数次。那是成败在此一举的抛与接，否则极可能局面失控，前功尽弃。

"老爸，给！"

K先生从儿子手中捧接过去那颗心，顿时激动得泪如泉涌。

儿子催促："别呆看着了老爸，快把它吞下去！"

那么大个儿的一颗心，人嘴怎么可能吞得下去呢？

但紧急之下，人是不多想的。

K先生竭力将嘴张大，吞劲儿加上双手往嘴里的塞劲儿并使，用老北方的民间话来说——"秃溜"一下居然将那颗心吞了下去。果冻类的东西做的，吞下去也不难。

所有欲抢夺那颗心的人，皆转过了身，一个个如狼似虎地瞪着老K。

此时响起了轻柔的歌声：

在很久很久以前，

你拥有我，我拥有你……

K先生被众人瞪得发毛，小声对儿子说："咱快回家，我恐怕……"

小K不待老爸说完，拽着老爸一只手，逃也似的离开了。

正是中午时分，旭日当头，阳光普照，蓝天白云。真是老天配合，那么好的天气，在绝大多数季节的绝大多数城市，都是可遇而不可求、越来越被珍惜的了。

K先生仰望天空，不禁又流下泪来，喃喃道："拥有自己的心，感觉真好。"

他一回到家里就困了，他吞下去的心里有安眠药成分。

K先生一觉睡到快中午了才醒，起床后，发现了书架上那几排自己买的书，奇怪地问："谁买回家这么多闲书？"

夫人撒谎道："你儿子呗。"

他问儿子："你从什么时候有看闲书的坏毛病了?"

儿子也撒谎道："其实还没养成毛病，也就偶尔翻翻。"

K先生谆谆教诲起来："儿子你要小心了，坏毛病都是偶尔为之才养成的。你小时候我不是一再告诉过你吗? 一个人一生所要读的书无非那么几类——应试的、保健的、教人如何头脑聪明地挣钱的，加上菜谱。吃喝玩乐四字中，吃喝二字在前是有道理的，因为有讲究。凡有讲究之事皆有学问。玩乐是无须教与学的，本能加信息就行。你忘了吗?"

小K只有诺诺连声说不敢忘。

K先生便亲自清理书架，边自言自语："下去、下去、下去吧! 一会儿通知收废品的，全收走。有闲书的家庭会出精神空虚不务正业的人。"

于是一本本书掉在地上。

吃午饭时，K先生意犹未尽，继续教诲儿子："人生的真谛——生活目标明确，生活欲望单纯，始终保持旺盛的挣钱能力。生活目标明确那就是指吃喝玩乐，生活欲望单纯那就是指头脑里想的事要少。头脑单纯了，欲望必然单纯。以上两点都要由钱来辅助。头脑里想太多不相干的事，挣钱能力没有不下降的。"

夫人由衷地说："对，对。"

儿子半由衷半不由衷地说："爸我一定铭记在心。"

那时小K的高中同学正跟哥们儿们在分钱。

一哥们儿说："每人才分几千元钱，多乎哉? 不多也。"

另一哥们儿说："中国人口太多，咱们这样的，既非官二代，也非富二代，又不具备天才般的商业头脑，比上不足，比下有余，满意吧您哪！"

小 K 的同学忽然笑了。

大家问他笑什么。

他忍住笑说："想想小 K 他爸老 K 也真够二的，一个受过高等教育的人，难道他居然就不明白，谁如果觉得自己变成了一个喜欢胡思乱想的人，其实和心脏没甚鸟关系。可话又说回来，他要是非换脑子而不是心脏，咱每人这区区几千元钱还挣不成了。"

哥们儿们便都苦笑。

小 K 又回外国去了。

K 先生又回到朋友圈中了。用他的话说就是："以一个更加纯粹的人的崭新面貌，回到了纯粹的中国人之间。"

他与 D 先生也和好如初了。

《青年文学》2015年第10期

书、女人和瓶

北京四环外五环内有幢建于二〇一〇年的高楼，一至二层一半是商场一半是饭店，二层以上一半是写字楼一半是宾馆。

写字楼的第八层，两年前由一位南方的段姓老板买下了，作为其房地产公司的总部。

段老板喜欢收集陶瓷精品或古董，放玻璃罩内，不但装点于办公区各处，连办公区外的大堂及电梯两侧也有所陈列。整层楼都是他的，没谁干涉。

大堂内的前台小姐姓詹，名芸；二十二三岁，山东登州人，农家女儿，自幼失母，由父亲和奶奶接替带大。没考上"大本"，只有民办的"高级职业学校"文凭。

芸步其父后尘来到北京，这里干一年那里干半载，所学大众服装设计专业荒废了。其父两年前出了工伤，一条腿残了，得到一笔抚恤金回老家农村去了。失去了对父亲的依傍，芸对工作不敢再持理想主义，只求稳定而已。因容貌姣好，遂成前台小姐。工资不高，工作单调，无非接接电话，笑脸迎送客人，阻止推销的拉广告的销售保险的人进入办公区——段老板特烦那类人。

上班数日，小詹便领教了久坐之辛苦，晚上腰酸背痛。而最难耐的是那份无聊。电话不断，客人纷至，对她反倒成了好事；那她就可以经常说说话或起身走走了。然而有时上下午也没几次电话，并无来人，只不过公司的人偶尔出去了几个，这她就连起身走走的机会也没有了。而且，她的坐被要求必须是端坐，歪身伏台是不允许的，被发现一次就会被记过一次，记过三次就会被扣工资。低头摆弄手机或看书，被发现一次等于被接连发现三次，不但扣工资，还将遭到小头头的警告——小头头即公司劳务科的一个事妈型的中年男人。

芸的眼，已将几个玻璃罩内架子之上的东西看得够够的了。她最不想看到的是一个青花瓷胆形瓶，它正对着她摆在电梯右侧，大约是为了使来客一出电梯就看得到。玻璃罩内还有纸牌，上写"元青花"三字。据说，瓷瓶是段老板花一笔大钱从拍卖行竞拍到的。那么值钱的东西居然摆在那种地方是芸起初不解的，但一想到全公司的人都下班后，整层八楼是落锁封闭的，正所谓连只蚊子也飞不进去，便也不奇怪了。上班两个月后，芸一闭上眼睛那青花瓷瓶便在她头脑中浮现，也多次出现在她梦中。她但愿那儿摆的是一盆花，或挂着一幅画，或根本什么都没有。

芸上班时感到愉快，是从韩姐出现之时开始的。韩姐四十几岁了，是公司的清洁工，河北农村人。那个村在北京与河北的交界地带。用她的话说："我只差一点点就是北京人了。"

与芸相比，韩姐的工作是另一种辛苦——她每天来得最早，要将整个八层的地拖一遍。先从办公区开始，等公司的人都刷过卡了，她则要开始拖大堂了。拖完大堂，一手拎桶水一手拿抹布，擦这里擦那里。段老板有洁癖，长一双显微镜眼，发现哪儿有点儿灰尘有个污点就发脾气。中午，韩姐还要用小推车到三层电梯口接员工们订的盒饭，因为一二层是商场，对三层以上的保安措施特别严，电梯前有一名保安值岗，送纯净水的，送盒饭的、快递的，都不许上楼，一律由各公司的人下到三层来接取。那些事也都是韩姐的工作。自然，午饭后，韩姐又得进行一番清洁。

韩姐拖地拖到接待台那儿，倘办公区没人出出入入，她就会挂着拖把与芸说上一会儿话。她可以歇歇，也正中芸的下怀。韩姐擦接待台擦得最认真最仔细，擦啊擦的，像怎么擦也擦不干净似的。那时，她俩就会越聊越亲近。

韩姐是个离婚了的女人，她以前的丈夫不但吸毒，还替毒贩子贩毒，仍在服刑。她女儿精神受了刺激，本来学习挺好，结果考不成大学了，由她六十多岁了仍在务农的父母操心着。

她与一个在北京收废品的是河北老乡的二茬子光棍相好多年了，由于她有那么一个女儿，他总是下不了决心与她结为夫妻。

韩姐是个心眼实诚的女人，认为谁是好人，便将谁视为亲人。芸多次替她到三楼去接盒饭和纯净水，她觉得芸是好姑娘。芸听她讲时落泪了，她就把关于自己的好多事都讲给芸听了——她是在北京打工的一个内心极其寂寞的农村女人。

一日，韩姐从办公区夹出几册刊物，走到大堂，全掉地上了。凡公司职员扔弃不要的东西，能当废品卖的，她一律挑拣出来，积存多了一总送给她的相好。芸见其中有本书，要过去了。那是一本简编的《说文解字》，芸如获至宝。韩姐见她喜欢书，问她更爱看哪一类。芸说自己没上过大学，知识少，还是想看知识类的。以后韩姐就经常捎给她那一类书，从她相好的所收的旧书中选出的。一套《三字经》《百家姓》《千字文》到《论语》《中庸》《大学》等巴掌大的袖珍书，成了芸的最爱。芸读那类书受益匪浅，久而久之，知识大增。经韩姐一宣传，似乎成了"学究"——许多字怎么从古字演化为现代字的，她都能对答如流。对于百家姓的任何一姓的起源，也都能说得一清二楚。"五经"她不感兴趣，却差不多能将"四书"背下来了，也通晓大意。

由是，吃午饭时，便有不信的人向她请教知识。名曰请教，其实是要考考她，看她答不上来的窘态。却没谁考住过她。在限定的知识范围内，她确实是接近学究了。

有人问她记那些知识有什么用。

答曰："人不学，不知义。"

然而讥之者是多数——你詹芸再知义，不还只是自己在办公区外坐台吗？

芸晓得，不曾过心。韩姐每代其愤然，她亦多次劝阻。

韩姐不知为什么与相好闹别扭了。她原本住在那男人租的房子里，赌气离开，当晚就没地方住了。芸则与人合租了一间离公司不远的半地下室房间，恰巧那时对方回老家了，诚邀韩姐暂住她那里。

两个忘年交女人住一起后，感情加深了。晚上，通常是韩姐看手机，芸看书。韩姐手机是她相好的给她买的，功能很全的那一种。芸的手机却很便宜，她不是"手机控"，也没加入什么微信群。

某晚，韩姐看着看着手机，忽然哭了。芸以为她因与相好的闹别扭而难过，却不是。韩姐从手机上看到了一段关于企鹅的视频——小企鹅好不容易长大了，爸妈该带它下海了。海上还有浮冰，小企鹅在父母的帮助下历尽艰险刚游过浮冰区，却被海豹一口咬住了，它爸妈眼看着它被活活吃掉却爱莫能助。

芸听韩姐一讲，自己也伤心落泪了。不仅为小企鹅的悲惨命运，也为一头骆驼妈妈和她的孩子。她从书中看到过这么一件古代的事——蒙古大军与别国军队作战过程中，主帅阵亡了。恐影响军心，将军们将主帅偷偷埋了，并用十几匹战马踏平了埋葬地，否则怕被狼群所食。但以后怎么找得到呢？他们当着一头骆驼妈妈的面杀死了它的孩子，将血遍洒在埋葬地。他们相信那么做了，即使很久以后，骆驼妈妈也会引领他们准确地找到此地。但人犯了经验主义的错误，动物与动物是不同的。骆驼妈妈因心疼过度，绝食而亡。

怕韩姐更难过，芸没讲给她听。她只是搂抱着韩姐的胳膊陪着落泪而已。

"肝胆相照"这个词语应用在女人身上，大抵便是双方的善良心的相通而已。

半个月后不好的事发生在韩姐身上了——她正擦"元青花"的玻璃罩和架子时，电梯门一开，迈出了一对青年男女。他们发现下错了楼层，嘻嘻哈哈地互相责怪、逗贫。

韩姐分心地直起了腰，也许由于腿蹲麻了，没站稳，扶了架子一下——架子倒了，玻璃罩碎了，"元青花"也碎了。

电梯门又一开，那一对男女赶紧进入电梯，溜之大吉。

办公区有人出来，见状大呼："清洁工闯祸了！"

转眼办公区跑出来许多人，皆叱责韩姐：

"你怎么搞的？"

"你赔得起吗？"

"等着吃官司吧你！"

韩姐奔向了楼梯。

芸顿觉不祥，追随而去。

段老板也出现了，所有的人都向他表示惋惜和对韩姐的气恼。

段老板却问："她人呢？"

人们一时大眼瞪小眼。

"还不快去找人！"

人们这才知道最该做的是什么事。

韩姐跑到了一座立交桥上，欲寻短见。幸而有芸紧紧跟随，没使悲剧发生。

而公司那边乱了套了，四处寻找的人纷纷归来，都说找不到。

段老板坐立不安，急得骂人。

那所谓"元青花"只不过是他花三百来元钱从潘家园买的。若因三百来元钱的东西闹出人命，不但自己的虚荣将遭人耻笑，良心上也会永远内疚的。

他焦虑如热锅上的蚂蚁。

管韩姐的小头头被命令不停地打韩姐的手机。每次都通，但没人接，这使事情似乎变成了事件，结果似乎也注定不祥了。

韩姐的手机并不随时带在身上，它响在她的挎包里，她的挎包放在人人都有的小件储存匣里。

而芸的手机在接待台的抽屉里。天黑了，下班时间早过了，头头脑脑都不走，毫无意义地陪着段老板着急。

半夜后，不得不报警。

天快亮时，民警在芸的住处找到了芸和韩姐。斯时韩姐已近崩溃，而芸差不多已对她说了一百遍这样的话："有我在你身边，你就休想死得成。"

段老板问："你是怎么劝她的呢？"

"我说，再普通的人的命，那也是宝贵的人命。再宝贵的瓷瓶，它也不过就是个瓷瓶，怎么能比得上人命宝贵？我相信段老板是懂得这种起码道理的人，绝不会为难你。"

"对，对，我是那样的人！"

"那，你绝不难为她？"

"当然！我还要感谢你呢。她没出事，对公司是莫大的幸运！我听别人说你爱看书，都看什么书？"

第二天，在段老板的办公室，他平易近人地与芸交谈了一个多小时。

芸说了自己都看了哪些书后，段老板问她背得出《百家姓》不，芸不但背得滚瓜烂熟，还向段老板讲了段姓的来历。

段老板又问了几个姓，芸有问必答。

他又请她背《三字经》《千字文》《论语》《孟子》什么的，芸同样张口就背，一次磕绊都没有。

"你从什么时候开始背的？"

"自幼。"

芸没说实话——其实一年多以来，她几乎天天在坐台的八小时里背，以打发无聊。

多亏韩姐给她的是巴掌大的袖珍本，低头看也不易被发现。

而段老板，也只字不提"元青花"实际上是他花多少钱买的。

他最后说："像你这么好的记性，没上过大学太遗憾了。如果有可能上大学，你想学什么专业呢？"

芸毫不犹豫地说："大众服装设计。"

不久，芸到一所民办大学上学去了，段老板找朋友推荐的，并替她预交了大学四年的学费。

芸离开北京那天，公司有不少人在站台上送她。老板感激之人，头头脑脑皆表现出心怀敬意的态度。

韩姐也出现在了站台上，挽着与她相好的男人。段老板为她的女儿交了一笔终身医保；那男人打消了后顾之忧，与韩姐把证办了。

送芸的人们回到公司，一出电梯，见架子又摆在那儿了，玻璃罩内是那"元青花"碎片。

纸牌却换了，其上写的是——"此元代青花，碎于某年某月某日某时，段某某亲写以铭记。"

韩姐却因心理上留下了阴影，辞职了。

段老板也未挽留，给了她特大方的一笔"精神损失补偿金"。

他对芸和韩姐的善举，使他赚足了好口碑。那一年北京市海选道德模范人物，他的名字在网上也出现过的。

我的一名学生在他的公司上班，向我讲了此事，嘱我只要不写那"元青花"是怎么回事，但写无妨。

而我觉得，即使写了那"元青花"是怎么回事，段老板的形象也还是蛮高大的。一事善，一意佛啊！

《北京文学》2017年第3期

五彩茉莉

老友 A 君，将七十翁也；退休前任某出版社副总编。该社不大，在业内口碑颇佳：赖其慧眼识珠，推出过不少好书。

君乃善良长者，向以仁心处事待人，虽属无神论者，对特蕾莎修女则敬若女神。他的儿女都在国外成家立业了，老伴也去世了，唯他一人留在北京，住出版社分给他的一幢建于上世纪八十年代初的老楼的三居室内，九十几平方米，住得极满足。自恃身体健康，未雇"阿姨"。终日读书，写随笔、散文，钩沉往事故人，活得倒也淡然充实，幸福指数挺高。

几年前，他的家曾是我们共同的二三好友聚在一起谈天说地之处。在他书房，正面墙上悬挂特蕾莎修女大幅油画像，他请一位画家朋友为他画的，以一方精美古朴的老砚谢之，所谓各得其所。画像左右配挂条幅，乃君亲笔所书特蕾莎修女生前常说的话：

"人们经常是不讲道理的、反逻辑的和自以为是的；不管怎样，都要原谅他们。"

"即使你将你最好的留给世界了，对世界可能也是微不足道的；但你还是要将最好的留下。"

他的书法在京城小有名气，若别人求字，每以特蕾莎语录相赠。

曾有人执意要其写孔子语录——多为官场中人。所谓"国学"在官场大热后，执该意者尤多。

他却每次都教导彼们："孔子是中国的，也是世界的。特蕾莎修女是世界的，但也应是中国的。二者的思想都是可敬的。特蕾莎修女没从任何利益集团那儿沾钓过任何好处，她是一位纯粹为世界上穷困的人们服务的人，她的一生更是不为任何个人利益竭诚努力的一生——还是写她的话吧。"

倘对方坚持己见，他竟会放下笔，正色道："要么写特蕾莎修女的话，要么算了，只能请你原谅我驳了你的面子。"

有几次我也在场，眼见他将对方搞得怪难堪的，待对方走后，忍不住劝他何必那么认真。

他却说："我太讨厌逢迎之风了，俗不可耐。"

他对自己的人生如此评价："一件害人的事也没做过，给人世间留下了几本好书而已。"

A君称得上是难得的好邻居。那幢六层老楼没电梯，一星期一次，他定期搞楼道卫生，二十几年从未间断，四季如常。他家住三楼，不但每次从六楼认真扫到一楼，还用拖布拖。拖一遍，至少换三桶水，有时竟拖两遍。

他所住的那个单元，楼道总是干干净净的，楼梯扶手更是一尘不染。而另外四个单元的楼道，则脏得近乎垃圾楼的楼道了。

那幢楼原本住着两个事业单位的人家，老住户或将房子卖了，或租出了，后搬入的人家都拒绝交每月一二十元的清扫费（从前每月十元，后来也不过每月二十元）。没专人清扫，也不是每个单元都有一位他那样的义务清扫工，自然就脏。脏得实在让人看不下眼去的时候，由街道干部强迫着，才一家出一个人来一次大扫除。也不是每家都肯出人，租房住的外地户尤其不肯出人，在那种时候每每锁上门，全家大小遛弯儿去了，等大扫除过后再回家。

反正都不是老户，即使住对门，开门见着了也不说一句话，便根本都不在乎给对方留下怎样的印象。或许，还都想给对方留下这么一种印象——别惹我啊，我不是好惹的，我是草民我怕谁？几次大扫除后，出人的人家就很生不出人的人家的气，见着了不拿好眼色瞪对方。对方也还以冷眼，意思是——我家门槛以外的卫生关我什么事？下次我家还没人，你管得着吗？气死你！仿佛，要证明自己正是那种不管自己怎样，别人都必须包容自己的人。结果便是，互相嫌恶。这使街道干部们很头疼，很无奈，因为有关方面经常检查社区卫生。怕受批评，后来干脆由街道出一笔钱，每两个月雇人打扫一次那幢楼的楼道。

虽然如此，A君仍充当着义务清扫工，他难以忍受两个月才打扫一次楼道的卫生状况。

某日我去他家，恰见他在拖楼道，也恰见一对青年男女自上层楼下来，都往楼梯上吐瓜子皮。

我说："年轻人，怜悯一点儿老同志行不行？快七十岁的人了，拖一次楼道不容易……"

不待我的话说完，男青年顶了我一句："有人逼他做了吗？"

我再说不出话来，一对年轻人冷面而过。

A君却责备我："你多余说那么几句。他们是租房住的，房租又涨了，他们压力大，应该像特蕾莎修女说的，原谅他们。"

进了他家，各自坐下，他又说："单元门一关，我就当我们这个单元的人家都属于一个大家庭。不管买下了房子的、租住的，主要家庭成员都是忙人、累人、有压力的人。就我是闲人，也没什么压力，搞搞楼道公共卫生这种事由我来做责无旁贷，权当健身了。"

我说："你可以写份告知书贴楼道里，要求别人起码能尽量保持一下楼道卫生。"

他说："不是没那么想过。转而一想，觉得不好。"

问："为什么觉得不好？"

他说："确实也没人逼我做啊。何况街道上还雇人每两个月打扫一次。我心甘情愿地做是一回事，可如果以为自己因而就有权要求别人怎样怎样的话，那就是另一回事了。"

我又无话可说了。

去年年初，我们的一位共同的朋友在电话中告诉我——A君摊上官司了，成了被告了，而且基本上是原告胜诉了。

愕问详情，方知——住他楼上的一户人家七十六岁的老太太，在自家门外跌了一跤，大腿骨折。而那老太太的五十来岁的儿子，认为是由于A君刚刚拖过楼道，使水泥地面太湿，因而才导致自己的老娘滑倒了。人家说有她家小"阿姨"可做证，给了他两种选择——或一次性赔偿十万元，彻底私了；或等着上法庭。

A君的常识提醒他，私了往往后患无穷，只得选择了当被告。

而法官认为——楼道没有探头，故无铁证足以证明，老太太之跌倒确与A君拖湿了地面有关；但也没有铁证足以证明，A君拖过的地面并非多么湿滑。所以，从逻辑上不能排除有其可能性。又所以，此案只能依据逻辑关系进行判决，小"阿姨"的证言作为参考。

结果是——A君须为老太太支付一半也就是两万三千余元的人道主义住院医疗费。

老太太没参加过工作，她儿子也没为她缴纳过医保，故本案不能不本着同情弱者的司法精神进行判决。

A君没上诉，他预料上诉也肯定还是那么一种结果，认了。

我说："我见过他拖楼道啊，他每涮一次拖布，都会用戴胶皮手套的双手将拖布拧得很干呀。"

那位朋友在电话里说："可这一点是无法证明的嘛！"

发生了那件事后，A君再也不敢拖楼道了，也完全丧失了以前住在那里的好心情。这是必然的，他根本无法对那老太太和她的儿子以及那小"阿姨"硬装出若无其事的友好如常的样子；而那老太太秃头大脸一副刁民形象的儿子，每次见到A君也总像A君仍欠他一大笔钱要赖不还似的。此种关系已非谁原谅不原谅谁的问题。特蕾莎修女的精神帮不上A君任何忙，孔子也帮不上。毕竟，A君达不到特蕾莎修女那种崇高的心灵境界，也算不上孔子所谓的君子。

他只不过是一个好人而已。

春节后，好人 A 君与我们几位朋友相聚时告知，他做出了人生中破釜沉舟的决定——他将房子卖了，大部分钱存上了，用八十几万在一处环境优美的郊区买了所漂亮的小农家院。不久，他搬去那里住了。

包括我在内的他的三位朋友，便都打算去看望他。约来约去的，拖到七月初才终于成行。

A 君胖了，气色佳。

那地方依山傍水，果是好去处。离某处部队医院颇近，只消半个多小时的车程。他的新家不再仅仅是家，而可以说是"家园"了，因为有了不小的院子。他是喜欢养花的人，斯时院子里的树花已开过了，一花圃草花却开得烂漫，散紫翻红，美不胜收。

我们都叫不出那是什么花。

A 君说是五彩茉莉，虽属草本，气温若不低于零下十摄氏度，则可挨过冬季，其根不死，来年春夏仍可奉献红花绿叶。

A 君的心情分明更好了，其言其行显得更加热爱生活了。我们都看得出来，与他的生活中出现了一个女人有关。

那女人五十来岁，衣着得体，快手快脚，做事麻利，当年定有几分姿色，如今还是挺经得住端详的。

A 君称她"玉华"，说她是风景区的临时勤杂工，他搬过来后需要一个照顾自己的人，在风景区偶然认识了她，问她愿不愿成为照顾自己的人，而她表示愿意，于是从风景区的集体宿舍搬到这个小院里来住了。还说她是个离了婚的女人，女儿特出息，在北京一家外企做翻译。她愿有自己的一份自由生活，所以不进城去投靠女儿。

"这院里原本只有树，没有那些五彩茉莉，她知道我喜欢花以后，用风景区的花籽在院子里种出来的。我喜欢花，她会种花，我俩缘分不浅吧？"

我们也都听得出来，他俩不只缘分不浅，关系也已不浅。

我们三个在Ａ君那里住了一夜。

晚饭是玉华做的，她厨艺不错，却不就座，像服务员似的，将我们每一个照顾得都很周到。

第二天上午我们告辞时，Ａ君搂着玉华的肩，站在院门口目送我们的车开走。

一个朋友在车上说："也忘了问玉华是哪个省的人了。"

开车的朋友说："操心太多了吧？"

我说："他有一天肯定会请咱们喝他俩的喜酒。"

两个月后，我收到一份从某国寄来的邮包。自忖并不认识彼国的什么人，甚怪。拆开，竟是Ａ君所书特蕾莎修女之语录，曾挂在他家那两幅中的一幅，还有一瓶治萎缩性胃炎的药和一封信。

信是Ａ君在那一国家定居的儿子代他写给我的，而他因精神受了大刺激，正在那一国家接受心理治疗。

读罢信，方知Ａ君经历的官司，竟有起伏跌宕的下文：

先是，那老太太的两个女儿，因家产分配不均，求助于电视台的调解节目，希望她们的弟弟能回心转意，与她们重新分配家产——两个姐姐的说辞是，父母老宅的动迁补偿款，几乎被她们的弟弟独吞，一部分买了城里的房子（因而曾与 A 君成了同一幢老楼的同一个单元的邻居），另一部分不知去向。两个姐姐指斥弟弟，不但挟持母亲与己同住，而且拒绝为老母用动迁补偿款补交医疗保险……

那当弟弟的于现场勃然大怒。

调停失败，闹上了法庭。

既闹上了法庭，便干脆都撕破了脸，亲情殆尽，变为互憎，都恶语攻讦。

两个姐姐怒斥她们的弟弟是一个不讲道理的、反逻辑的、以自我为中心的、一向善于搅浑水、恶人先告状的人——为了表明她们的话是有根据的，她们揭发了他如何收买小"阿姨"做伪证讹诈 A 君的劣迹。由于涉及前案判决的公正与否，法庭传唤了那小"阿姨"。慑于法庭的威严，小"阿姨"供认不讳。

那老太太的儿子又勃然大怒，反咬一口，咒言小"阿姨"被自己的两个姐姐收买了。小"阿姨"大呼其冤，亦声泪俱下地控诉他多次奸淫过自己……

总之是你咬我来我咬他，当庭打起了连环口架。

便不得不休庭了。

小"阿姨"无处栖身了，亦怕因做伪证被追究法律责任，潜回到她母亲也就是 A 君后来的住处去了。

A 君一见到那小"阿姨"，自是骇然万分，而玉华对他说过的种种谎言，不攻自破。

那母女俩跪地乞求原谅。

A君虽不忍当即驱逐，亦不敢与她们在那小院里共度一夜，只得住到附近的宾馆去了。经彻夜思考，决定予以原谅。但回到小院后，那母女俩已不知去向。她们盗走了他的存折以及某些她们认为值钱的东西，连特蕾莎修女的油画像也只剩被破坏的框子了。

这是必须报案的。

第二天那母女二人就被抓捕到了。

第三天法院的同志也找到了A君，告知他，他有要求结案重审的权利。

他放弃了那权利。

但他也不愿继续在那小院住下去了——尽管那正是五彩茉莉盛开怒放，小院芬芳四溢的时候。

他已没了再一个住处。

好在有护照。于是，他锁了院门，在宾馆住了下去，出国申请一经批准，便到某国投奔儿子去也。

另外两位朋友也收到了邮包——内有另一幅"语录"。

我们三个用短信互发了一通感慨，以后各忙各的，渐渐地，似乎都将远在他国的A君给忘了。

今年七月，A君又开始联系我们。

他说他不会在别国常住下去，还是要落叶归根的。但也不愿一回国就住进养老院——请我们替他去看看，他那第二处家怎么样了。

我们某日清早驱车前往，到时八点多钟。

头天晚上刮了半夜的风，那日无雾霾，蓝天白云，阳光灿灿。

一位老友掏出他寄来的钥匙开院门，锁芯已完全锈死，哪里还扭得动呢！

驾车的朋友取来车上的救生锤，将锁砸落。门的折页也几乎锈住了，我们差不多是撞门而入。

但见满院五彩茉莉开得葳蕤，一片连一片，一丛傍一丛。除了一条铺砖窄道，凡有土壤的地方全被那花们占领了。铺砖窄道也只能容人侧身而过，开满花朵的花枝，从左右两侧将其遮掩了。几棵树的树干，皆被五彩云霞般的花朵"埋"住了半截。

一院落鲜花开得令人目眩，浓馥香气使人沉醉。竟难见杂草野蒿的踪影，真是太奇怪了！

一个朋友困惑地说："怎么会这样？"

我说："去年是暖冬啊。"

另一个朋友说："它们原本就是这院落里的多数，种子集中于此，院外又以水泥地面为主，杂草野蒿的种子不太容易被风刮进来。即使刮进来了也是少数。多数排挤少数，当然便会如此啦！"

我一时陷入沉思，觉得自己的头脑之中太应该产生出来一点儿比"去年是暖冬"更值得一说的感想了，却又一时产生不出来。

便只有呆立着。

冉的哀悼

或者我们也可以说，冉是一名兼职的但同时又特别专业的哀悼者。

冉是农家女。她的家离她所生活的这座地级市三百多里。如今，中国的铁路和公路四通八达，她回农村探望父母已成经常之事。而且，她父母的身体一向很健康。

印在冉身份证上的这座地级市，是长三角经济较发达的城市之一。虽属三线城市，仅市区也有一百五六十万人口了。它是一座美丽的城市，河流穿城而过，两侧的步行街绿荫成行，近年还增添了多组雕塑。凡到过这座城市的外地人，都对它的宜居和环境整洁印象深刻，也都能感觉到该市人较高的幸福指数。

1982 年出生的陶冉，每自诩是同代人中的"大姐大"。她有中文系研究生学历，本科和研究生岁月是在北京同一所大学度过的。毕业时打消了留在首都的心念，自忖那并非明智的决定。一竿子插到底，回归至离父母最近的该市。她很幸运，一举考上了公务员，分配在市政府老干部管理局。地级市的局是处级单位，当时有一位局长和一名女办事员，算上她共三人。她是研究生，一参加工作便是副科级。有干部级别，不带长。一年后这个局取消，改为老干部管理中心了。又一年后，中心主任也就是曾经的局长调走了，她当上了代理主任。不久，女办事员退休，"中心"只剩她一个人独当一面了。该市虽是地级市，但当年留下来的南下干部较多，有的人革命资历不浅。独当一面够忙的，她却很乐于为他们离退休后的生活服务，并无怨言。那时他们都叫她小陶，而她近水楼台先得月，利用他们的影响力，将丈夫调到国企了，将女儿送入重点托儿所了，贷款买到了价格优惠的住房。连她和丈夫的婚姻，也是他们中的一位做的月下老人。那时他们帮她帮得都很主动，也很高兴。因为她等于是他们和组织之间的联络员，不仅仅是服务员。而她，由于受到他们的关照，为他们服务也更加热忱和周到，她是个知恩图报的人。过了两年，终于又调入了一名大学生办事员，她的职务的"代"字取消，熬成了正式的主任。并且，入党了。相应地，由副科级而正科级了。

似乎就是从那时起，他们都不叫她小陶，皆改口叫她"小冉"了。是一位患了帕金森综合征的老同志先那么叫的，逐渐地，都那么叫她了。他们的解释是——冉嘛，令人联想到旭日初升，预示着她进步的空间还很大，是对她更好的称谓。

对他们在此点上的集体的善意，她欣然接受。不知不觉地，她听他们叫自己"小冉"听顺耳了，仿佛自己不是姓陶，而是姓冉。

他们和她的关系，也发生了微妙的变化。以前她是小陶时，他们仅仅视她为服务员、联络员。离退休后，他们与组织的关系一年比一年淡化，需要联络的事越来越少，随着岁数的增加，这种病那种病多了。所以，对服务的希望也就是对关怀的希望，遂成他们对她的主要寄托。特别是，对离退休干部实行老人老办法、新人新办法后，有些曾经是这个长、那个长的人的工资和医药费由社保机构代发和报销了，这使他们一时难以适应，也很失落，牢骚、怪话甚至不悦情绪，每针对性地指向她的服务方面。

她成为正式的主任后，他们明显地有几分哈着她了。毕竟，她成为代表组织"管理"他们的最大的干部了。别的姑且不论，惹她不高兴了，一年少探望自己几次，那份儿形同被组织冷落的感受，就够自己郁闷的了。何况还有追悼会这码事呢！他们中有谁逝世了，不成文的规定是——除个别老革命外，市委、市政府一般仅献花圈，领导们都不参加吊唁了。而对局以下干部的追悼会，原则上"中心"送花圈即可。这么一来，如果"中心"不但送花圈，冉还亲自参加某位普通干部的追悼会，对家属便意味着一种重视，对于死者也意味着是一种哀荣了。总而言之，成为主任之后的小陶不但是"小冉"，对于他们及他们的亲人，俨然一位有光环似的人物了。

但是冉自己却没滋生什么优越感。她的人生已开始顺遂，无须再借用他们的影响力实现什么个人愿望了。"八项规定"颁布后，他们的影响力大打折扣。尽管如此，成为主任以后的冉，对他们的关怀和服务更主动、更上心了。在她眼中，他们也不过就是些需要自己代表体制多给予一些温暖的老人而已。尤其是在参加追悼会方面，不论级别高低，她几乎无一例外地亲自前往。她的想法是——既然没有明文规定限制我参加谁的追悼会，既然死者家属全都希望我参加他们亲人的追悼会，我陶冉为什么不去呢？除了能满足别人对我的这么一点点希望，我陶冉另外也给不了什么温暖啊。

近年，她参加追悼会的次数多了，几乎每年都参加一两次。有一年，参加了三次。

二○一七年，她已经三十五岁了，仍是主任。

她对参加追悼会这件事的态度极其郑重，比应邀参加婚礼郑重多了。婚礼是可以推托的，也可以只随份子人不到场。但对于她所"管理"的人们的追悼会，她认为任何理由的推托都是对死者的不友善，也会使家属们徒增伤感。何况，参加追悼会本已成为自己的工作内容，每每还"被"体现为"重中之重"。不论自己平时对谁多么关怀，却居然并没亲自参加谁的追悼会，那么此前的关怀很可能就被死者家属所觉得的遗憾抵消了。

她为自己买了一套参加追悼会时才穿的"工作服"。即使追悼会是在冬季举行，她也要将"工作服"穿在棉衣里边，到了追悼现场再将棉衣脱掉。过程通常是这样——直系亲属站在逝者遗体一侧，首先由单位领导也就是她鞠躬默哀，与遗体告别，与亲属一一握手，可以不说话，也可以说"节哀"——每次她都能将这一过程做得非常到位。那时她表情哀肃，举手投足，或行或止，都有那么一种宛如大领导的范儿。但她绝不是装的，也不是以什么理念要求自己那样。而是身临其境之后，自然而然地就那样了。

对于自己所哀悼的每一位死者，她内心里真的会油然产生大的悲悯和哀伤。

相对于死，活着到底是好的——除非生不如死的活法。

参加了多次追悼会后，她对人生形成了一种只对丈夫说过的理解——人出生后由父母代领出生证明，死后由儿女代领死亡证明；对一个人最重要的证明，却都不是自己领取的。而所谓人生，成功也罢，精彩也罢，伟大也罢，或反过来，其实都只不过是两份证明之间的存在现象而已……

她丈夫立刻附和道："对对，所以咱俩要把小日子经营好，能及时行乐就该及时行乐！"

她却说："该及时行悲也得及时行悲。"

丈夫愣了愣，不高兴地说："你怎么又把话扯到你的工作上去了？我再表明态度，对你每次都亲自参加追悼会，我就是反对！"

她说："我也就能给别人送那么一点儿温暖，临死的时候可以对自己说，我也对得起生命。"

"越说越不吉利！不爱听不爱听。你是主任，该派小李去的时候，为什么不派小李去？每次你都亲自去，主任不是白当了？"

小李是后来分到"中心"的办事员。

"正因为我是主任，我去才与小李去不一样嘛。再说小李有遗体恐惧症，我还没想出锻炼她的好办法……"

夫妻俩一向和和睦睦的，却因为她似乎"喜欢"参加追悼会而经常闹别扭了。

立冬后的一天，在家里，冉又接到了一个希望她参加追悼会的电话——一位曾经的副市长去世了，他妻子通告冉。

去世者也就六十多岁，早逝使亲人们多么悲痛，可想而知。逝者退休前因为连带工作责任受过处分，还降了半级。估计，其离世与不良情绪有关。市一级领导不会参加他的追悼会的，这是明摆着的事。

"小冉，你肯参加我老伴的追悼会不？"电话那端传来了哭声。

"阿姨，我肯定参加。追悼会有什么需要我协助的事，您只管吩咐。"冉不假思索地保证了。

"你就不能找个理由不参加吗？"她还低头看着手机发呆呢，丈夫从旁表示不满了。

"可我确实没什么理由不参加呀。"她抬头望着丈夫，一脸沉思。

"你这么不讲工作策略是会犯错误的！"丈夫恼火了。

"人家丈夫不幸早逝了，我跟人家讲什么策略呀？又能犯什么错误呢？哪儿跟哪儿呀？"冉也大为不悦了。

追悼会前一天早上，她接到了母亲的电话——母亲告诉她，她父亲由于急性心脏病住院了，盼望她早点儿赶回去。

丈夫说："正好，这是个充分的理由，你不要去参加追悼会了！"

她说："可我已经保证了呀。"

"你怎么还这么死心眼啊！你立刻买车票回去，我替你参加行不？"丈夫急了。

"你立刻请假，先替我回去行不？"

冉的话说出了恳求的意味。

第二天，冉将儿子送到公婆家，一参加完追悼会，直奔火车站。

当她坐在列车上时，丈夫给她发了一条短信——冉你要坚强，咱爸走了……

她顿时泪如泉涌，片刻失声痛哭——车厢里斯时肃静异常，使她的哭声听来像是经过效果处理的录音。

在农村，在她父亲的丧事上，出现了不少城里人，有的分明还是夫妇。而那些男人，看去皆有几分干部模样……

2019年7月25日《解放日报·朝花周刊》

可可、木木和老八

可可是北京某小学的五年级女生。她的爸爸是某医院的主任医师，她的妈妈是同一所医院的护士长。

"木木"是一只黑色的泰迪狗，三岁了。

"老八"是一只八哥，确切地说，已经是一只老八哥了。有多老呢？相对于可可，那它就是一只老爷爷岁数的八哥了。因为，一般长寿的八哥才能活十年左右，老八却已经十三岁多了。

可可的爸爸妈妈都是从小就喜欢读书的人，他们保存了几十本小时候看过的小人书。可可上小学二年级时，爸爸妈妈将那些小人书交由可可来保存了。在那些小人书中，有一本是俄罗斯作家屠格涅夫创作的《木木》。

《木木》的内容是这样的：在俄罗斯还有农奴的时代，某农庄有一个又聋又哑的农奴，养了一只心爱的小狗。哑巴是没法说话的呀，他叫他的小狗时，口中只能发出"木木"的声音。不管那小狗在什么地方玩儿呢，一听到主人"木木，木木"的叫声，就会飞快地跑向主人。所以，"木木"成了小狗的名字。一个又聋又哑的人，还是农奴，基本上就是没朋友的人了。木木对于他，不但是心爱的，而且是唯一心爱的小朋友。一天，女地主来到了庄园，木木对她叫了一阵，还咬住了她的长裙不放。这使女地主非常光火，下了一道严厉的命令：必须将木木除掉，而且要由养它的人来做这件事。农奴没有办法，又悲伤又无奈地往木木身上拴了一块大石头，将它淹死在湖里了……

可可读完这篇小说，禁不住流下了眼泪。当天夜里，她梦见了木木，哭醒了。以后，只要她看到有谁在遛自家的小狗，就会联想到木木，心里就会难过。爸爸妈妈了解到原因后，为她买了那只小泰迪，她给它起名叫"木木"。现在，可可和木木之间的感情已经很深了。

"老八"是可可的爷爷养了十来年的八哥。因为爷爷奶奶对它照顾得好，它才能活得那么久。可可的奶奶已经去世了，爷爷一直单独生活在别的小区，那只八哥是爷爷的一个"伴儿"，爷爷对它的叫法是"老伙计"或"老哥们儿"。十来年里，爷爷教会了它近百句话。事实上八哥记不住那么多话，往往学会了一句新的话，没过几天就把以前学会的话忘了。它经常说的也就三十几句话。对于一只八哥来说，那也很了不起了。

二○二○年春节过去不久的一天，还没到下班的时间，可可的妈妈忽然从医院回到了家里。她告诉可可，为了控制住新冠病毒的传播、蔓延，武汉已经"封城"了。可可的爸爸作为北京支援武汉的第一批医生之一，直接从班上和同事集体飞往武汉了。妈妈作为经验丰富的护士长，明天也要与另一批医护人员飞往武汉。所以，可可只能带上木木住到爷爷家去。

可可呆愣了一会儿，生气地问："为什么？"

妈妈一边替她收拾她应该带到爷爷家的东西，一边反问："什么为什么？"

可可说："我对你们的领导有意见！为什么让爸爸去了还要让你去？他们怎么就不考虑考虑，把你们都派到武汉去了，我怎么办？"

妈妈说："你和爷爷住一段时间不可以吗？我也去，是我自己要求的。"

可可更生气了，顶撞地说："那你真不是个好妈妈！少去你一个人又能怎么样呢？"

妈妈说："你怎么不反过来想想？在疫情严重的时期，我们医护工作者都好比是战士，多一个人就多一份抗击疫情的力量，我们每一个人能发挥的作用比平时大得多，快去把木木的东西也集中起来！"

关于疫情，可可已经多次听到爸爸妈妈在家中谈论过了，但她觉得那是与自己没有直接关系的事。她这么想，因为她的爸爸妈妈不仅是医生和护士，而且还是呼吸科的医生和护士，这使她怀有一种特别安全的心理，如同自己是一位小公主，身旁有一位"雷神"和一位"白衣女侠"时刻保护着自己。在她的想象中，她的爸爸确似"雷神"，神力强大，手握神锤，新冠病毒根本难抵爸爸的高明医术。何况还有妈妈这一位"白衣女侠"的护士经验助一臂之力，自己的安全岂不是万无一失吗？是的，可可的确是这么想的。像许多小学五年级的学生一样，可可对手机的各项功能已经应用得非常熟练了。关于新冠病毒，关于武汉"封城"的一些情况，她已经从手机上了解到了，看那些信息的时候，也替武汉人感到十分不安。但她毕竟只不过是个小女孩，过后就忘了。现在，爸爸已经去往武汉了，妈妈明天也要去了。而武汉是疫情的重灾区，那么也就是危机四伏的城市，自己的爸爸妈妈都去往危险之地了，这使她感到问题严峻。万一爸爸妈妈有个三长两短呢？那自己和爷爷以后可怎么办呢？离开了两位最爱自己的医护保护神，她开始感到疫情似乎一下子离自己近了，新冠病毒似乎就在眼前飘浮；她虽然看不见它们，可是它们却直往自己的鼻孔和嘴边凑，企图随时被她吸到肺里。

突如其来的情况，使她不但生气，而且有些恐惧了。

她没去收拾木木的东西，希望妈妈能重视她的不良情绪，改变决定。

妈妈自己将木木的东西收拾好，预先放到车上去了。之后对她说："现在，妈妈把你送到爷爷家去吧。"

可可闷闷不乐地坐到了车后座上，一路没跟妈妈说话。

妈妈离开爷爷家时，拥抱了她一下，并说："好女儿，要听爷爷的话。"

可可还是没跟妈妈说话，连头都没点一下。

妈妈也跟爷爷拥抱了一下，这在以往是从没有过的举动。

爷爷说："多保重。"

妈妈说："您也保重。"

妈妈的举动、妈妈和爷爷互相说的话，使可可更加感到不安了。

妈妈离开得很决然，一副义无反顾的样子。那时可可觉得，妈妈确实像女侠：明知山有虎，偏向虎山行，无怨无悔。

成心跟妈妈闹别扭，所以一句话也没跟妈妈说的可可流下了眼泪。

爷爷看着她说："可可，妈妈要出远门了，什么时候回来还不一定，你都没跟妈妈说句告别的话，不对吧？"

可可愣了愣，冲到窗口，打开窗子，冲妈妈的车大声喊："妈妈再见！祝妈妈平安归来！"

妈妈的车已经开出挺远，一转弯不见了。

显然，妈妈听不到她的话。

爷爷走过去关上了窗。

爷爷说："可可，坐那儿去，爷爷和你说几句话。"

可可顺从地坐到了沙发上，爷爷则搬了一只小板凳，坐在她对面。

爷爷问："可可，你爸爸和妈妈，也无非就是因为工作需要出差去了，你哭什么呢？"

可可小声说："不完全是那样。"

爷爷愣了一下，随即说："是啊，不完全是那样，情况确实和一般性的出差有些不同……"

可可打断了爷爷的话："不是有些不同，是非常不同！"

爷爷沉默片刻，又说："对。是我孙女说的那样，非常不同。

但你爸爸是医院呼吸科的出色医生，你妈妈是与你爸同科室的优秀护士，现在武汉人民特别特别需要他们去发挥作用，他们能不去吗？"

可可也沉默了，片刻后反问："那，咱俩怎么办呢？"

爷爷说："还能怎么办呢？首先，对于这个小区为了防止病毒侵入所做出的一切规定和要求，咱们必须自觉遵守，对不对啊？"

可可低声说："对。"

爷爷接着说："这个小区，有三百多户人家呢，咱们的一举一动，都不应该给别人带来不安全的感觉，是吧？"

可可想了想，不太明白地问："什么样的行为，会使别人感到不安全啊？"

爷爷说："现在，北京市要求市民减少出行次数，尽量多待在家里。爷爷和你，都属于不上班的人，所以咱们应该尽量少出家门，这样就减少了感染的可能。一旦被感染了，在自己不知道的情况下，会感染别人。人传人，会感染更多的人。咱们自觉遵守这一条告诫，既是对自己负责，也是对他人负责。同时呢，还能使你的爸爸妈妈放心，是不是啊？"

可可说："是。"

爷爷说："如果咱们非出门不可，哪怕仅仅是倒一次垃圾，也应该戴上口罩。否则呢，如果碰到别人，就会使别人不高兴。这一点，爷爷能做到，你愿意做到吗？"

可可说："愿意。"

可可的爷爷和奶奶，都是公交汽车公司的退休职工，他们的住房，是当年单位分配的福利房，面积不大，才六十几平方米，但爷爷奶奶住得特知足，哪儿哪儿都干干净净的。奶奶去世后，爷爷仍保持着家里处处干净的良好状态。爷爷是个喜静的老人，孙女来和他住了，他心里是高兴的，但木木太闹了，这使爷爷一时不太适应。爷爷吼过木木几次，却又使可可不愉快了。她的不愉快主要是来自内疚感，觉得自己给爷爷带来了麻烦。爷爷也不是讨厌狗狗的老人；恰恰相反，以前爸爸妈妈和可可来看望爷爷时，每次都是带着木木的，但也就是待上大半天，往往吃过午饭和晚饭就匆匆走了，在那大半天里，爷爷还会主动逗木木玩儿呢。现在，木木也和可可一样成了爷爷家的"常住客"，情况太不同了。木木从没在可可的爷爷家住过，对新环境特好奇，有时也特兴奋，经常在六十几平方米的狭窄空间奔来窜去，还往往蹦到床上去，将床单蹬得拖地了。再不就叼着这个叼着那个硬往爷爷跟前凑，黏着爷爷与它争夺。而"这个""那个"，又不是它的玩具。一在新环境里住下，木木对给它带来的玩具都不感兴趣了，却对爷爷的塑料拖鞋十分着迷，经常抱住不放，像一只护宝兽，以至于爷爷散步回来，往往找不到拖鞋了。

一天，爷爷看着那双拖鞋，自言自语："唉，好端端的一双拖鞋，被它咬成了这样，没法穿了。"

可可当时正在写寒假作业，虽然听到了爷爷的话，但没接言。她认为那不值得当回事。不就是一双便宜的拖鞋嘛，何况还是旧的，木木喜欢玩儿，给它玩儿好啰。再从网上买双新的，一两天就会送上门嘛。

偏偏就在那时，木木跑到爷爷跟前，想把拖鞋叼走。

"你真讨厌！"爷爷用拖鞋打了木木一下。木木从没被打过，也许爷爷用的劲儿大了点儿，木木叫了一声。

"真讨厌！真讨厌！"八哥重复着爷爷的话。

可可将木木抱在怀里，抗议地说："爷爷，以后不许你再打木木，它是我朋友！"

爷爷正色道："你把这只狗宠坏了，它一点儿规矩都不懂，爷爷的生活已经被它搅乱了，以后爷爷要替你调教调教它。"

"调教它！调教它！"八哥又多起嘴来。

"你给我停止！"可可指着八哥嚷了一句，转脸又冲爷爷大声说，"你的老八还经常让我心烦呢！我能容忍它，你为什么就不能容忍我的木木？"

"老八"是可可对那只八哥的叫法，而可可的话也是有原因的。家里忽然多了一个小女生和一只精力充沛的狗狗，并且一天二十四小时都在一个空间里，使老八也变得不同以往地兴奋，话多起来。多到什么程度呢？多到常使可可背着爷爷叫它"话痨"的程度。老八的话，东一句西一句的。比如上一句说的是"床前明月光"，紧接着会来一句"天亮了，起床啦"。上一句说的是"老头子，吃什么呀"，下一句竟会说"将军！将军！"或"好球！好球！"显然说的不是爷爷一个人的话。如果它不是在可可写作业的时候说，可可不但不会烦，反而会欣赏它的能说会道。但它话多的时候，往往是早上九点后和下午三点后，那时阳光好，爷爷将它的笼子挂在阳台的挂竿上，让它多晒会儿太阳。而那时，又恰恰是可可开始自学的时候。

听了可可的话，爷爷呆呆地看了可可一会儿，默默起身走到阳台上，取下鸟笼，拎到自己睡觉的小屋去了，许久没再出来。

可可意识到自己的话太伤爷爷的心了，也太没大没小了。同时意识到，自己确实有点儿把木木宠坏了。关于这一点，是一个事实，爷爷的批评是对的。

"可可啊可可，虽然爸爸妈妈并不宠惯你，可你作为独生女，是不是有点儿'以自我为中心'，有时候自己宠惯自己呢？"

她不由得这么想。这一想，就因为自己对爷爷的态度后悔了。

晚饭后，爷爷说："可可呀，爷爷想和你聊聊心里话，你想不想也和爷爷聊聊心里话呀？"

可可因为心里后悔和内疚，立刻回答："想。"

可可就又坐在沙发上，爷爷又坐在她对面的小凳上。

爷爷说："可可，你爸爸是爷爷的独生子。在爷爷心目中，你妈妈就像爷爷的好女儿。而你，又是他们的独生女，是爷爷唯一的孙女，爷爷是非常爱你的，这一点你应该相信吧？"

可可点了一下头。

爷爷又说："听你妈说你要来住下，爷爷立刻着手把大屋的家具重新摆放了一下，为了让你住得更舒适，也为了便于你的学习……"

"爷爷，别说了，是我不对。我也不知道自己为什么会对您那样，我不是有意的，我……我是一直在替爸爸妈妈担心，白天都没法集中精力自学了，晚上还做过噩梦……爷爷，您原谅我吧……"

可可哭了。

爷爷愣了片刻，也坐到沙发上，搂着可可说："好孙女，别哭。你这么一说，爷爷心里就明白了。爷爷心里明白了，心情就舒畅了。可可，你得这么想哈，现在，武汉的医生们已经不缺防护服了，你的爸爸妈妈已经可以在特别安全的情况下救治病人了……"

可可说："特别安全也不是绝对安全呀。"

爷爷说："不要这么想嘛，非这么想就等于钻牛角尖了。小孩爱钻牛角尖，长大以后讨人嫌。"

可可红着脸说："那我以后不钻牛角尖了。"

爷爷欣慰地笑道："那我还接着说咱们的事哈。先说爷爷的拖鞋，我已经用万能胶把它粘好了，还能再穿一阵。"

可可问："为什么不从网上再买双新的呢，下了单一两天就能送上门呀。"

爷爷说："可可，现在北京也是严控疫情的时期，咱们仅仅为了买一双拖鞋，就让人家快递小哥送一次，而且这样的一单人家也挣不了几个钱，却使人家多了份被感染的风险，也太不替人家快递小哥着想了吧？"

可可回忆起了爷爷曾对她说的一句话——"特殊时期，尤其要多一份替别人着想的善良"，她的脸就又红了。

爷爷抚摸着她的头说："再说说咱们之间的关系。在爷爷看来，咱们之间的关系，不仅是爷爷和你这个孙女的关系，还要加上和'老八'和'木木'的关系。以人的年龄算，老八的岁数比爷爷还大。它是你爷爷和你奶奶共同的朋友。如今你奶奶不在了，它成了爷爷一个人的老朋友。看着它，听它天上一句地上一句地说话，会使爷爷回忆起和你奶奶这辈子度过的一些好时光，对爷爷是一种享受。可既然它干扰到了你的学习，那爷爷就每天把它挂到外边去一次。其实，爷爷是想让你叫它'八老'的。不论它的岁数还是它的语言天赋，都是当得起'八老'两个字的。但是呢，既然你已经叫它'老八'了，爷爷也能接受。挺有意思的一种叫法，以后就这么叫吧。至于木木呢，你爸妈为什么给你买它，你又为什么给它起名叫'木木'，原因爷爷都是知道的。爷爷虽然是一名普通的退休工人，年轻时却是个书迷，看过的书也不少。《木木》这篇小说，爷爷当年看过。而且呢，爷爷小时候也养过狗。你对木木的爱心，证明了你的善良，爷爷很尊重你对它的感情。但是呢，狗狗和小孩子一样，不训练就不能成为好狗狗。只有好狗狗，才会人见人爱。训练狗狗爷爷比你在行。所以，你就放手把木木交给爷爷来训练吧，爷爷保证使它成为懂规矩的狗狗，行不？"

可可说："行。"

可可这么说的时候，不由得往爷爷怀里一偎；那种因爸爸妈妈离开了自己而消失的安全感，又从爷爷身上获得了。

爷爷告诉可可，自己当年养过一条叫"红辣椒"的小猎犬，一身绸缎般的红色鬈毛，不但嗅觉极其灵敏，还被自己训练得非常聪明，曾演过一部儿童电影。因为太出名了，被公安局征去了，成为警犬了。

可可问爷爷舍得吗?

爷爷说当然舍不得了,不过看到红辣椒成为警犬后更优秀了,自己也就放心了。红辣椒还立过三等功呢,年轻时候的爷爷应邀出席了授功仪式,分享了那条狗狗的光荣。它"退休"以后,爷爷继续成了它的主人……

那天晚上,可可又做梦了。不但梦见了爸爸妈妈和许多是医生护士的伯伯、叔叔和阿姨像白衣战士那样大战新冠病毒,而且梦中还出现了两条神勇的狗:一条是木木,一条是红辣椒。两条狗配合白衣战士们消灭变成"怪兽"的病毒,追咬得"怪兽"四处逃散……

第二天吃早饭的时候,可可正对爷爷讲自己的梦呢,爸爸给可可的手机发来了自拍照。自拍照上妈妈和爸爸在一起,看上去都刚值完夜班,还没脱下防护服呢。

爸爸妈妈都在自信地微笑,都举着两根手指做着胜利的手势。

可可却一下子哭了,因为爸爸妈妈的脸上,都有明显的勒痕,几乎使可可认不出他们了。

爷爷劝可可不要哭。爷爷说不碍事的,洗过脸,睡一觉,勒痕就不见了。

爷爷也让可可为他俩拍一张合影发过去。几秒钟后,爸爸回了一条只有三个字的短信——"放心啦!"

可可看着短信噘起嘴说:"不可以这样吧?"爷爷也看到了那三个字。

爷爷却说："可可呀，没看出你爸爸妈妈有多累吗？爷爷眼神儿不如你好，但爷爷都看出来了，你爸爸妈妈眼中有血丝呢。也许，忽然又有了什么新的情况要求他们赶快去处理，所以来不及再多写几句话吧？"

在可可听来，爷爷最后那句话虽然是一句问话，却同时具有肯定的意味。

可可沉默了一会儿，小声问："爷爷，您心疼他俩吗？"

爷爷愣了一下，反问："你说呢？"

可可还没来得及说什么，爷爷又说："怎么能不心疼呢。"停了一下，紧接着说："怎么能只心疼我自己的儿子和儿媳妇呢？"

爷爷一说完，就起身走入小屋去了。

可可呆愣了片刻，也起身走到小屋门旁，偷看爷爷——爷爷背朝她坐在桌前，坐得很直，一动不动。

可可以为自己那句问话使爷爷难过了，忍不住轻轻叫了一声："爷爷……"

爷爷朝门口转过头，脸上并没有泪，样子也不是多么伤心，却格外严肃。

爷爷说："进来。"

可可走到爷爷跟前，见桌上有四包口罩，一包已经拆开了，另外三包还没开封。

"可可，你爸妈也联名给我发了一条短信，你应该看一看。"爷爷说着，把自己的手机递向可可。

可可接过去一看，见手机上是这样几行字："爸爸，武汉一千多万市民中，目前缺口罩的人家很多。您那里的口罩如果较多的话，可以让快递小哥送到我们医院去，我们医院发起了口罩募捐。集中以后，会经过特殊途径捐到武汉来……"

可可愣愣地看着，一时不知说什么好。

爷爷起身坐到床边，指着椅子说："坐下。"可可默默坐下，将手机还给爷爷，侧脸看着桌上的口罩，还是不知说什么好。那些口罩是从可可家带到爷爷家的。可可和妈妈都对粉尘过敏，口罩一向是家中常备之物。每包十个，一共还有三十六个。可可对口罩是心里有数的，因为她总是怕口罩不够用。

爷爷问："可可呀，我该怎么给你爸爸妈妈回短信呢？"

可可反问："咱们的口罩算很多了吗？"

爷爷说："比起缺口罩的人家，不算少吧。"

可可又从爷爷的话中听出了似乎在问，也似乎是肯定的意味。

"这些口罩都是一次性的，即使咱俩每天只出去一次，十八天以后，咱俩就没口罩了。"

对口罩的重要性，可可几天前就开始意识到了，她并不是一个除了学习和玩儿再就天大的事都不关心的女孩。

爷爷说："孙女，爷爷是这么想的，咱们这个小区和附近的小区都缺义工。对于义工，居委会能保证每天发一个一次性口罩。如果爷爷去做义工，就能省下几个口罩。"可可又认真地问："捐几个口罩真有什么意义吗？"她并不是成心和爷爷抬杠，也不是吝啬捐出几个口罩，而是对自己所问的问题确实感到挺困惑。

爷爷说："中国人口不是多嘛，口罩多的人家都捐出几个，估计也不少。对于一个口罩都没有的人家，我想几个口罩也好比是雪中送炭呀。”

爷爷这番话，明显是肯定意味的了。

“那，多久以后，才能买到口罩呢?”

可可还是很忧虑，既为自己，也为许许多多别人。好几天，口罩成了网上比较集中讨论的话题，这一点可可关注到了。

“爷爷也说不准。咱们中国，对于灾害和疫情的反应一向比较快，估计要不了多久，口罩短缺就不是个问题了。”爷爷的表情也变得忧虑了，但爷爷的话却说得很肯定。

“你好! 吃了没?”

老八忽然说了起来。

“爷爷，您决定吧，您怎么决定都行。”

爷爷的表情一忧郁，可可心里不好受了，又想爸爸妈妈了。她吻了爷爷一下，起身离开了小屋。

爷爷做义工的事，当天就获得了小区委员会的批准。小区的门卫、打扫卫生清理垃圾的人、开小店或到小区卖菜的人，基本上都是外地人。春节前，他们也基本回家乡去了。由于疫情，他们一时回不到北京了。这个小区和附近的几个小区，确实急需义工。

第二天，爷爷白天当义工去了。晚上，夜深人静的时候，爷爷负责遛一次木木，同时训练它懂一些规矩。由爷爷来遛木木而不是由可可来遛它，可以省下一个口罩。第三天上午爷爷出门前，可可问:“爷爷，您替咱俩做出决定了吗?”

爷爷说："爷爷已经想好了，咱们别捐了。我孙女的情况特殊，不能不考虑。"

可可却说："爷爷，我也想好了，咱们还是捐吧。"

爷爷缓缓蹲下，目光温和地与可可对视着，有些困惑地问："怎么就想好了呀？"

可可说："每年春天快来的时候，关心我的同学，还有送给我口罩的呢，他们嘱咐我出门一定要戴口罩。咱们现有的那些口罩，不全是爸爸妈妈买的，也有我同学送给我的。我不能接受别人关心的时候觉得温暖，却不愿在别人也需要关心的时候，送给别人一点点温暖。咱们捐十四个口罩吧，十四天里我不出门就是了。十四天后，我还剩二十二个口罩呢。我相信，不等我把二十二个口罩用完了，全中国的人就都可以买到口罩了，爷爷不是也相信这一点吗？"

爷爷把可可搂在怀里，高兴地说："真是爷爷的好孙女，可可能这么想，证明可可和爸爸妈妈一样，都愿为抗疫做一份贡献。但是，到底捐还是不捐，等爷爷中午回来咱俩再做最后的决定哈。"

爷爷中午回来做饭时，一个字也没提捐口罩的事。与可可吃饭的时候也没说。晚上做饭时还没说，到睡觉前一直没说。

可可忍不住问："爷爷，您没把捐口罩的事给忘了吧？"

爷爷说："没忘，哪能忘了呢。爷爷困了，明天再说哈。"

第二天爷爷出门前，仍不提捐口罩的事。可可看出来了，爷爷的想法似乎又与她的想法不同了，她忍住了不再问。

中午，爷爷刚一进门，可可就迎上去说："爷爷，我已经把那件事做了。"

爷爷随口问："什么事呀？"

可可说："我已经在网上下单，让快递小哥把二十个口罩送到爸爸妈妈的医院去了。"

爷爷在门口张张嘴，没说出话来，默默换了拖鞋，缓缓走到沙发那儿，愣愣地坐了下去。

可可走到爷爷跟前，笑着问："爷爷是不是嫌我捐得多了呀？"

爷爷这才问："你昨天不是说要捐十四个吗？"

可可说："今天我一想，拆了包的口罩，也许会在运送的途中变成不干净的口罩，那不是反而不如不戴了吗？所以……所以我觉得，还是应该捐没拆包的……"

爷爷说："那你就只剩下十六个了。"

可可说："比起几口人都没一个口罩的人家，十六个还是挺多呀。疑似患者不是都要被隔离十四天吗？别人能够经受得住十四天的隔离，我想我也能做到十四天不出门。"

爷爷说："可那些别人是大人。"

可可说："也不全是大人。我从新闻中了解到，有的大人带着是小学生的儿女从外地回到北京，那些小学生也要做到十四天不出家门。别的小学生能做到，我觉得我同样能做到。我对自己有信心！"

爷爷说："万一，缺口罩的情况，比咱们估计的时间持续得久呢？"

可可说："那十四天以后，我就隔一天出一次家门，十六个口罩能用一个多月。如果真像爷爷说的那样，我就隔两天出一次家门。但我对中国更有信心了，我相信缺口罩的日子绝不会那么长。而且呢，我觉得爷爷也不必每天晚上都遛一次木木，那您太辛苦了。特殊时期，咱们也得对木木特殊……"

老八这时清楚地说："太辛苦了，太辛苦了……"

它一说话，木木就警告地冲它叫起来。

爷爷笑了，对老八说："来了个管你的吧？以后得少说两句啦！"

可可也被爷爷的话逗笑了。

爷爷又说："可可呀，爷爷得承认，因为太替你着想，爷爷打算捐口罩的念头确实改变了。今天呢，你反过来教育了爷爷，爷爷在你面前都有点儿不好意思了……"

"爷爷，那您给我爸爸妈妈回短信，就说他俩的指示，咱们执行了。您先歇会儿，我去把要炒的菜洗出来！"可可在爷爷脸上亲了一下，转身到厨房去了。那会儿，可可忽然觉得，自己是一个大人了。从那一天中午起，可可开始了自我"禁足"。比之于隔离，"禁足"对人自由活动的限制要宽松得多。即使是居家隔离，按照严格要求，也是将自己关在一个房间，一天二十四小时，除了上厕所和刷牙洗脸洗澡，不得再迈出那个房间的门。连与家人说话也要戴口罩，保持距离，最好是隔着门，更不能与家人同桌用餐，同床而眠。这样的措施，必须不间断地实行到十四天以后。被隔离者的身体状况一切正常，那么隔离就可解除了。如果一户人家居住面积不大，家庭成员又在三口以上，日常生活那真是乱了套了。不但对被隔离者的心理和情绪是极大的考验，对家人的耐心也是一种挑战。

自我"禁足"却只不过就是自己禁止自己出家门到外边去。爷爷的家面积虽然有限，但在有限的空间内，可可的活动却是自由的。以前她在家里可做的一切事，自我"禁足"后不受任何影响。学习照常进行，想和木木玩一会儿就玩一会儿。她可以照常和爷爷在一个饭桌上吃饭，并坐在沙发上聊天，看电视。不知不觉，三天过去了，她对自己所取得的"成绩"多少有点儿骄傲了。

到第五天上午的时候，忽然，可可想到外边去的欲望一下子强烈起来，简直可以说变得无比强烈了。

那一天的天气非常好，蓝天白云，风和日丽，像春天般暖和。

她站在窗前，打开窗子，一边呼吸新鲜空气，一边听老八独自说话。老八的笼子挂在窗口对面的树枝上，在可可能够看到的地方。小区特别安静，只有几位戴口罩的大爷大妈在缓慢地散步。这么好的天气，使老八的话比往日多了。虽然没有哪位大爷大妈停住脚步逗它说话，它却一会儿一句说起来没完。

"老八，上午好!"可可朝老八喊了一句。

老八听到了，注意力转向可可。

这下，自我"禁足"对可可的考验升级了。

"上午好!"

"可可，干啥去?"

"木木，别淘气!"

"戴上口罩！戴上口罩！"

木木听到老八的话立刻兴奋起来，不断地跳跃，想蹦到窗台上。可可将窗子关上后，木木又反复跑向门口，一次接一次直立起来扑着可可的身子。

"别闹别闹，好吧，那就陪你出去走走。"

可可戴上了口罩。

她说的虽然是"陪你出去走走"，但那显然是自己给自己找的借口，实际上她想出去走走的欲望，受老八的话和木木的表现的影响，像麻醉针药效过去了的大型动物似的，瞬间苏醒了。

"天气真好！"

"玩儿玩儿去！玩儿玩儿去！"

老八的话如同魔咒，不断传入可可耳中，对她形成了难以抵挡的诱惑。

木木已经把它的绳套叼到了门口，蹲在门口眼巴巴地看着可可。

可可已经拿起了钥匙，已经站在门前了。就在那时，她的手机响了。可可又从门前离开，走进自己住的小房间，从桌上拿起了手机。

打她电话的是和她最要好的同学冉冉。

冉冉批评她说："可可，你怎么回事呀，上午那么多同学给你发过短信，你怎么都不回呢？大家对你有意见了啊！"

可可说她还没来得及看呢。

她点开微信一看，好家伙，居然有二十几条信息。原来，可可将她为了捐出二十个口罩而决定自己对自己"禁足"的事告诉了冉冉，冉冉又将这事在朋友圈中公布了，于是许多同学都为她点赞。可可逐条看着那些文字滚热的信息，缓缓在椅子上坐下了。

她忽然觉得，仅仅为了在小区走一圈就用掉一个口罩，太不值得了。

木木又跑到她跟前，仰头看她，发出焦急的哼唧声。

可可抱歉地对它说："木木，对不起了哈，咱们还是不出去的好，我替你挠痒痒吧。"

她将木木抱了起来。

中午，可可和爷爷吃饭的时候，爷爷说："可可，如果爷爷没记错的话，你已经五天没出家门了吧?"

可可装出漫不经心的样子说："是啊，我的困难时期已经过去了。"

爷爷说："其实呢，爷爷觉得你也不必对自己太严格。非常想出去了，用一个口罩不算浪费。"

可可说："不完全是浪费不浪费的问题，我也是把自我'禁足'当成对自己意志力的一次锻炼。"

那天中午，爸爸妈妈终于有时间与可可和爷爷视频一番了。

妈妈说，全国各地包括海外侨胞捐向武汉的口罩，已经全部发给武汉市民了。

爸爸说，火神山医院已经开始收治病人了;武汉的疫情，已经迅速控制住了。

爸爸妈妈传递的消息，使可可和爷爷都特别高兴。可可自从住到爷爷家，第一次见到爷爷那么高兴。爷爷是个京剧迷，高兴地为可可唱起了京剧。爷爷一唱起京剧来，木木也安静了，一动不动地蹲着，看着爷爷聚精会神地听，仿佛能听懂似的。

从第五天到第十天，可可的心又沉静了下来。她的日子里，有了一些新的内容。她为木木洗了一次澡。此前，那是连爸爸妈妈也不曾做过的事。给木木洗澡并不多么麻烦，所有的狗狗都爱洗澡。但是要用吹风机将木木水淋淋的毛吹干，那可是既要有耐心还要讲究方法的事。如果吹风机吹出的风热度太高，一不小心就会使木木受伤，而热度低了风力小了，又很难将木木的毛彻底吹干。所以，此前这件事是由爸爸或妈妈开着车将木木送到宠物店去完成的。可可也成了老八的语言教师，教老八学会了新诗句，提高了老八的"文化素质"，使它变得"腹有诗书气自华"了。在充当小教师的过程中，可可曾扬扬得意地对爷爷说："爷爷，等疫情过去了，您得重谢我啊。"

爷爷奇怪地问："因为你捐了二十个口罩？"

可可说："许多人都为中国抗击疫情做出了贡献，爷爷也是其中一分子啊。包括自觉响应号召尽量不添乱的人，不是也算表现良好吗？我只不过捐了二十个口罩，那事根本不值得一提。我指的是，我让您的老朋友与时俱进，有希望参加央视的《中国诗词大会》节目，去和擂主们比赛啦！"

爷爷听罢，哈哈大笑，信誓旦旦地说："是啊是啊，你确实使我的老朋友更受小区里的人们尊敬了。爷爷保证，等疫情彻底过去，一定亲自做上七大盘八大碗地重谢我孙女！"

可可告诉爷爷，她还有了"教学"心得呢。她的体会是，谁如果想教八哥学会说一句七言诗，几乎门儿都没有。那需要连续张几次嘴，舌尖在口腔中伸卷几次，八哥的舌和嘴根本做不到。能教会八哥说五言诗句就不错了。自己做到了，所以证明自己教的水平挺高。可可还告诉爷爷，自己悟到了一条教的经验，那就是，八哥不太容易将有些汉字说清楚，比如"欲穷千里目"的"欲"字，它就说不清楚，所以就会偷懒，干脆只说"千里目"，"疑是地上霜"的"疑"字也是它说不清楚的，就干脆说"地上霜"。

那天有风，老八的笼子挂在阳台上。可可正向爷爷卖弄自己的教学宝典呢，老八在阳台上卖弄起饱学之士的风骚来。

老八忽然说了一句"床前明月光"。

可可和爷爷就都不说话了，静听它接下来还会说什么。

老八相当清楚地说："更上一层楼。"

它紧接着又来了两句，是"汗滴禾下土""为有暗香来"。

爷爷又哈哈大笑，笑罢故作庄重地说："厉害厉害，我老朋友长了串诗的本领了，名师出高徒! 我孙女教得好，果然教得好!"

夸得可可也不好意思地笑了。

在那些自我"禁足"的日子里，可可从网上挑选了多部中外优秀儿童电影，包括几部优秀的动画片。但实际上并没看那么多。

她对爷爷说："爷爷，我觉得我不再是孩子了。"

爷爷说："十二岁以前都是孩子，十二岁到十八岁之间是少年，从十八岁开始就进入青年时期了。你还没过十二岁，所以你仍是孩子。"

可可想说，新闻报道里每天增长的中国以及外国的死于新冠病毒的人数，使自己不能再像以前那样兴趣盎然地看得进儿童电影了，特别是动画片。依她想来，一个孩子不再喜欢看儿童电影了，那也就不再是孩子了。

她没对爷爷说出她的想法，怕爷爷为她难过。

她说的是："也许，我是一个早熟的孩子吧。"

她的话还是使爷爷吃惊不小，愣愣地看她，一时不知说什么好。

可可问："早熟不好吗?"

爷爷这才说："那要看是什么事使你早熟了。"

可可想说，她从没像现在这样，在短短的时间里，知道了那么多使自己感动的事，同时也知道了那么多使自己嫌恶的事。如果不是因为爸爸和妈妈战斗在阻击疫情蔓延的一线，如果不是因为爷爷做了义工，她也许会像别的孩子一样，不怎么关心与疫情有关的事。那么，她就还是从前那个小学五年级的女孩，与之前的自己不会有什么不同。

她也没对爷爷说这些想法。

她说的是："暂时保密，以后再告诉您。"

就在那一天，可可将自己以前买的几十本童书放入纸盒箱里，并用胶条封上了。她那么做时，在心里对自己说："我要懂得一些大人世界的事情了。"

自我"禁足"的第十天，可可的意志力坚持到了极限，打开手机已经不看任何别的内容了，只看关于口罩的消息——全世界都急需口罩，如同在饥荒的年代缺少粮食。同学们发给她的短信少了许多，似乎都将她的事忘了。最新的一条短信是冉冉发给她的，只不过六个字：可可，挺住，加油！

她很迫切地想跟冉冉通话，很迫切地想向冉冉承认：自己的意志力就快崩溃了，自己就快挺不住了。自己最怕的事情就是——在国内很容易就能买到口罩的日子还遥遥无期，而自己只有十六个口罩可用了……

但她又怕冉冉会因此笑话自己。

爷爷比往天中午提前一个多小时就回到了家里。

爷爷一进家门就兴奋地说："可可，好消息！中国已经完全能够充足地向医院供给医用口罩了，估计民间缺口罩的日子很快就要结束了！"

可可的担忧顿时一扫而光。

她说："那我不是白对自己实行'禁足'了吗？"

爷爷说："很快就要结束了也不是明后天就会结束嘛，怎么也得是十天半月以后的事啊。"

可可并没从网上看到这一条好消息，问爷爷是怎么知道的。

爷爷说，上午区里的一位领导到小区视察防疫工作，亲口向义工们宣布的。

老八似乎也兴奋了，接连说："好消息！好消息！"

好消息使可可的意志力一下子又增强了。

下午，冉冉给可可打了一次电话。

可可刚一接听，冉冉就哭了。

冉冉说她八十多岁的外婆，在外省被确诊为新冠肺炎患者了，而且住进了抢救室。

可可说："冉冉，你不是上午还给我发短信了吗？那条短信使我觉得，你当时心情挺好的呀。"

冉冉说："我刚刚知道的坏消息……"

冉冉说完又哭了。

可可了解，冉冉与她外婆的感情特别深。

可可从没遇到过别人需要从自己这里获得安慰的情况。

她从没安慰过别人，不懂得应该如何安慰。

但冉冉是自己最好的朋友啊，不会安慰也得安慰呀！

可可与冉冉通了一个多小时的电话，直到她的手机快没电了才终止。

在给手机充电时，可可想回忆起自己究竟劝了冉冉些什么话，却几乎一句话也回忆不起来，只记得自己陪着冉冉哭了一鼻子。

从第十天开始，可可每天与冉冉通一次电话。是的，可可确实是一个不会劝人的女孩。如果事关生死，大人们往往都不知如何彼此相劝，何况一个小学五年级的女孩。

可可也不是没话找话地与冉冉通话。

每次通话都长达一个多小时，没话找话的通话是持续不了那么久的。

可可看的书和电影比冉冉多，可可是讲故事的能手；可可全家都是京剧迷，她自己也会唱几段。

在那一个多小时里，可可为冉冉讲故事，也为冉冉唱京剧，讲讲唱唱，唱唱讲讲。

她心里只有一个强烈的想法，那就是尽量使自己的好朋友不被突然而来的担忧"压扁"了。如果自己也许能做到，那为什么不试试呢？以至于她竟忘了自我"禁足"这件事，忘了自己的担忧。日子呢，似乎也没了计数的必要。而一旦不再计数了，家里和外边似乎没了区别；仿佛家里就是外边，仿佛家里与人世间也是同一个概念了……

一天早晨，可可睁开眼睛，见爷爷正笑着看自己。

爷爷说："孙女，从今天开始，你可以出家门了。自己跑步也罢，遛木木也罢，随你的便。因为十四天已经过去了，你出去一次换一个口罩都行，在北京买口罩不再是难事了……"

可可愣了片刻，用被子蒙上脸，哭出了声。

爷爷在床边坐下，不解地问："好孙女，你高兴才对嘛，为什么哭啊？"

可可说："冉冉的外婆昨天晚上去世了……她是我最好的朋友，我没法安慰她了……我真的不知道再怎么安慰她了……"

爷爷沉默了一会儿，叹口气，声音沙哑地说："那不是你的错……那不是任何人的错，冉冉会明白这一点的……"

"五一"小长假期间，可可的爷爷开车将冉冉接到了可可家。可可的爸爸妈妈已经从武汉平安归来，可可的爷爷也已在她家住了一段日子了，当然还带来了老八。小长假一结束，可可的爷爷还要住回到自己家去，继续在那个小区做义工。那个小区的外省市居民比较多，北京一解禁，陆续都返京了。解禁并不意味着人们可以大松心地恢复以往的生活了，在有序地复工复学的同时，仍要谨慎防止疫情卷土重来。可可的爷爷已经是一名资深的义工了，他觉得自己的使命还没到结束的时候，认为在特殊时期做一名老义工是自己光荣的使命。

冉冉总是听可可讲起老八，对老八的语言天赋特别佩服，早就希望能有机会见到老八的真身了。她还没彻底从失去外婆的悲伤中解脱出来，但正像老话说的那样，有所失往往也会有所得；冉冉的亲情关系中多了一个姐妹，那就是可可。她俩不再仅仅是小学生之间的好朋友关系了，也是亲如姐妹的关系了。

冉冉并不是第一次来到可可家，她与可可的爸爸妈妈以及木木早就熟了，木木对她表现出热烈的欢迎。她刚向可可的妈妈和爷爷问过好，老八就开始炫耀自己的语言才华了。

老八说："冉冉来了！不亦乐乎？"

冉冉惊讶地说："它第一次见到我，怎么会知道我的名字？"

可可的爷爷说："可可经常说起你的大名，你冉冉的大名对于我的'老伙计'已经如雷贯耳了嘛！"

老八又说："天地玄黄，如雷贯耳！"

冉冉惊讶地说："哎呀老八，您太有才了！"

老八贫嘴地说："不客气，太有才了！"

大家都被逗笑了。

抗击疫情取得了阶段性的胜利，从农村到城市，中国的男女老少，都发自内心地为祖国感到骄傲。

听着可可、冉冉在阳台上和老八对话，以及那一阵阵快乐的笑声，可可的爷爷悄悄问可可的爸妈："我孙女向我提出过一个问题——对于她这种年龄的孩子，早熟好还是不好？我回答不了这么难的问题，你们认为呢？"

可可的爸爸妈妈互相看了看，都愣住了。

可可的爸爸挠腮帮子，可可的妈妈张了张嘴却没说出话。

看来，那个问题确实太深了，他俩一时也被难住了。

"人之初，性本善！木木别闹！"

老八在阳台上大秀口才，乐此不疲。

阳台上就又响起可可和冉冉愉快的笑声……

《青年文学》2020年第9期

网　事

　　苗先生逐渐有点儿"大V"的意思了。并且，声名日隆，接近是老网红了。年龄不饶人，不论是男是女是谁，六十五六岁了，即使成心表现得像一个年轻人似的，那也还是往往徒劳。但这是指一般人。毕竟，苗先生已经不一般了，被某网络公司收编为主播后，经专业形象设计师一设计，一捯饬，看去确乎年轻了几岁。然而看去再年轻，那也仍是一位看去年轻的老者——染发、植眉、祛皱纹和老人斑，实际上都不能使他真的年轻起来；所以首先仍是老者。

　　人类社会经历了几次飞跃的时代——报业时代、广播时代、电视时代、网络时代。这几次飞跃，使人类社会在意见表达方面的速度快上加快，自由度越来越大。网络催生出了自媒体，所以本时代亦被形容为"自媒体时代"，好比平地忽啦出现了百万千万电视台，人皆可成播主。倘所播内容极其吸睛，短时期便名利双收的例子不胜枚举。

　　苗先生原本是某省一所什么学院的教师，教文秘写作专业。

曾几何时，那专业是香饽饽。教育事业大发展的几年里，该学院换了牌子升格为大学，但他所教的专业却不再香了，过气了，于是他开创了该大学的传媒课，成了传媒专业的元老，传道授业直至退休。

那一时期，他的知名度仅限于校内，在校外基本是个默默无闻的人。即使在校内，除了教学活动，并不喜欢弄出什么个人响动，连同事之间的聚餐也很少参加。网聊啦，刷短视频啦，应酬朋友圈啦，这类时兴的事与他几乎不沾边。除了回家睡觉，他的时间也基本上是在办公室度过的。他虽是专业元老，却无单独的办公室，与三四位中青年同事共用一间办公室。他给他们的印象可用"安静"二字概括。是的，苗先生确乎曾是一个喜静之人。

普遍的平头百姓，只要家境无忧无虑，经济上还不错，大抵挺享受退休生活，并都挺善于将退休生活过出各自不同的幸福滋味。但某些人不是那样，不，他们不可被一概地说是人——他们应被视为人士，人一旦成了人士，许多方面便与平头百姓不能同日而语了。退休后一个时期内不适应，甚至找不到北，便是不同之一。

苗先生乃教授，一般大学之教授那也是教授嘛。教授者，人士也。所以，苗先生对于退休后的生活一度极不适应。他老伴已故，儿子早与他分过了。儿子没能像他一样成为"人士"，换了多次工作，那时在开网约车。儿子分明觉得自己没成为"人士"是特别对不起他的事，便送自己的儿子到国外留学去了。而儿媳妇居然很"佛系"，早早就躺平不上班了，甘愿做丈夫的"专职女佣"。做网约车司机的女佣，占不了她多少时间的。但她也并非终日挺闲，参加广场舞组织的活动和打麻将分散了她大部分富余的时间和精力。"广场舞组织"绝非用词不当，大妈们也是在"组织"的女性，她们那"组织"也是有领导者的，还不仅一位，她是副的之一。正的不在，可代之发号施令。因姓艾，被一大帮麾下戏称为"艾副统帅"。这女人很享受她在她们中的地位和权力，因而胜任愉快。除了经常抱怨退休工资太低（在该省会城市中比起来，不算太低，属中等），她对现实再没多大不满情绪。丈夫心甘情愿地将家庭的财经大权拱手相让，这使她抨击社会分配不公的过激言论日渐少了。

退休后的苗先生起初巴望校方主动返聘自己，等来等去等不到好音讯。有知情者向他透露底细，劝他别再傻老婆等汉子似的等下去了，校方根本没那打算，他这才终于死了心。后来他又巴望省内别的哪所大学特聘自己，结果也是一厢情愿地傻等。而孙子在国外，开销渐增。结果儿子去他那里的时候就勤了，孝心看望的色彩淡了，另外之目的性明确了。

"爸，我儿子可是你孙子，当初你孙子出国留学可是你的主张。他说自己与其他中国留学生相比，他花钱够掂量的，但我一个开网约车的也供不起你孙子了，只能找你了，不找你我又能找谁呢，这事儿你寻思着办吧！"

"这事儿"的核心就一个"钱"字。

于是他只得去银行往儿子卡上划钱。

儿子说的是硬道理。

"爸你单身一个，存钱干什么？到头来，还不是全得留给我们两口子？连我们的也算上，将来还不都是你孙子的？想开点儿，莫如在孙子需要的时候雪中送炭，解孙子的燃眉之急，使他能常念你的好！爸你这么做是不是更明智啊……"

儿媳妇曾当面这么开导他，那话不无教诲的意味，显然也是硬道理。硬道理在谁那边，谁就成了理直气壮的一方。

苗先生觉得，有两次，儿子也许是在打着孙子的旗号向他要钱。可那么觉得也不能将内心的疑问真问出来啊！他不仅只有一个孙子，也只有一个儿子呀。得罪了儿子，不是就等于得罪了孙子吗？若将儿子和孙子一并得罪了，自己的晚年活得还有意思吗？不是连必要也没有了吗？

故所以然，面对被儿孙啃老的情况，他总是要求自己表现得十分泰然，每每还装出被啃得很爽的样子。儿子反对他直接给孙子划钱，多次说那么做"不妥"。为什么"不妥"，他从没问过。不太敢，也认为多此一举。究竟哪一口是儿子啃的，哪一口是孙子啃的，后来他也不愿推测了。

苗先生的退休工资八千多，在省城绝对是不低的，然而比退休前少了岗位工资一块，那一块四千多呢，少得每使苗先生的晚年添了种忧患滋味。存款嘛，他自然是有些的，但那是他的保命钱——专款专用，这也是硬道理嘛！儿子总想从他口里探出实数，而他总是说得含含糊糊。世间诸事，唯钱可靠。耳濡目染地，这一人世间的通则，退休后的苗先生渐渐领悟了。

他总想谋份职业，将退休金中少了的四千多元挣回来。因不知怎么才能挣到手，于是陷入郁闷，进而苦闷，进而找不到北。又于是，加入了网民大军，在网上消磨时间排遣忡忡心事。

网络真乃神奇"奶嘴"，没了正事可做的人，一旦对上网入迷，似乎成为资深网民便是堂堂正事了。

苗先生毕竟是退休教授，他在几家网站的跟帖写得颇有水平，引起一家网站的关注，主动联系上了他，请他参加了该网站的迎新茶话会，还获得了"杰出跟帖者"的称号及一万元奖金。只不过跟跟帖居然还能"杰出"起来！奖金还是税后的现金！苗先生不但受宠若惊，而且一下子找得着北了。当晚他在该网站发了篇获奖感言性质的千字文，引用了"莫道桑榆晚，为霞尚满天"两句诗，真诚又热忱地表达了自媒体时代带给自己的光荣与梦想，于是结束了以前大半辈子"述而不著"的"用嘴"生涯。不久，苗先生被该网站聘为正式播讲人，有份多于四千元的工资，粉丝多了另有奖金。粉丝倍增，奖金亦倍增。播讲内容由自己定，可用提示板，文章也由自己写——自己写是他作为条件提出的，正中付工资的人的下怀。

一向谨慎惯了的苗先生，专对某些安全度百分百的话题发表观点。那时又到了夏季，穿凉鞋的年轻女性多了——对于是上班族的她们不但穿露趾凉鞋还染趾甲是否构成对男同事的性诱惑，不知怎么成了热点话题（其实不足为奇，是网站成心提出并自带节奏炒热的）；苗先生就那一话题首次在网上露面，驳斥了所谓性诱惑的歪理邪说，对年轻女士们美己悦己的正当权利予以力挺，坚决捍卫，并以诗性语言赞曰：夏日来临／十点娇红／美我足分／

233

养尔心瞳。他的播讲还有知识性——汉民族女性在漫长的历史时期内受封建礼教和缠足陋习的双重压迫，何曾有过美其天足的自由？又大约是从哪一年始，染趾才渐摩登的？由摩登而寻常，又是多么符合时代尚美心理的释放规律！如果是位女学者女名人如此这般，大约也不至于多么吸引眼球，而苗教授可是位年过花甲的老男人哎！于是粉丝由几万而破十万也，女性居多。留言区的跟帖千言万语汇成一句话那就是——老先生显然食色能力依然棒棒的，可喜可贺！他对那类"坏小子"们的恶搞文字甚不受用，但一想到粉丝破十万后翻倍的奖金，也就坦然面对了——有所得必有所失嘛！

半年后的某月某日，苗先生受邀观看省内某县地方小剧种进省城的汇报演出，那一个县希望能使那一小剧种成为省内的非遗剧种，请了省城方方面面的领导，半数是从该县"进步"到省城的。有的早已熟悉，有的未曾谋面。苗先生是少数几位文艺界人士之一，多数人他不认识，于是沉静地坐在贵宾室一隅，偶尔起身与经人重点介绍的什么领导握手。是的，那时的他在省城已是大大的名人了，出过书了，剪过彩了，常做讲座了，有几项头衔了，如"大众社会心理学者""女性文化心理研究会长""网络美文作家""自媒体发展研究所名誉所长"什么什么的。总之，收入更丰，性格更温和，修养更高了。贵宾室并非多么消停的地方，一会儿有人进，一会儿有人出，一会儿全站起来等着与某领导握手并合影，一会儿坐下填什么表。

在片刻消停之时，一个三十五六岁着一身西装的胖子进入，径直走到苗先生跟前，蹲下跟他小声说了几句话。苗先生愣了愣随即微笑点头，对方便从公文包中取出本苗先生著的书和笔，苗先生认认真真地在书上签名。贵宾室沙发不够坐了，这儿那儿摆了多把椅子。对方接过书收入公文包，俯身对苗先生耳语，苗先生摇头，对方却自作主张，站苗先生身后，为苗先生按摩起肩颈来。

苗先生只得向大家解释："我肩颈病重，他会按摩。"

最后进来的是一位职务最高的领导，于是全体站起合影。

那胖子说："我就不加入了吧。"

职务最高的领导说："别呀，合影一个不能少。"

胖子又说："那我站边儿上。"

于是他自觉站到一侧。合影后，坐在苗先生旁边的椅子上了。

苗先生要去卫生间。

胖子说："我替老师拿包。"

苗先生略一犹豫，将自己的布袋交给了他。

忽又进来了县里的两个青年，向大家分发礼品袋。胖子替苗先生领了并说："不给我也行。"

二青年皆愣，一个看了看手中单子，试探又拘谨地问："您是……"

有位贵宾便说："是苗先生助理。"

胖子将一只手探入西服内兜，笑着又说："要看请柬是吧？我有。"另一个青年赶紧说："不用不用。"他对自己的同事接着说："你继续发，我去去就来。"说罢转身往外走，显然是去请示领导。

胖子看着他后背说："如果不够，我不要没什么的。"

贵宾们都笑了，胖子也呵呵笑出了声。

片刻那青年拎着几袋礼品回到了贵宾室，将其中一袋给了苗先生的"助理"，并说了几句没搞清状况，无意冒犯，请多原谅之类的话。

那次苗先生得到的是一件真丝睡衣和内装五千元现金的红包。对于他，这已是寻常事。没嫌少，却也没多么愉快。倘仅有睡衣，他还真会觉得出场出得不太值。睡衣是名牌，标签上印着的价格是一千几百元。

大约一周后，麻烦找到苗先生头上了。那个县的纪委派来了一男一女两位同志，登门向苗先生核实某些"细节"，还录了音，还要求他在笔录册子上签字，按指印。

苗先生非常光火，声明自己之所得不但是正当的，也是惯例。那是自己最低的出场价，也是友情价。若非被动员，自己还不想去呢！

"可您领了双份对吧？"

男同志请他看一份复印的表格，白纸黑字，其上确有他"助理"的签名。

"荒唐！我哪有什么助理！我根本不认识他，那天第一次见到他！他只不过买了我一本书，在贵宾室要求我签名！"

"可他还给你按摩了。"

"他偏要那么做，我有什么办法？难道能当众斥退他，给他来个难堪？他也那么大人了，我至于那么对待他吗？该讲点儿的修

236

养我还是得讲吧？再说我也搞不清他身份！"

女同志见苗先生脸红了，脖子粗了，柔声细语地解释——他们冒昧造访并非问罪来的，也完全认可苗先生的所得是合法收入。但他们那个县有人揭发县委县政府的几个部门，多次以联袂举办活动的名义，向企业派收赞助，乱发现金，有趁机中饱私囊之嫌。纪委收到举报，当然得立案调查啊！

那日后，苗先生关注起那个县纪委的官方网站来，一有空就刷刷。如果该县各部门的所作所为真成了丑闻，自己的名声不是也会大受负面影响吗？他没法不重视此点。

官宣的结论终于出现了——经查，违规现象是有的，但中饱私囊查无实据，已对违规操作的同志进行了处分。

苗先生心里悬着的一块无形无状的石头也终于落地，又可以坦坦荡荡地面对摄像机镜头，继续做直播了。

他随后一期直播的乃是关于"格"的内容，从"格物致知"之"格"谈到商品价格之"格"进而谈到品格之"格"。以往，大抵由网站出题，他来作锦绣文章。自从主动破了"述而不著"的戒律，他"著"的水平突飞猛进地提高，每每妙笔生花，连自己都对自己刮目相看了。他之所以选择"格"的话题，端的是有感而发——那一时期省城出了一个新而异类的群体，被坊间形容为"蹭会族"，即不论哪里有活动，若能混入会场绝不坐失良机。冒领礼品是主要目的，倘无利可图，与方方面面的领导、名流合影，加微信也是一大收获。那么一来，后者们便成了彼此的"社会资源"，以备有朝一日能派用场。据传，"蹭会族"中资深者所获礼品，肥月价值万元。

苗先生旁敲侧击，绵里藏针地讽刺了"蹭会族"。依他想来，那冒充他助理的死胖子，必是该族一员无疑。一忆起对方周身浮肿般的样子，他嫌恶极了，生理上顿起不适反应。那样一个油腻又硬往上贴的家伙居然冒充自己的助理，使苗先生觉得是奇耻大辱。

播完他出了一闷气。

岂料一波方平，又起一波——苗先生似乎运里犯小人了！

那胖子竟将睡衣以极低的价格在网上卖了。而买下的人明明占了大便宜，偏偏鸡蛋里挑骨头，在网上给睡衣的品质打了差评。

这就激起了赞助商的愤慨，将那胖子以诈骗罪告上了法庭。得，苗先生必须作为证人写证言了。他也领了一件睡衣，写证言成了他起码应做的事。就是再不愿卷入诉讼，那也非写不可啊。

徒唤奈何的苗先生对那胖子恨得七窍生烟。

法院传到那胖子未费周折。

胖子没请律师，坦然镇定地自我辩护。

首先他振振有词地驳斥了强加在自己头上的诈骗罪名——自己是凭请柬入场的，诈谁了？骗谁了？他承认请柬是买的，既非法律禁卖品，亦非文物或保护动物，有卖便有买，实属正常。而自己一平头百姓，为了看一场戏剧，支持该剧种的非遗申请，同时希望丰富和提升自己的文艺爱好格局，何罪之有？

起诉方律师严正指出，他那请柬上印的是"嘉宾"二字，而只有贵宾才能进入贵宾室。嘉宾与贵宾，一字之差，当日待遇是不同的。

胖子呵呵冷笑，对那一字之差冷嘲热讽——不论在人们入场前还是入场后，你们并没广而告之。既然没进行任何方式的告之，我一平头百姓，怎知在你们那儿"嘉"与"贵"不但不同，还要区别对待呢？不过就是看一场戏剧，非搞出如此这般的等级，企图复辟封建主义吗？

——但你冒充苗先生的助理是事实！

——从我嘴里说出过一句我是他助理的话吗？如果说出过，谁做证？冒充他助理？我干吗那么犯贱啊！

——那你当时为他按摩肩颈？

——他自己在网上多次说过自己肩颈病重，当时又晃头扭肩的，我身为晚辈，又会些按摩手法，及时为他放松放松，有什么值得质问的？我倒要反问你们一句：你们觉得自己心理正常不正常呢？

——可另一个事实是，你得到了自己不该得到的五千元和高级礼品！

——也不是我厚着脸皮要的啊！我两次当众说我不要，他们非给嘛！却之不恭是我当时的正确做法，我有权不按照你们那一套思维逻辑行事，有权做一个识趣的人……

在全部庭辩过程中，胖子始终占据优势，简直可以说出尽风头，大秀辩才。倒是起诉方的两名律师节节败退，只有招架之功，几无反诘之词。

胖子还当庭宣布，将以诽谤罪起诉对方，要求赔偿名誉损失几十万云云。

法官只得声明，那属另案，一案一审，本庭只审当下此案。

休庭后，年轻的女法官离去时嘟哝了句什么。

又岂料，不知何方人士神通广大，居然将庭辩过程传到了网上。按说这是不该发生的事，却的确发生了。一时间如外星人档案泄密，看客云集。半日之内，破几十万矣。有猜是内鬼所为的，有的说不可能，绝对是旁听席上的人以隐形设备偷偷录下来的。当今之时代，民间什么能人没有啊！

不论真相如何，吃瓜群众笑开怀，留言区表情包排山倒海，证明几十万网民皆亢奋，乐哈哈。至于留言，无一不是盛赞那胖子的。或有极少数相反意见，但被淹没矣。"平头百姓"四字，使胖子仿佛成了英雄般的"百姓"人物，而法庭仿佛成了他维护"百姓"尊严的决斗场。最重要的是，他大获全胜了！于是两名律师和苗先生，便成了联合起来站在"百姓"对立面的可憎之人。他们欲加之罪何患无辞的伎俩彻底失败也，评论区的留言中无数次出现"泪崩"二字。还有的留言具有鲜明的性别色彩，如："亲亲的哥，吻你！""世上溜溜的男子任我求，妹妹我只爱哥一个！"至于留言者究竟是男是女，那就没谁知道了。又仿佛，一成为"百姓"英雄了，那胖子的虚胖有风采了，明明油腻也是少见之气质了。亢奋啊！欢呼啊！力挺啊！打倒一切胆敢站在"百姓"对立面的人啊！打倒打倒！坚决打倒！

那日似乎成了"百姓"们庆祝胜利的狂欢节。

而苗先生不幸成了众矢之的。

"这老家伙，真不是东西！年轻人尊敬他才特有温度地对待他，他反而倒打一耙，道貌岸然，厚颜无耻！"

　　"弟兄们，操板砖，拍死他！"

　　"以后在网上见他一次拍他一次，绝不给他在网上露头的机会！"

　　苗先生看到那样一行行留言后哀叹：我完了。

　　第二天网站与他中止了合同，理由是鉴于"不可抗力"。

　　苗先生的儿子窝火到了想杀人的程度——他也在网上留言，威胁那"死胖子"小心哪天被车撞死！

　　同情吧同情吧，理解吧理解吧——他的儿子、他爸的独苗孙子在国外仍嗷嗷待哺般地期待着多些再多些钱转去啊！自己老爸正顺风顺水地发展着的晚年新营生就这么给彻底毁了，这事儿摊谁身上能不怒火中烧血脉偾张呢？没有了自己老爸的第二份收入，自己和自己儿子往后的日子可怎么过？

　　人一失去理智往往祸不单行。

　　又几天后，苗先生的儿子开的车将一个遛狗的人撞死了。

　　死者是那胖子。

　　他力辩自己不是成心的，然而他喝酒了。并且，他在网上的留言间接证明他有肇事动机。

　　苗先生闻讯昏了过去。

　　在医院，苗先生与辩护律师见了一面。

　　律师说："关键是，要以不容置疑的证据，证明您儿子绝无故意心。"

苗先生气息幽幽地问："具体怎么证明呢?"

律师说："难，实在太难了。坦率讲，我现在还束手无策，爱莫能助。"

苗先生两眼朝上一翻，又昏过去了……

《钟山》2023年第5期

醉　源

"新冠"忽遁迹，万民送瘟神——"解控"伊始，人们反而更不敢轻易出门了；但那只不过是心有余悸、审时度势的观望。随着不戴口罩、大胆"放飞"自己的"垂范"者越来越多，"自由行动"遂成常态。一到双休日，各地景点居然人满为患。清明前两日，高速公路上的车辆皆川流不息矣。中国人对于扫墓这事是很重视的，许多人已两三年没回过老家了，归心似箭；网上将人拥车堵之现象概括为"报复性放飞"。

李思雨的沃尔沃 XC60 被堵在离高速路出口五六百米的地方了。她是省立中医学院的副教授，老师和学生对她的名字都曾有过几分不解——思什么不好何必非得思雨呢？她在微信群中发了篇小文予以解释——自己出生在东北农村，斯年大旱，土地龟裂，庄稼的秧苗满目干死，父亲便给她取了那么一个令人费解的名。结果是，学生们不再称她"李老师"了，反而都改口称她"思雨老师"了，仿佛那么称呼她，体现着一种大悲悯似的。而老师们，则从此对她敬意有加。以往，大家并不晓得她是从农村考出来的，更不晓得她自幼家境贫寒。虽然，该校只不过是省属重点，既非"211"，更非"985"，但录取分数在全省挺靠前的，她能考入该校实属不易。老师们之间，一般是不问出身的，对单身女士尤其成忌讳。她给同事们的印象沉静而娴淑，大家原以为她是知识分子或干部女儿，不料她自报贫寒身世，这是很需要勇气的，对于高校中的女性尤其如此。她老父亲仍常住农村，此次返乡是为祭母。

堵车的情况主要由于两种原因—— 一是那儿有高速路入口，辅路上的车辆一辆紧接一辆地涌入；二是由于收费站那边车辆也甚稠密，收费站成了临时控制站，隔十几分钟才放行一次。还有种口口相传的说法是收费站那边发生了严重的碰撞，但这一原因未获证实。

好在李思雨的返乡之路是省内距离，否则她断不会自驾出行。买了那辆沃尔沃后她其实没怎么开过，很想开一次长途过过瘾。虽然被堵在高速路上了，却也不是太烦。换一种说法更恰当——其烦在她的修养可控范围内。但有些人难以做到像她那样—— 一辆坐在由儿子所开车内的老父亲心脏病发作，所幸同时被堵在高速路上的有她这么一位医学院的副教授，而且后备厢带了急救医药包。在高速路上救人一命，竟使她欣慰于堵得也值。

那日，原本四个多小时的路程，她七个多小时才到家。车停在老家院门外时，天已完全黑了下来。

第二天一吃过早饭，她就开车去往县城看望自己的老师郑崇文。她是县一中毕业的，一中是初高中连读的老重点中学，郑老师是语文老师，同时是她从初中到高中的班主任。她是一中学生时，郑老师对她格外培养，在学习方法上海之不倦，给予了种种有益的指导，从各方面讲都是她的恩师。郑老师退休多年矣，年近七十。往昔的师生二人互加了微信，网上交流较频。李思雨每次回老家，都会在第二天就去看望郑老师。她晓得郑老师早就希望拥有一套商务印书馆出版的《辞源》，但县里的书店没进，郑老师不愿从网上买。一套《辞源》挺贵的，若买了盗版的岂不是闹心？李思雨动身前，委托朋友替老师从北京买到了。那是一套礼品级的《辞源》，三卷精装本，外有红色包装盒，其上"辞源"二字是篆体金字，拎着不轻，约六七斤，看去煌煌然高端大气，如贵重的娶嫁彩礼般吸引眼球。李思雨将那套《辞源》当成自己送给恩师的生日礼物（过几天就是恩师的生日了），她要带给恩师一次小小的惊喜。

师生二人的相见自然十分快乐。郑崇文的儿子也挺出息，与妻子都在市里工作，家也早已安在了市里。但他们却将儿子的学籍转到了县一中，因为县一中的高考升学率在全省名列前茅。并且，郑崇文的老伴前几年去世了，孙子陪伴爷爷生活在一起，不是会使爷爷少些寂寞吗？郑崇文的孙子郑晓春恰巧在家，他听李思雨说《辞源》不轻，便吩咐晓春替李思雨拎进家来（李思雨左手水果篮右手抱一束花，没法同时拎上《辞源》）——那晓春与思雨下了三楼，来到车前，李思雨说："别拎着，要抱着，挺沉，怕拎带断了，损坏了外壳。"

晓春说："好，听姑的。"

待李思雨打开后厢盖，二人都傻眼了，哪里有什么《辞源》，不翼而飞了!

晓春说:"姑是不是忘带来了?"

李思雨说:"不可能,我昨晚根本没开过后厢盖!"

她愣愣地想了会儿也就想明白了,肯定是那么回事——自己从后备厢取出医药包救人时,没顾上按下盖子,而有某个司机被红红的外壳所吸引,断定内装的肯定是值钱之物,趁那时人们都围过去看自己救人(其实也有人觉得或许能帮上什么忙),左右没谁注意,光天化日之下顺手牵羊偷走了。

连李思雨那么有修养的人,都忍不住当着还是初中生的郑晓春在场骂了句:"他妈的,世上的王八蛋还真不少!"

郑崇文听她恼火地解释后,劝她不必太生气,只当自己心领了。不那么劝又能怎么劝呢?但师生二人乍见时的快乐气氛,不可能不受影响。以至于李思雨开车回村时,仍忍不住一边时时用双手拍方向盘,一边又破口大骂:"他妈的他妈的王八蛋!不得好死!迟早会被车轧死!"

那高速公路上的盗贼名叫李亢龙,与李思雨老家同在李村。对于已经不再是农民的农家儿女,"老家"的意思即父母所在的一方水土。纵然父母已作古了,老家那也还是老家。农村出来的人,一般都有二三亲戚仍在老家,若关系处得挺近,老家便仍有几分"根"的意味,普遍之人隔几年也便总想回老家重温一次人生的旧梦。

李亢龙这个"90后"够命苦的,幼失双亲,由舅舅和舅母抚养大。那年舅舅和舅母已有了一个女儿,大他五岁,本想再要一胎，因日子过得紧没敢要，于是将他当成亲儿子来养。李亢龙天生不是块善于学习的料，连高中都没读完，辍学后跟些半大孩子在村里混了两年，刚满十八岁就出外打工去了。文化程度不高，又没什么技长，所干只能是工资偏低的力气活儿。但他有一点确应肯定，便是尚存感恩之心。虽然自己收入有限，但逢年过节，每会给舅舅舅母寄些钱的，多少是那么个意思，而他舅舅舅母也常念他的好。他也挺有自知之明，既然缺乏往远处闯的资本，便基本不离省，在省城打工的岁月最多。因为颇讲义气，便也有了三朋四友，开的那辆旧宝马就是向朋友借的。以往他回李村，一般不空手。烟酒茶是必带的，并且也会给外甥女带些东西，衣服、鞋、文具、图书什么的，因而他和表姐的关系也算良好。舅舅一家是他仅有的亲人，他怕和他们的关系搞掰生了，那他在世上就无亲人了，李村对他而言只不过是埋着自己父母的地方了。这次他走得仓促，什么都没带。本想在路上买，却因自己开的车一离开省城就汇入车流中了，路上没买成。

他那辆老旧宝马在李思雨那辆新车后边，那后备厢的盖子掀开着，《辞源》红得夺目，想装看不到都不可能。

他以为那是一盒特高级的茶。

能给舅舅舅妈带回一盒好茶也挺有面子啊，他们从没喝过好茶！

这念头一产生，他鬼使神差地下了车。

他往起一拎，重量使他立刻明白绝不是茶——要么是酒，要么是玉的或铜的工艺品。如果是后一类东西，肯定值不少钱。不值钱的东西，也不至于配那么不寻常的外壳啊！

已将别人的东西从别人的车的后备厢拎起来了，这一拎可就放不下了。

他想得怪周到的——如果直接放到自己车上，而那女车主压上后厢盖时发现不见了，声张起来，万一还有人看到他的行径了，当众指证，自己岂不是被抓了个现行吗？

那会儿，少数仍待在车里的人，几乎全在看手机，该着他得手。

于是他拎着《辞源》往前走。前方路边上，顺着一溜儿塑料的隔离墩；他将《辞源》放在隔离墩后了。这么一来，不论被找到了或没被找到，"偷"字就根本与他无关了。

李思雨成功地使那位老人脱离了生命危险后，回到自己的车那儿，并没细看后备厢少没少东西，压下盖子，如释重负地坐到自己的车里去了。

也正是在那一时刻，收费站又放行了。李亢龙的车缓缓往前开了十几米，暂停了一下，他下车将《辞源》快速地拎上了自己的车，那仅是数秒内的事。

等他的车也过了收费站，李思雨的车已没影了。

"绝不是玉器，肯定是酒！"

《辞源》放在李亢龙他舅家的餐桌上时，他外甥女做出了特权威的结论。那初二女生指着"辞源"两个金字进一步说明："看，明明写着醉源嘛，除了酒，还有别的东西能使人醉吗？"她戴着近视镜，而"辞源"二字是篆体，并且不大，一篆，笔画多的"辞"

字就极像"醉"了。

当舅的自然会问李亢龙，自己带回来的东西何以不知道是什么呢？

李亢龙搪塞地说朋友送来时没告诉他是什么，只说是"好东西"，算是向他亲人表达的一份心意。

舅妈欣慰地说："你朋友真好。好朋友要好好处，如今交上位好朋友是种幸运了。"

表姐夫说："醉源的意思，我理解那就是美酒的源头呗。敢这么起名的酒，绝不是咱们老百姓喝得起的酒！两年多全家没聚齐过了，拆拆开开，一会儿吃饭时，咱们也上流人士一把！"

"滚一边去！"表姐立刻双手按住《辞源》严肃地说，"留着，得派大用处！"

表姐的想法是——女儿明年就初三了，要考上大学，必须先考上重点高中。新规颁布后，百分之四十五的初中生上不成高中。所以，女儿如果能考入县一中，以后考大学的把握就大了。但那得既凭分数，也凭关系。她已经求托李百通到时候帮着走走后门了，李百通也答应了。这么高级的酒，应该送给李百通。

表姐夫不以为然地说："一瓶酒就能把那么要紧的事给敲定了？说得轻巧，吃根灯草！除非送茅台，还得成箱的才起作用！"

表姐生气地说："闭上乌鸦嘴，再胡咧咧我扇你！钱的事用不着你操心，我早有准备了。"

舅舅支持表姐的主张，说到时候自己也会有所贡献。农民的生活一天天变好了，尽力使下一代人受到大学教育，乃是家长们的正事。为了实现愿望，该四处打点的钱就该舍得花，抠抠搜搜的，办不成大事。

舅舅说那番道理时，舅妈频频点头，表示非常认同。

而那初二的少女则恒心大志地说："你们大人只管放心，我一定努力学习，刻苦再刻苦！"

听着亲人们你一言他一语地说话，李亢龙默默吸烟，始终没插嘴。自己一念既起，以可耻的行径窃为己有的"醉源"酒，若能为外甥女升高中起到铺垫作用，他觉得也不枉自己在高速路上胆大心细地干那么一次。

他虽是个不太可能再有什么出息的人，却也基本上是个正经人。那种可耻行径，对于他是人生第一遭。

翌日，"醉源"出现在了李百通家。

此人如其名，交结颇广，自称"社会人"，常在别人面前摆出一副"全县谁不给我李某点儿面子"的架势，仿佛方圆百里没有他不认识的人，没有他打不通的关节，没有他摆不平的事。在李村感觉他吹牛的人不少，认为他能量大的人也挺多，十之七八是小青年和妇女；某些小青年还挺崇拜他的。他原是村委会主任，大事小情说一不二时，每有村人告他的状，揭发其在租卖土地过程中的经济问题和平常日子乱搞男女关系的劣习。他因而"让贤"了，有关方面却并没将他怎么样，流传最广的说法是县里市里都有他的后台，将他罩得挺安全。

李百通早已在县里买下了几处房，他家在村里的老宅也翻建成大别墅了。

那日，他和他儿子恰巧在村里商议什么事，李亢龙他表姐看到他出入了，让丈夫赶紧将"酒"送去。李亢龙他表姐夫走后，李百通看着"酒"说："想什么呢！靠这么一份酒，就能支使我替他们办成事了？太拿我当盘菜了！"

他儿子从外壳上发现了一行小字，念出声来："商务印书馆……奇怪，印书的单位也做酒了？"

李百通吩咐："手机上搜搜，商务印书馆是什么级别？"

儿子搜到了，看着手机告诉他——虽是出书的单位，却是大名鼎鼎的老字号，名人创办的，正局级。

李百通寻思着说："看这漂亮的外壳，必定是特批的礼品酒。如今的国人，谁还有闲工夫看书啊！书不好卖，特批他们搞份礼品酒四处送送，以酒养书，争取多销销书也在情理之中。书再不好卖，出书的老字号单位那也得保住啊。"

他儿子说："那些咱不管，与咱们不相干。单说这酒，敢叫醉源，品质肯定上档次。我要当交警那事儿不是得求我赵叔吗？他特爱喝新牌子的酒，我送给他吧？"

李百通说："行。你赵叔不是外人，你一会儿就送去吧。他在交管局大小是个头，你的事还真得麻烦他先把后门撬开道缝儿。不必带钱，代我捎句话就行——大德不言谢，人情后补。"

当天，"醉源"就又到了那位"赵叔"家。

"醉源"这一品包装别致又高级、全市人都没听说过的酒，由于外壳上印有"商务印书馆"五个字，具有毫无异议的文化元素，在该县形形色色的编织关系网的人眼中成了奇货，成了香饽饽。

几日后，"醉源"转到了一位副县长家。那位副县长本人并不怎么爱喝酒，却有收藏罕见之酒的雅好。然而生活往往捉弄人——偏偏的，那几日市里某系统将一批干部集中到了县里开什么行业的什么会议，其中很有几位是副县长初、高中或大学的同学。人在社会关系方面大抵喜欢往上交，正符合着"人往高处走"那句老话，官场之人尤其如此——县里爱交市里的，市里爱交省里的，旧交希望长久，新交但愿巩固；这种自下而上的结交有哈着的意味。

于是，周末晚上，几位市里的干部同志聚在了副县长家。纪委查得紧，这是他们心知肚明的，在家里聚好解释一些，又于是，并不爱喝酒的副县长，捧出了昨天刚收下的"醉源"。看，我可是什么少见的酒都有！

——他那种显摆的心理特强。

盒子一打开，"醉源"，不，《辞源》呈现出了本尊的真貌。煌煌三大本，每本都有砖那么厚。主人客人全愣住了，旋即客人皆大笑。在那一阵笑声中，副县长尴尬极了。好在他家还有多种酒，否则岂不是得现买去了？

酒过三巡，一位客人问："谁送给你的？"

副县长说是一位镇长送的。

客人沉吟着说："那位镇长不寻常，提醒你得多研究研究他。"

副县长反问："此话怎讲？"

客人说："响鼓何必重锤？自己思量。"

副县长一时发怔。

另一位客人点拨道："如果有人敢送我《新华字典》，我肯定当面骂他。字典也罢，《辞源》也罢，有什么区别？送得意味深长嘛!"

副县长顿悟，又尴尬起来，赤颜骂道："他妈的反教了!"

"喝酒喝酒，别扫了咱们兴!"

另几位客人打圆场。

好饮者们所言之"聚聚"，大抵便是"喝一通"。一切菜肴，只不过都是佐酒菜。客人们喝得都很尽兴，唯主人强作欢颜，心头添堵。待客人散去，独自僵坐生闷气。第二天一觉醒来，那股闷气非但没消，反而在胸中越加发酵。

偏巧，那个周一上午，由他主持召开廉政会议，参加者皆各区镇干部。他坐在车里还生着气，联想多多——觉得自从新提了一位年轻的、仕途分明宽广的副县长，那使他添堵的镇长喜新厌旧，巴结新领导唯恐不及，疏远他这位老上级毫无忌惮。也许实际上并非如此，但他将桩桩件件的事那么一联想，联想遂变成了铁打的事实。车已经离开他家几分钟了，他居然命令司机返回去，拎上了《辞源》。

于是，大红外壳的《辞源》，夺目地出现在讲台桌上。此前，它每次都是被捧着，经一双双手由社会坐标的低处向较高处奉献，也都是单人对单人的过程，像一切见不得人的行为，起码谈不上光明正大。而此刻，它现身于众目睽睽之下了。它的后边坐一位副县长，副县长的后边，是令人肃然的会标。台下的人，皆以近乎仰视的目光望着它。简直可以说，那是它的高光时刻。

"同志们，这是什么呢？这是一套《辞源》。可是呢，你们之中某人，却将它当成名贵酒，天黑后送到了我家里，趁我不在家的时候。我曾多次在大会小会上强调，凡带礼品的人，不管你是谁，也不管礼品是什么，请勿进入我的办公室，更不许按我家门铃！对于我，他们是不受欢迎的人！但你们中，仍有那种厚脸皮的人，偏要试探我的自律红线，干侮辱我的事！同志们，受贿从收礼开始，一步错，步步歪，腐败的胆子是由小变大的，这一道理我多次告诫过诸位嘛！"

副县长的话铿锵庄严，掷地有声，紧扣会议主题。

台下鸦雀无声，如无人。

"一个'辞'字，因为是篆体，就不认识了？就看成'醉'了？不是眼神儿问题，是文化水平怎样的现象！丢人嘛！当然啰，将它送给我的人，也许别有用心，竟在讽刺我的文化水平太低，需要经常翻翻《辞源》，再多储备些字词。呵呵，谈到文化嘛，不谦虚地说，在这个空间里我水平最高。所以我也要奉劝某人一句——少跟我玩这种勾当！我的枕边书是《资治通鉴》！你也许都不知道是谁著的！开完会，请你自己把它拎回去！我不点你名，等于给你留了一个全乎脸！"

他夹枪带棍一番宣泄，台下那镇长可就羞死了，巴不得有"土行孙"的本领，一头钻入地下去。

那镇长当日也将另一个错将《辞源》当"醉源"的下属臭骂了一通，骂得对方干眨巴眼睛一句话也说不出来，只得自认晦气。

如此这般，一套《辞源》，又由一双双手，从社会坐标的较高

254

处向低处"物流"。在这一过程，它就不那么受待见了，被往地上摔过，被踢过，每一个被斥责甚或辱骂过的人，不但会将光火理所当然地发在"下家"身上，也会发泄在那套《辞源》上。

被李百通的儿子亲昵地称作"赵叔"那人，对李百通的儿子更加不留情面——他不但骂了，还扇了李百通的儿子一耳光。由于有求于人，那平素里腰间横扁担似的小伙子，只能识趣地骂不还口打不还手。

过后李百通的儿子不但骂了李亢龙的表姐夫，也扇了这个他同样该叫叔的人一耳光。李百通袖手旁观，仿佛觉得他儿子做得对，替他做了他想亲手做的事。

"我今天把话挑明了，你们求我算是白求了，把你们那鸟东西带走，以后别出现在我面前！"

他将《辞源》扔出了院门。

李亢龙也陪表姐夫去到了李百通家。他俩本以为是去听好消息的，岂料遭到了奇耻大辱！是可忍，孰不可忍？刹那间，李亢龙怒从心头起，恶向胆边生，抢起院中一只高脚凳，当院要起了全武行。李百通家恰有另外几个年轻人，是他儿子的哥们儿，便也加入了打斗。

李百通报案了。他报的案，镇派出所行动超快。他们赶到现场时，双方各有皮肉伤。李亢龙和他表姐夫的伤还多些。但他俩毕竟是在别人家院子里开打的，派出所的人也不听他俩分辩就要给他俩上铐。李亢龙哪会服服帖帖地任人摆布，挣脱控制跑了，而他姐夫被铐走了。

李亢龙他表姐闻讯后，前往李百通家讨说法。李百通家大门紧闭，任她怎么擂也没人开门。求人不成白送礼，而且送出这么个恶果来！那女人咽不下气，双手叉腰，冲着李百通家大门就骂开了，边骂边嚷嚷，将自己知道的以及听说的关于李百通的烂事儿抖了个遍。那时，李百通父子已从后门离开，驾车去往县里的家了。

当晚，李亢龙他表姐经人引见，也去到了县里，出现在李思雨她老师家。

快十点的时候，郑老师与李思雨视频了片刻。

"思雨呀，别问为什么啊，照我的话做就是。带上你父亲，明天离开你们那个村哈。"

"为什么啊？"

"因为你是我最喜欢的学生呗。"

"可是老师，我不明白……"

"以后我会告诉你为什么的……"

"老师，你摊上什么不好的事了吗？"

"我会摊上什么不好的事呢，别想那么多，一要放心，二要听话……"

《钟山》2023年第5期

悬　案

吕正同志三年多没回老家了，半年后该退休了。

他是在吕庄长大的。吕庄是宏远县的老庄，宏远县是风来市管辖的三个县之一。

早年间，吕正考上了省警校，毕业后分到了县公安局刑侦科，成为一名刑警。他似乎具有某种天生的破案能力，参与分析案情时往往另有己见。又往往地，他之己见最终成为难点的转机。所以，三十几岁当上了副科长，四十岁那年老科长退休，他接班当上了科长。

别人向他祝贺时，他谦虚地说："全靠组织培养。"回到家，却对妻子说："都四十了，破的尽是些简单案子，有啥可祝贺的。"

那话倒也是实话，县公安局的破案史上，真没出现过多么复杂的案件。

吕正同志每觉怀才不遇。

然而毕竟的，他已是吕庄人心目中的名人了。当年他父母尚都在世，一向住在庄里，他回吕庄回得挺勤。每次回去，村里的男人们都愿请他喝酒，听他讲破案那些事。

自从他当上了刑侦科长，县局结案的速度快了。他特别受到领导肯定的一点是，能将可能引发人命案的种种端倪，消除在侦破几起偷盗案报复案的过程中。更值得一提的是，在破几起新案时，凭着近乎本能的敏感，推测到了案犯嫌疑人的隐前科。虽没负责破过什么大案，但以上工作业绩，也足以证明他的不凡能力了。六年后，他升到了市公安局。

临行，同事们为他举行送别会，免不了请他介绍介绍能力养成的经验。

吕正笑道："哪有什么经验，不过就是，有时候提示自己想象一下，如果自己是作案人，案前案中和案后，心理上会发生些什么不寻常的冲动嘛！关键在于'不寻常'三个字，分析到位了，破案的钥匙差不多也就找到了。"

他的话使同事们都一愣——多数刑警，确乎没有想象自己是作案人的意识，破案主要靠证据串起线索链，而非靠心理学分析。

过后，他为大家留下一份书单——有关于犯罪心理学的书，也有古今中外的一些探案小说，柯南道尔和阿加莎的小说自然在书单上。

他调到市公安局后，长时期内仍没面临过什么大案要案，连起命案也没破过，能力依然体现在"快"字上。由于这一点，他获得了包含赞誉的绰号"吕快捕"。

他曾说："快是对咱们这一行的基本要求，古时候的捕快不也带着'快'字嘛。连快都做不到，那就不称职了啊！"

他的绰号渐在民间流传开了。那些年，全市的治安环境好多了，刑事案逐年减少，而此点与市局破案快亦有一定关系——该得的荣誉吕正同志基本都得到了，在市局这一平台上，他也升到顶了。话说如今呢，等着光荣退休呗。

但，从参加工作到退休，从警员升到科长升到处长，却一直没破过一桩较复杂的案件，遂成他心中之大憾。他从没流露过，与他关系近的同事和领导却一清二楚。

冥冥之中，似乎哪一路神明要助他再立新功，一桩离奇大案终于在本市发生了，具体而言，发生在他的老家吕庄——案涉两个男人之死，不可谓不大；两个男人不但是发小，且是五服内的堂兄弟，关系亲密得很。案发前，一个陪另一个到县里去提一辆买下的新卡车，有人见到他俩走时高高兴兴的，车行的人也都证明他俩上车时同样很开心。可是不知为什么，车开回到庄里后，车主吕琪在其堂兄吕典家中，与吕典发生了互殴（现场情况足以证明此点）；吕典的后脑磕于灶角，颅裂而亡（县局的这一结论也无懈可击）；吕琪回到家里，先喝了农药，后悬梁自缢——这一点既是事实，也符合心理逻辑——闯下了大祸，内心害怕一时想不开了嘛。

问题是，仅仅是——车开在路上时究竟发生了什么事，竟使亲兄弟般的两个三十几岁的男人反目成仇，大打出手，酿成了双死惨案？

二人之间没有任何仇杀的前因。

情杀之可能也被排除——那吕典虽然是离过婚的二茬光棍，

但性冷淡正是妻子坚决与他离婚的理由。何况，吕琪的妻子吴芸并不多么漂亮，毫无令男人动心之美。

世上一切案件，若破了，便都自有因果逻辑，而若破不了，则不离奇也离奇了。吕庄这案，县公安局全力侦破了三个多月，竟没能给出一份结案报告，只得向市局求助。吕正自然是第一时间就知晓案情的人，但县局的同志在全力破案，他作为市局的人不便介入，默默关注而已。发生在自己老家的人命案，他岂会仅是默默关注？

县局一向市局求助，情况不同了，他主动向领导请命，迫切地表达了自己愿破此案的决心。领导们虽理解他的愿望，却没答应他的要求。既因为案发在吕庄，惯例上他该避嫌，也因为他快退休了，立功的机会不能全属于他，同样盼望有机会立功的他的同事们也都摩拳擦掌，当领导的得一碗水端平。经领导委婉地一点拨，他不再坚持了，那点儿明智他是有的。

于是，市局派出的四人小组，信心满满胜券在握地出发了。几天后他们就回来了，不是破案顺利，而是一筹莫展。都是有自知之明的人，那点儿人间清醒他们也是有的。

这次，不待吕正要求，领导反而主动找到他头上了。

领导说："老吕，情况嘛，就是那么一种情况。现在，你必须亲自出马了。"

吕正说："我试试吧。"

领导说："这什么话！为了市局的荣誉，你得尽快将案子破了。"

吕正说："争取吧。"

领导让他写保证书，他坚拒了。实际上，他已对案情进行了分析，连他也觉得一头雾水，不知究竟该如何破案了。但自己曾主动请命过，事到临头，却又打退堂鼓了，怕令同事们耻笑。自己"吕快捕"的美誉是否会受损事小，市局的职能光荣事大。孰重孰轻他分得开。他希望能从某些细节入手，拨开迷雾。

第二天，他就带一名助手小刘去往吕庄了。

该案没原告。吕琪的妻子吴芸于案发当日住回娘家去了，她是邻省人，娘家在两省相近的一个镇上，那镇离吕庄不远；她与吕琪是在打工时认识的。并无原告存在，这会使办案人员的压力小点儿。

一到吕庄，吕正就同小刘对吕琪吕典两家以及那辆被封在吕琪家院门旁的卡车又进行了一番细致的检查，并无任何新的发现。一切该记录的，县局都记录在案了，毫无遗漏。之后又是一番走访，该走访的人，县局的同志也都走访过了，回答亦如出一辙。从县里的大型车车行到吕庄，约三十公里的路途。调看监控器，还是没有什么新发现。快到吕庄那几公里的监控器坏了，也正是在那一段路上，有两样东西似乎与案情有关——一柄黑色大伞和一只装满猪饲料的麻袋。大伞是在路边的沟沿被发现的，麻袋有被吕琪买的卡车的前轮轧过的痕迹——轧个正着，倒车复轧一次。如此两番，麻袋开线，饲料散出一地。虽有照片，吕正同志仍到县局去看了实物。

县局的同志说："如果那段路上的监控器没坏就好了。"

吕正说："是啊。"

除了这么说，委实无话可说。

他在小刘的陪同下，亲自去询问了两名死者的妻子。他不仅熟悉两名死者，也熟悉他俩的妻子。论辈分，四人得叫他叔。他每次回村，他们也都是那么叫他的。吕典的妻子与吕典离婚后，搬离吕庄住回在另一个庄的娘家去了。她虽与丈夫离婚了，却从不说丈夫的坏话。相反，她认为吕典是个好人。

吕正比较接受她的看法。

"叔，这事儿也太邪性了，你可得尽快还吕典一个清名啊！"

那女人没回答几句就哭了。

"我理解，理解……"

她的话证明，所谓"男女关系"之流言，肯定骚扰到她了。她与吕典离婚的根本原因，并不是所有那些流言传播者都清楚的。某些传播者即使明明知道，也还是会以传播为快事。

"怎么会那样？怎么会那样？他俩走时明明有说有笑都高高兴兴的啊！叔，你们公安如果不能给出结论那我不想活了！我们两口子什么时候有过花花事啊？谣言都传到省这边来了，我快没脸见人了！我也没做过亏心事儿啊，老天为什么这么对待我呢？"吴芸哭得更悲切，几度使询问中断。

"芸啊，如果我能把案破了，自然就还你清白是不？现在你要尽量平静下来，如实回答叔的问题，你家那把伞怎么会在路上？"

吴芸的说法是——她丈夫和吕典走后，下雨了。她要到路对面的超市去买酒买肉，打算炒几盘菜，等丈夫和吕典提车回来后，让他俩痛痛快快地喝上一次。他俩平时总爱聚一起喝酒，但已有日子没那样了。于是她撑伞出了门，快到超市门口时，一阵大风将她的伞刮走了。那是把旧伞，而且雨已下大，不值得为了追回把旧伞将自己淋成个落水的人儿似的，也就没追，而是赶紧跑入了超市。隔着窗，看见那把伞被刮得一会儿升起，一会儿落下，像大蒸笼的隆形盖，乘着风势和一层水流在公路上快速往前滑，如同在冰面上往前滑……

吕正柔声细语鼓励她："接着讲，后来呢？"

她说后来看到一辆满载麻袋货物的卡车驶过，没多久又看到一辆新卡车驶过——她猜测新卡车也许就是她丈夫提回的车，但由于雨大风狂，又没了伞，买完东西她只有继续待在超市里与别人闲聊。半个多小时风才停了雨才住了，她湿一脚干一脚地回到家，见了那可怖的情形晕过去了……

警车往吕庄开回去时，小刘说："我认为她的话是可信的，并没隐瞒什么。"

吕正说："是啊。"

除了那两个字，他又无话可说。

吴芸所做的回答，也与县局卷内的记录完全一致。换一种说法那就是——他俩数日内的忙碌一无所获。

两天后，吕正和小刘回到了市局。

他的汇报令领导们大失所望。

他等于什么也没汇报，只说了一句话："请省局来人破吧。"说完，阴着脸起身便走。

又过了两天，他打报告提前退休了。态度极坚决，领导只得批了。市局的人都看得出来，他的能力自信受到了前所未有的重创。

市局的荣誉也受到了前所未有的重创。民间流言传播得更离谱了。自媒体在网上推波助澜，使案件蒙上了诡异色彩。

市局的领导们犯了难——不向省局求助吧，连吕正同志都破不了的案子，就没人再愿接手了，硬性指派也是多此一举啊。向省局求助吧，多砸市局的牌子呢！

但事到临头，自己砸自己的牌子那也得砸啊，案子不能悬在那儿啊。

于是省局来了人。

省局的人竟也没能给出一种结论。

于是部里也来了人，侦破专家级的同志。他们同样没能给出结论，走前代表部里表态允许启用"待破"的说法。

"待破"是"悬案"的另一种说法。公安系统的专用词中已不许出现"悬案"二字了，这二字太消极，"待破"二字则较明确。

提前退休的吕正依然密切关注该案的情况，省厅和部里的同志抱憾而去，使吕正多少找回了点儿能力自信，然而内心郁闷却渐积块垒，他变成了一个沉默寡言、懒得迈出家门的人。

小刘偶尔来看望他。二人之间面面相对竟没太多话可聊，聊什么是好呢？都回避关于那案子的话题，可有所回避，那么一种聊也就近乎是尬聊。

小刘便来得少了。

一日，吕正从某省电视台的法制频道看到了如下一档内容：

法官审问撞了人还驾车逃逸的司机："你没因为自己的做法感到良心不安吗？"

司机却说："我比有些人的良心还好点儿呢！"

法官一怔，问被审者何意。

被审者幽幽地亦有几分强词夺理地说："我起码没倒车吧？所以，相比而言，我还是有人性底线的，那么对我应该从轻判处对不对？"

"倒车？"

法官又是一怔。

被审者的解释是——在某些无良司机之间，似乎形成了一种冷酷的共识，主张一旦撞了人，莫如倒车，干脆来个一了百了。免得并没将人轧死，至残至瘫，日后被无休无止地纠缠，永无安宁日了……

吕正目不转睛地看着电视机，听得周身发寒，如被制冷器冻住了。却也如同卤水点豆腐，先前一头迷雾的案情，逐渐在他脑海中形成了符合逻辑的因果链条，有情节，有细节，过电影似的呈现着。

那时天已黑了，两口子刚吃过晚饭，他老伴正在厨房洗碗筷，而他猛地往起一站，将电视关了。

"关电视干吗呀，一会儿我还看呢！"

厨房传出了老伴嗔怪的话声。

他却说："不许再开，别影响我，我要工作。"

"都是退休的人了，而且是在家里，还工的什么作？说得跟真的似的！"

老伴的话中有明显的不满了。

"你也不许打扰我，别进书房！"

他家有间小小书房，电脑在书房，是他已习惯于宅在家里的精神"根据地"。

那天晚上，他一进去就没再出来。

翌晨，老伴轻轻推开书房门，见他一脚着地，一脚在床，酣睡如大醉。虽开了道窗缝，满屋的烟味儿还是使她倒退了一步。

小刘接到他的传唤，骑着警务摩托赶到了他家。

吕正开口便说："我终于将那案子破了！"

小刘则一下子拦腰抱起他，将他抡了个圈儿。

在书房里，他特享受地吸着烟，语调缓慢地向小刘陈述他的分析结果，逻辑缜密，有条不紊，不由人不信。

按他的分析，吕琪和吕典两个关系亲密的发小之间，肯定发生了如下事件：不错，二人是高高兴兴地离开吕琪家的，也是高高兴兴地离开车行的。路上，作为堂兄的吕典，肯定喋喋不休地向堂弟叮嘱着某些面临突发事故的经验（他说他了解吕典，吕典是个话痨，而且好为人师，在吕琪面前尤其那样）——半路刮起了大风，下起了大雨，车轮轧上了前边一辆卡车掉下的麻袋，而几乎与此同时，一把伞被大风刮起，偏巧挡住了车前窗。由于那把伞，也由于雨大，尽管刮雨器不停地刮，能见度也还是很低，这就使吕琪吕典都以为撞人了。吕典喊了一声："倒车！"……

小刘也看到了吕正看到的那档法制节目，并没问"什么意思"，而只小声问："根据何在？"

吕正继续说："根据我对他俩的了解。相比而言，吕琪是个有几分善念的人。另外的根据就是，方向盘上留下了两个人杂乱重叠的指纹，证明他俩争夺过方向盘。而吕琪手背上的指甲划伤，又可证明他是护着方向盘的。为什么护着？因为不愿听从吕典的话嘛。但结果却是，车轮毕竟向后倒了，麻袋上的轧痕证明了此点……"

"接着讲。"

小刘暂时被说服了。

"之后伞从前车窗那儿被刮下去了。吕典下车了，将伞踢了两脚，踢到沟边去了，伞上和沟边都留下了他的鞋印对吧？"

"对。"

"那伞柄上系着一个红布坠儿，是鸡形的，对吧？"

"对。"

"吕琪对那红布坠儿肯定是很熟悉的，只不过他当时受到的刺激太大，完全蒙了，一时没反应过来。等他回到家里，惊心甫定，于是就发现他家的伞不见了。他家的伞一向挂在里屋门旁，那面墙已落一层灰了，伞不在那儿了，那地方白得特显眼。这时，被吕典踢到路边那把伞浮现在他眼前了，伞柄上系的红布坠，使他断定被自己所驾的卡车轧死的，必是他的妻子无疑，而事情本不该这样。他愤怒交集，立刻起身去找吕典算账。再说那吕典，回到家里，后怕之极。做下那么伤天害理的事了，但凡是个多少有点儿天良的人，能不后怕吗？他正借酒压惊，吕琪怒发冲冠地闯入门来。吕典觉得自己的做法百分百是为兄弟好，而吕琪又哪里会容他辩解呢？可以肯定，首先大打出手的是吕琪。吕典也不会一味只挨打呀，于是二人厮打作一团了，结果吕典后脑磕在了锅台角上，颅裂而亡。妻子死了，朋友也死了，吕琪不想活了，结果他妻子回到家里，看到了可怕的那一幕……我的分析有破绽吗？有你提出来。"

小刘完全被前辈的分析带入了，沉默几秒，摇头。

"那，咱们现在就去县局，向他们宣布，咱俩将案破了？"

"明明是你一个人破的，怎么可以说是咱俩呢！"

"这什么话！刚才你不是就在跟我一起分析来着吗？走吧走吧，再说多余的我可生气了！"

小刘只得带上前辈，驾摩托向县局驶去。半路他将摩托靠路边停住，吕正奇怪地问："又怎么了？"

小刘头也不回地说："我承认，你分析得丝丝入扣，基本上，可能就是那么回事。但，你也得承认，分析再符合逻辑，那也不过是主观分析，不能成为定论的。没有录音为证，没有录像为证，没有一句口供，你真认为咱们去县局是有实际意义的？"

良久，他才听到前辈在他身后说："那，那……那送我回家。"

不久吕正同志患了忧郁症。

而那桩案件，至今仍是待破案，民间说法是悬案……

遭遇王六郎

一

第一次见到那孩子，大约在四年前的夏季。大约。

下午三点多，我拖着拉杆箱走在北京南站附近一条马路右侧的人行道上。很热，虽已到了下午，仍无丝毫爽意。因列车上开空调，我怕凉，穿上了薄绒衣。下车匆忙，没脱，并且连薄西服也穿上了。等候出租车的人排起了长队，调度员说我们那拨排队的人估计得等一小时。这使我甚感意外，不愿等，心想站外也许反而会较快就能坐上出租，于是离了站。尽管绒衣和西服是薄型的，一到了外边，顿觉溽热难耐。若当街脱下两件上衣往拉杆箱里塞，我嫌麻烦。何况，拉杆箱已塞不下了，怕硬塞而弄坏拉链，那岂不太糟了，便说服自己加快脚步往前走，希望能尽快拦住辆出租。不一会儿，汗流满面，内衣湿矣。马路上驶来驶去的出租车不少，一半空车，却没一辆因我在不停招手而减速。我忽然意识到，网约时代早已开始，一辆接一辆驶来驶去的空车肯定是别人所约的，它们为路边招手之人而停的时代已成历史。这可怎么

269

办呢？我不会网约，何况手机上并没下载网约软件。

正犯难，见前方不知何时出现了一个大男孩的背，男孩戴长舌帽，身高一米七五左右，也推着拉杆箱。我断定他和我一样是从南站出来的，原因同样是由于不愿在站内用一个多小时等车。

这年头，像我这把岁数的人，跟着年轻人的感觉走，往往会"柳暗花明又一村"的，我的老年朋友常对我这个在新现象面前每每不知所措的顽固分子如此教诲。

于是我加快脚步，缩短和那大男孩之间的距离。他穿的是浅黄色制服短裤，有多处兜那种，短袖翻领衫则是浅蓝色的，中间有一排美观的白浪花，而脚上是一双白网球鞋。暴露的胳膊和腿都很红，显然是晒的。那么，他必定是从某海滨城市返京。也必定，几天后他的胳膊和腿都会变黑。

他一直走到一处立交桥的桥洞那儿才站住，而我已走近了他。他感觉到我在紧跟着他了，转身讶异地看我。

我笑笑，尴尬地问："这儿容易打到车吗？"

他说："怎么可能！我在这儿等家里的车来接我。在这儿等不晒，比马路边清静。"

大男孩有一张单纯又阳光的脸，气质聪慧，顿时使我联想到了《聊斋志异》中那些善良而才情内敛的小书生，他们是蒲松龄笔下追求起美好爱情来不管不顾的狐仙鬼妹们喜欢的类型。

我识人的经验告诉我，向这样一个大男孩寻求帮助是会被耐心对待的，便又问："如果我让家人帮我约车，应该告诉家人这里是什么地方呢？"

他反问："您自己不会?"

我不好意思地说："是啊，落伍了。"

他笑道："许多老同志都不会，这是你们不必在乎的短板。但您不能将自己定位在这儿，咱俩不同，我刚才说了，我是在这儿等自己家的车，我家里的人不止一次在这儿接我了。没有准确名称的地方，网约车的导航器是导不过来的……"

他说时，眉目间一直呈现着笑意。分明的，助人对他是件愉快的事。他的口吻和他脸上的表情，使他看起来像一位负有监护责任的大人在向一个不谙世事的孩子做解释。在立交桥的阴影下，他的脸看上去似乎更阳光了。

"那……"

虽然我特受用他对我的善待，内心里却不免焦躁。

他左看看，右看看，指着一处有明显的拱形大门的小区说："告诉您的家人，让网约车到那儿接您。"

于是我与儿子通手机，之后谢过大男孩，与他聊起来。

我以为他是初三生，他说他已经高二了。我猜他是偏文科的学生，他说恰恰相反，他的理科成绩更优些，考大学也会选择理科专业，只有在高考特别失利的情况下才考虑选文科的哪一专业。

他的话使我这个在大学教了十五六年中文的人颇窘。

他看出来了，笑问："您是大学老师?"我说："曾经是，教中文的，退休了。""哈，请您原谅，希望没有伤害到您的尊严!"

他笑出了声。一种开心的笑，其声不高，却爽朗。

我受他那笑的感染，也笑了。

这时我的手机响了，是儿子打来的，说只提供一个小区的名称约不到车，还须提供什么街或什么路。

我不知南站属于什么区，而我站在什么街或什么路的立交桥下，大男孩竟也不知道。

"老师别急，我立刻就能替您查到，分分钟的事儿。您穿得也太多了啊，起码可以将西服脱下搭手臂上吧？您这样，我看着心疼！"

他掏出一包纸巾递向我，我擦汗脱西服那会儿，他快速地在手机上查出我们所处的位置。我因为遇到了他，庆幸不已。

儿子用短信告知我，已替我约好车了。

大男孩说："您应该转移到小区大门那儿去，您儿子替您定的准确位置肯定是那里。"

我说："不急，还有五六分钟呢，陪你说会儿话，你怎么对我'您、您'的？"

他笑道："您是长辈嘛。"

我说："可你还开始叫我老师了。"

他说："您曾是大学教授，我是高二学生，称您老师太应该了呀。"

脱下西服后我身上不那么热了，约好了车心里也不焦躁了，于是我们之间进行了以下愉快的对话。看得出，有个人陪他说话，也正符合他的心愿。

"你根据什么认为我是教授？"

"您自己说您曾在大学教书嘛。到了您这种年龄，普遍而言，退休前都会熬成教授了。"

"熬"字由一个大男孩口中说出，使我脸上有点儿挂不住。

他看出了我的窘态，立刻道歉："对不起，用词不当，应该怎么说好？'修成'，还是'进步成'？"

我也看出，他那种一本正经的虚心请教的样子是装的。那会儿，这阳光大男孩表现出了他调皮的一面。

我没正面回答他的话，而是问："一个陌生人对你自称曾是教授，你一点儿都不怀疑？从小到大，没人告诫你别和陌生人说话吗？"

他郑重地回答："您问的是两个问题，我先回答第一个。小时候，我爸妈都告诫过我，千万别和陌生人说话。小时候姑且不论，现在我已经长大了。朗朗乾坤，光明世界，一名高二男生居然不敢和陌生人说话，他将来的人生还有什么出息呢？如果中国这样的青年越来越多，中国的将来岂不堪忧了？再回答第二个问题。我是很有一些识人经验的，我对自己的经验也很自信。从面相学来看，您绝不会是一个可能对他人构成危害的人。"

我也笑了，如同当面受表扬。我虽老了，对于表扬还是挺开心的。

和这个路遇的阳光大男孩闲聊，的确使我愉快，遂又问："你对我一直'您、您'的，而我却一直'你、你'的，你没有任何不平等的感觉吗？"

他的表情又郑重起来，像大学生毕业前经历论文答辩似的，以一种胸有成竹的口吻回答："这是一个伪命题，也可以说是一个陷阱问题。古今中外，一概如此，早已成为人类关系中约定俗成的一般礼貌现象，又一般又普遍。如果在咱俩之间居然反了过来，那么……"

"那么怎样？"

"那么只能是以下情况，我为主，您为仆，而主仆关系是人类封建关系之一种，封建关系才会使人产生不平等的感觉。不过，值得思考思考的倒是，究竟是一种什么样的内在动力，使全人类在您、你的称呼方面，形成了完全一致的共识。老师，您怎么看？"

他期待地注视着我，那时他脸上有种求知若渴的表情，我任教时偶尔能从学子脸上见到的表情——偶尔。

和这样一个大男孩说话，不但愉快，简直还十分有趣，我享受。

然而他的手机响了。他接时，我听到一个女人的声音说她开的车快到了。

大男孩通完话，向我伸出了一只手："那么……"

倏忽间，我觉得我已喜欢上了他，竟有点儿不愿握过手一走了之。

"先别……我的意思是，咱俩加上微信怎么样？"

我这么说时，脸红了。自从我也开通了微信，还是第一次向人提出这种请求。

他收回手，意外地张大了嘴，用略显夸张的表情无声地说："有必要吗？多此一举了吧？"

"我希望交你这个小朋友……"

我自己都觉得我的话几近于倚老卖老。但话既出口，倘遭拒绝，岂不是太没面子了吗？为了顾全自己的老脸，我冲他耳边小声说出了自己的名字。怕他还是对我一无所知，又厚脸皮地说出了我的几部代表作。

　　"哈，哈，太像小说了吧？让您高兴一下，我看过您的作品！"

　　他的上身旋转了一下，那是许多人高兴时的肢体语言。

　　该我说"那么"了，趁热打铁地掏出了手机。

　　"我加您吧，会快些。要是让我妈看到我和陌生人如此亲密的样子，肯定大吃一惊的……阿牛？您的网名太好记了！"

　　我见自己的手机上显示他的网名是"王六郎"，不禁再问："《聊斋》中那个王六郎？"

　　他说："对！我特喜欢那一篇。《聊斋》中关于男人之间的情义故事很少，《王六郎》那篇可视为佳作！不多说了，您约的车也该到了，您快到马路那边去吧！要走斑马线，老师别闯红灯哈！"

　　结果我俩并没握一下手。

　　当我站在马路那边的人行道上，转身回望时，他妈妈开的一辆宝马 X5 已停在他跟前。

　　"阿牛再见！"

　　他朝我摆摆手，坐入宝马了。

　　但我后来并没通过微信与"王六郎"交流过，一次也没有。我既无这种习惯，也找不到什么可与一名高二男生交流的话题。再说高二正是高考前发奋苦读的冲刺阶段，我不忍打扰他。但我承认，有那么几次，在较闲而又心情好时（人在闲适之时心情大

275

抵是好的），受好奇心促使，我点开过他的微信。他的朋友圈内容甚少，仅有几段读书心得。给我留下印象的却不是他的读书心得，而是他开出的一份歌单，列出了他喜欢听的一些歌——《黄土高坡》《信天游》《天边》《鸿雁》《草原之夜》《乌苏里船歌》《沧海一声笑》《涛声依旧》《这世界那么多人》，等等。

除了莫文蔚所唱的《这世界那么多人》，他爱听的那些歌，也是我爱听了多年的歌。受他影响，我听了《这世界那么多人》，同样爱听，并且成了"莫粉"，后来听了她不少歌，都爱。

至于"六郎"关注过我的微信没有，我就不知道了。即使点开过也等于白点，因为我的微信朋友圈如同一张白纸，我从没往上头发过任何文字，也从没转发过别人的任何内容——至今仍是白纸一张。

然而我每每回忆起认识"六郎"的那一个夏季的下午——那条北京南站附近并不太宽的马路，那处小区的拱形院门，那座立交桥下车辆可转弯处的阴凉，都给我留下较深的印象。

每当我忆起时，耳边就会同时响起莫文蔚的歌声：

这世界有那么多人，

人群里敞着一扇门……

二

第二次见到"六郎"，也在夏季的一个下午，也在三点多的时

276

候。与第一次不同的是在我家里，他坐在双人沙发上，旁边坐着他母亲，一位五十几岁，容颜保养得极好的女士。特别是她那双手，白皙如瓷，看去给人一种不真实的感觉，肯定连家务活儿都许久没干过了。她穿着得体，上衣啦，裙子啦，鞋啦，包啦，显然并非从一般商店买的。她给我的熏过香的名片上写着她是室内家装设计公司的总经理。我随口问了一句她那公司有多少人，她矜持又低调地说不多，才二十几人，是由她丈夫任董事长的什么医疗器械经营公司分出来的一个子公司，由她全面负责而已。我觉得两类公司风马牛不相及，却没说出我的困惑来。

"我的公司人虽不多，在京城的业内还是有些名气的，某些影视明星和歌星的豪宅都是我的公司装修的，今后您和您的朋友如果有需要……"

她说以上话时坐得更端正了，脸上也流露出了几许成功女性的优越感。

"妈，别说这些行吗？"

她的儿子低声打断了她的话。那时，"六郎"刚喝了一口矿泉水。他们母子无须我待茶，"六郎"带来大半瓶矿泉水，而他母亲带的是保温杯。他打断母亲的话时并没看她，打断后也没看，并且，语气分明是不满的，尽管他那短短的话是低声说的。在他母亲略露愠意，一时怔住之际，他开始翻一厚沓用夹子夹住的A4纸，那些纸上印着他写的诗。

那女士虽是"六郎"的母亲，我却怎么也对她热情不起来。我不喜欢她身上那股子高人一等似的优越劲儿。尽管我是主人，她是客人，而且是坐在我家的沙发上，即使在她不说话时，在她默默打量我的简单装修，家具不但都很一般，而且都已很旧的家时，她内心里早已习惯成自然的那股子优越感也还是难以隐藏。特别是，当她不说"我们公司"而说"我的公司"，不说"北京"而说"京城"后，我感觉自己对她的不佳印象难以改变了。如果我和"六郎"几年前没有过那么一种"交情"，我是不太欢迎这么一位女士成为我家的客人的。是的，我不但将自己和"六郎"几年前在一处立交桥的阴影之下愉快地交谈过十几分钟那件事视为大千世界中的一种老少缘，还一向视为一种交情。当然啰，他们母子成了我家的客人，乃因我与另外几个人的交情在起作用——他们母子是我的朋友的朋友的朋友的什么亲戚！所谓"人际"，往往便是如此——两个人一旦成了朋友，不但各自的朋友不久也成了朋友，而且连"朋友的朋友"们之间，后来也往往会成为朋友，甚至可能比起初的两个朋友之间的关系处得还亲密。几天前，我的朋友的朋友与我通话，说他的朋友的亲戚的儿子是位青年诗人，希望当面得到我的鼓励和指导。

我问："专业的还是业余的？"

他反问："现而今还有专业的诗人吗？"

我说："已经没有了。"

他说："你问得多余嘛！"

我又问："什么样的青年？是高校的学生，还是已经参加工作了？"

他又反问："有区别吗？跟诗有直接关系吗？"

我一时不知说什么好了。

他承认他也不清楚，但不愿在中间传话了，只能由我当面问了。

我说："我是写小说的，对诗是外行。"

他说："在我们真正的外行看来，你们都是文学那个界的人，总比我们内行吧？这事儿你必须认真对待，而且要表现好点儿。别忘了，不一定哪一天，你也许又会求到人家！"

他说的"人家"也就是他的朋友，是北医三院的一位内科主治医生。北医三院不但离我家最近，还是我就医的定点医院。对于他的提醒，我缺乏不认真对待的底气。

于是"王六郎"母子就出现在我家里，坐在我对面，而我以招待上宾的礼节招待之了。

起初我并没认出"六郎"来。毕竟，我与他立交桥下匆匆一别后，已时隔三四年没再见过了。他仍穿制服短裤和T恤衫，但脚上却随随便便穿了双拖鞋，还剃过光头，刚长出极密的一层黑黑的发茬。他坐得也特端正、特安静，不主动说话。他为自己那些打印在A4纸上的诗定名为《无聊集》，三个黑体大字下边是他的网名"王六郎"，括弧内打印的五个字是"真名王任之"。下边一行字的字体与集名的字体相比，小得反差分明。

"王六郎！"

顿时，我连对他母亲也有了亲近感。"六郎，居然是你？太使我意外了！"

我有点儿激动。

他困惑地定睛看我，仿佛不明白我何出此言。

我启发他回忆："忘了？三四年前，在离南站不远的地方，一座立交桥下……"

他竟摇头，仍定睛看我，困惑漫出双眼，氤氲在他脸上。

我大惑不解了——他临行前，不可能不知道将去谁家嘛！

"阿牛，想起来没有？"

他又摇了一下头。

这我就无可奈何了，并且没法从他的表情得出结论——他究竟是成心装出从没见过我的样子，还是真的完全不记得了？

"梁老师您……以前认识我儿子？"他母亲也困惑了——她脸上的表情证明她内心里充满了疑惑。

"妈！你问得有必要吗？"他又对他的母亲不满了。这次说话时，他扭头瞪了母亲一眼，他母亲被这一瞪，内心里显然生气了，笑笑，拿起保温杯喝了口水。我从她的眼里洞见了一股隐怒。

我只得讪讪地说："是我认错人了。老了，记忆常出差错。"

说完，向"六郎"要过诗集，戴上老花镜，低头看了起来。按说，他或他的母亲应先将诗集寄给我，待我全部看完再约见我，可他们母子并没这样（也许都是急性子吧），并且已经成了我家的客人，已经端坐在我对面了，我就半点儿挑礼的意思也没流露。好在不是小说而是诗，并且多数是古体，七律、五绝之类，翻几页看几首，讲几句勉励的话，指出某方面还有待进步，这么做了也算完成朋友交给的"任务"了。

第一页第一首诗仅两行，题为《自嘲》：

螳螂误入琴工手，

鹦鹉虚传鼓吏名。

　　"六郎，啊不，王任之，'无聊'二字你过谦了，是不是已经
有些名气了呀？"

　　我嘴上这么说着，内心却欣赏起来。古体诗强调赋比兴。而
兴嘛，又强调境界之高远。这两句诗在"兴"上虽显格局不大，
但在"比"这方面，还是挺有意趣的。

　　"王六郎"，也就是王任之，少女般腼腆地说，名还是有了点
儿的，不过其名体现在网上。

　　"我写诗，主要是为悦己，如果同时也能悦人，对我而言就不
无意义了。我胸无大志，有点儿意义又符合个人兴趣的事，我在
进行的过程中就感到愉快。人生苦短，愉快又挺少，比起自寻烦
恼来，悦己亦欲悦人的生活态度，也算是一种挺积极的态度吧？"

　　自从进入我家的门，端坐在我对面的沙发上后，"六郎"第一
次开口说了那么多话。这番话他说得极畅快，我觉得是他的心里
话。

　　我抬头看他，他母亲忧郁地看我。我郑重地说："完全同意！"

　　"六郎"微笑了，他母亲也笑了。

　　第二首诗头两句将我震住了：

半截云藏峰顶塔，

两来船断雨中桥。

人在西园山翠里，

斜风细雨度清明。

湖上雾隐巫山脊，

江山对君凝愁容。

一身做客同张俭，

四海何人是孔融。

"哎呀，哎呀，六郎……不，王任之啊，你的诗呢，对不起，请你们允许我吸支烟哈……"

我摘下眼镜，用目光四处找烟，却没发现。

他母亲惴惴不安地说："如果孩子写得实在太差，您只管往直里说。他不会生气的，我更不会。"

"六郎"却说："吸我的吧。"

我接过他递给我的一支烟，他按着了打火机。

我深吸一口之后批评地问："年纪轻轻就开始吸烟了？这可不好。"

他惭愧地说："正打算戒。"

他妈却说："如果你想陪老师吸一支，就吸吧，妈批准了，不必非忍着。"

我说："我也批准了。"

他笑道："不了，没那么大瘾。"

我朝"六郎"竖起了拇指。

他母亲说："老师表扬你了，那你就干脆戒了！"

我说："能这样最好。但我这会儿最想肯定的是——王六郎，不，王任之，你这首诗我写不出来！你天生有一颗诗心！这首诗写得很棒，江湖山海居然都写到了，第二句和最后一句尤其好！总而言之，王六郎，王任之，如果你能持之以恒，在诗歌创作方面是很有前途的！"

我夹烟的手发抖，年纪老了，什么毛病都有了，稍一激动手就抖。那时的我，仿佛伯乐意外地发现了千里马。

"谢谢老师肯定，我不过就是写着玩写出来的一首诗，在苏杭旅游时触景生情……"

"六郎"那时的表情相当平静，只不过脸上闪过了一丝具有嘲讽意味的微笑。那是一两秒内的事。我捕捉到了，但没往心里去。

"这是什么话！儿子有你这么说话的吗？找打！老师您别计较，我儿子一点儿人情世故都不懂，他情商太低，您千万别把他的话当真！"

他母亲显得颇为激动。

我接着说，希望能看完全部的诗，之后再约一个日子，用更从容也更充分的时间，与"六郎"详详细细地谈他的诗。只有这样，才不枉他们母子登门讨教的诚意。

那时，他对我这个门外汉而言，似乎是"诗圣""诗仙"了。

如果我没说那番话就好了，后来种种令我烦恼的事就可避免，与我完全无关了——起码对我是好的。好为人师往往会自我打脸，正所谓尴尬人难免尴尬事。

我送母子二人出门时，那母亲有意让儿子走在前边。当她的儿子已在门外了，她在门内小声对我说："我太不喜欢他的网名，王六郎，听起来多古怪啊，希望您能劝他改改。"

我笑道："的确，古怪的网名多了去了，他的网名其实挺有文化内涵的。但既然您当妈的难以接受，我会相机行事的。"

当我家只有我自己了，我拿起"六郎"的诗集坐下，将诗集放膝上，又吸着一支烟，低头看着"无聊集"三个字，不由自主地陷入了沉思。

那个"王六郎"王任之，他究竟是成心装出根本不认识我的样子呢，还是的确忘了我俩怎么认识的了？我俩明明加了微信，他的确将我忘了，分明不可能。

那么他又为什么非装出根本不认识我的样子呢？

左思右想，推测不出个所以然来。还有，我明明是在夸他的诗，那时他脸上闪过的具有嘲意的微笑，究竟又所为何由呢？

也是越想越违背情理。

索性不想那么多了，反正日后还会见到他，疑惑总能释然的。

三

第二天上午，"六郎"的母亲与我通了次电话，恳切地希望我下午再单独"接见"她一次。

我不解地说："您太急了吧？您儿子那么厚的诗集，我还没来得及再翻翻啊！"

她说："和诗没太大关系，所以我得单独见您，有些情况不得不预先告诉您了！"

"和诗没太大关系？另外还有什么情况啊？"

我之疑惑更大了。

她说："三言两语讲不清的。我儿子已经去过您家了，我怕他单独再去。他那么大人了，我也看不住呀。何况我还有公司里一大摊子事儿，也不能整天把自己牵他身上啊。如果您没有足够的心理准备，我怕您再见到他后，会发生什么对您不好的事。我不是说肯定会发生，但是万一呢？"

我听得身上一阵阵发冷，如置身于空调的出风口。她既已把话说到这份儿上了，除了及时见她，还能有什么办法呢？

"王任之，我儿子他……我可怜的儿子，他大三还没上完就辍学了……他……他已经住过一次精神病院了……"

"六郎"的母亲说完以上话，低下头，掏出手绢，捂住脸嘤嘤哭了。

我顿时僵住，陷入无语之渊。除了吸烟，不知如何是好。

这女士告诉我，她儿子大三时摊上了几桩自尊心受到严重伤害的事，曾有企图跳楼的举动，精神上也开始显出异常来，这使她和丈夫极度不安。在不得已的情况下，他们将儿子送往回龙观精神病院，接受了三个多月的治疗。他刚出院不久，有些诗其实是在精神病院写的……

"院方怎么诊断的呢？"

吸完一支烟，我终于镇定了，也能够问出我想了解的话了。

"结论是初期精神分裂。医生说只要以后别再受刺激，或许能好。"

我说："会那样的，我们都该相信医生的话。"

其实我说得特违心。我的亲哥二十二岁初入精神病院时，资深而善良的医生也是这么说的。当年我哥大一没读完，相比而言，"六郎"比我哥幸运。但我哥如今已八十了，仍在精神病疗养院里。我认为常住精神病院大抵也会是"六郎"的命运归宿，但我哪里忍心将我知晓的普遍规律告诉他的母亲呢？有时候，直率近于伤天害理啊！

我又问："究竟是些什么事，严重地刺激了你儿子呢？"

她说首先因为这么一件事，与她儿子同宿舍的一名同学新买的折叠手机丢了，不知怎么，她儿子成了怀疑对象。但这件事很快就水落石出——公安机关调看了多处监控录像的资料，最终发现是那名同学自己忘在食堂的餐桌上后，被别的专业的同学"捡"去了。第二件事是因为失恋——她给自己的儿子介绍了一个对象，是一位影视明星的女儿，已上过几部电视剧了，虽然演的都是可有可无的小角色，但人家女孩的父亲也算是圈内大佬，母亲出身于老革命干部家庭。她作为母亲认为，从长远来看，人家女孩在演艺界会红起来的。她儿子也答应了处处看。可第一件事发生才几天后，俩人闹掰了，她儿子接连数日变得像个哑巴。第三件事就是，前两件事发生后，紧接着期末考试了，她儿子竟有三科不及格，名字上了告诫书。而她儿子那所大学，虽不是"双一流"也不是"985"，却老早就是"211"了。专业也不错，应用物理。

她儿子在班上虽然不是最拔尖的学生，但总体成绩一向在前十名内……

"那，您认为，哪件事对您儿子的负面影响最大呢？"

"当然是第二件事啰！我上次来您家说过的，我儿子智商不错，情商不行。那么好的姻缘，结果让他给谈崩了。别的不论，我那二十几个人的公司，平均下来，一年也就挣个几百万。可人家女孩子，有一年连上戏带接广告，轻轻松松就挣了一千多万！还是税后！如果我们两口子有这么一个儿媳妇，将来省多大心啊，连孙儿孙女的人生都不必考虑了！这又是我儿子多大的福分啊！唉，遗憾了，太遗憾了！命里没那福，遗憾也挽救不了啦，既成事实嘛！我可不愿提这事儿了，什么时候提什么时候觉得窝囊！至于手机那事儿，我和他爸当时就没太当回事儿！两万来元的一部手机，对于我们这样的家庭，算什么呀！只要儿子特别喜欢，即使一开口就要十部，我们当爸妈的，眼都不眨一下就会给买！独生子嘛，不当宝那也是宝啊！可我儿子不赶这种时髦！为第一件事，我和他爸一起去了一次学校。老师和校领导听了我们的话，认为我们说的在理，所以才请公安介入了，为的就是早点儿还我儿子个清白嘛！清者自清，事实证明了这一点嘛！第三件事就更不是个事儿了！补考就补考呗！事出有因，加把劲儿，用学习实力证明自己不是一败涂地就行了嘛！"

这女士打开了话匣子，滔滔不绝竹筒倒豆子般说了这一大番话。看得出来，这些话憋在她心里很久了。

"主要是第二件事！人家女孩子和他分手后，转身就跟一位导演好上了！以现而今的成功人士的概念看，拍过两三部长剧的导演肯定就是成功人士了嘛，哪位不是起码八位数的身价呢？"

"八位数是多少？"

我一时算不过这账来。

"过千万甚至几千万啊！相比之下，我们这样的家庭半点儿优势也没有了。我儿子就更不值一提了，等于还处在一无所有的时期嘛！一无所有再加上情商低，既不会好好哄人家，更不肯放低自尊顺着人家，人家姑娘干吗非跟你处下去呀？老师，毫无疑问，正是这件事，将我儿子的精神体系轰垮了！"

我以为她的话已经说完了，不料她又格外强调、重点分析地做了两番补充。她第一次成为我家的客人时，自然而然话里话外所流露的是难以掩饰的优越感。第二次坐在我对面时，由于谈到了她儿子那无可挽救的恋爱，她竟表现出了强烈的自卑，仿佛她的儿子及她的家庭错失了被册封为贵族的良机，因而也错失了大宗财富似的。她内心里不但对儿子大失所望，其实也存在着幽怨了——可怜天下父母心！虽然她并没说出这种话，但她的表情没骗过我的眼睛。

我十分诧异。

除了默默吸烟，不复有话可说。而一个男人面对自己家的客人（特别是一位女客）无话可说的情形，乃是十分尴尬的处境。对双方都是这样。

"梁老师，我……我觉得自己作为母亲有责任使您知道的事，都毫无保留地告诉您了。虽说家丑不可外扬，但我顾不上那么多了。您要是还有什么想了解的，只管问吧……"

她打破沉默的话，使我不得不开口了。

我感谢她特意来我家一趟，没拿我当外人，告诉我那么多不宜对外人道的事。我说的是真心话，被信任是一种好感觉。我说我暂时没什么还想了解的了，并且保证，即使她没陪着，她儿子独自来我家，我也不会将她儿子当成危险人物。对于我，她儿子不但一点儿不危险，而且还曾留下特良好的印象。

于是我向她讲了三四年前我与她儿子认识的经过。

"还互加了微信？哎呀，哎呀，你们爷儿俩这不是有缘吗？我说你们爷儿俩，您不介意吧？"

她又有点儿激动了。由于新话题的产生，我和她终于都从尴尬中解脱了。

我说："有什么介意的呢？本来就是缘分嘛，按岁数论，我俩也确是爷儿俩的关系啊！"

我说的还是真心话。到那时为止，"六郎"曾给我留下的良好印象仍没受到任何损坏。我内心里除了对他所遭遇的三件事抱有同情的态度，除了对他居然退学了、居然还住了一次精神病院深感惋惜，并无别的什么负面看法。

"这孩子，从没对我提过，我对天发誓，他可一个字都没对我提过！我回去一定审问他、数落他！"

当母亲的又生儿子的气了。

我赶紧说："千万别！何必呢？不论什么原因，都没有认真的必要。如果我想知道，以后慢慢会知道的。那么，您不是也知道了?"

"您认为，诗……我的意思是，写诗这件事，能使我儿子的病逐渐好起来吗?"

在泪翳后边，她眼里闪出希冀的光。

我略一犹豫，含糊地说:"对于他，目前有事做总比无事可做好，爱写诗是对任何人都大有裨益的事。我觉得，也许……不，我差不多可以肯定，诗会使奇迹发生的。"

我说违心话了。

"跟您聊了聊，心情好多了，太感谢您了! 如果我儿子将来能成为诗人，我们夫妇会接受那样的现实的! 反正我们就这么一个儿子，以我们的经济能力养得起他。儿子成了诗人，那也不是多么丢人的事，对吧?"

她终于站了起来。

我肯定地说:"对。不是不是。"

"您刚才说，您儿子的精神体系……据您所知，究竟是怎样的体系?"

在我家门口，在玄关灯下，我忍不住问了一个问题——这是我唯一主动说的话，也是最想问的问题。

"啊，是啊是啊，我是那么说过，我儿子自己经常那么说，可他说的是思想体系还是精神体系，我记不大清了。反正精神也罢，思想也罢，在我这儿都是一回事儿。也许他那时就有点儿精神不正常了，精神不正常的人还不都是由于思想出了问题? 要不才二十几岁的人，会自以为有什么体系?"

"对不起啊，我的话也许问得太冒昧，您和您丈夫，双方的家族有没有精神病史呢？"

她的话促使我问了另一个问题。

她说医生也这么问过，绝对没有。

送走她，我又独自吸了支烟——一边吸烟一边与朋友的朋友通了次视频。朋友的朋友的脸刚一出现，我就不留情面地将他斥责了一通。他被训了一会儿才明白，我是因为他没告诉我"爱写诗的孩子"住过一次精神病院而生气。

他一脸无辜地替自己辩解，他的朋友也没告诉他，若非听我说，他也不知道！

朋友的朋友一脸慈悲地说："那么这事儿你更得认真对待了，帮人帮到底，不许当一般事儿来应付！"

四

"阿牛老师，拙诗您又看了一部分没有？"

"全拜读了！"

"那，肯再赐教否？"

"欢迎光临，时间你定。"

"那，如果我单独去呢？"

"同样欢迎。"

我和"王六郎"终于进行微信联系了。对于我，像互用代号的单线联系方式开始启用，感觉古怪，颇神秘似的。

两天后他又出现在我家，还是那一身，脚上穿的仍是拖鞋。这次他倒特随便，居然替我清洗了烟灰缸，之后坐下，大大方方地吸烟。

我说："经我允许了吗？"

他笑道："谁跟谁啊，在您家连这点儿自由还不给？"

我严肃地说："只批准你吸一支。"

"此时此刻，一支足矣。君子言笃，我戒烟那话仍算数。"

他也表情庄重起来，怕烟灰落茶几上，将烟灰缸向自己挪近了些。

他一这样，我反而因自己装严肃不好意思了，笑问："买不起鞋了？穿双拖鞋到处走很有派？"

他又笑了，亦庄亦谐地说："有派当然谈不上，一不小心成了诗人，不是想体会体会诗人那种落拓的范儿是什么感受嘛。"

"上次在我家，为什么装作从不认识我？"

"制造点儿悬念，好玩呗。生活中要是连点儿戏剧性的情节都没有，岂不是太无趣了？"

"动机如此单纯？"

"单纯的人，无复杂之念。人一患了精神病，想不单纯都不能了。"

在我心中形成大困惑的事，经他这么一说，仿佛是我自寻烦恼了。偏偏，他又诚恳地加了一句："对不起，害您想多了。"

"我没往多了想。你……果然学了理工科？"

我愣了愣，一时搞不清他的话究竟是荒腔走板的疯话，还是正常人的正常话，于是明智地转移话题。

他却说："您已经向我连发四问了，能否容我插一句，也问问您呢？"

我又一愣，只得说："好吧，请问。"

"我妈也来过了？或者，与您通过话？"

"没有，绝对没有。你想多了。"

我不假思索就立刻否定，连自己也不明白为什么要否定得那么干脆，还否定得那么快，没过脑子似的。

"这就不对了。上次我们并没谈过我的专业，如果我妈没来过，您也没跟她通过话，您怎么知道我学的是理工科呢？"

他注视着我又问，几近无邪的眼睛像看着主人的狗宝宝的眼睛。

我不但发愣，简直还有点儿羞耻了。

"六郎啊，别忘了你是为什么来的。你应该理解，我的时间是宝贵的，咱俩你一句我一句逗闷子似的聊些不着调的话，这算怎么回事？有意思吗？"

我又一次试图转移话题，就转移到关于诗的方面。

"那么好吧，当我没问，咱们开始谈诗吧。我必须向您声明，您上次特别欣赏的那首诗，不是我写的，是别人写的。"

"别……人？"

"对，古人。具体说，是清代诗人们写的。"

"诗人……们？"

"对，我从四位清代诗人的诗中各抄两句，组成了那首七律。"

"你……为什么？"

"起初是因为喜欢纳兰性德的诗。也不是多么喜欢，我们那所理工大学有老师开了那么一门选修课，为的是提升学生的人文素养。不知怎么一来，许多女生都喜欢上了。后来我认为，纳兰氏的诗并非多么好，浮丽缠绵而已。女生们喜欢的更多是他的豪门身世，还有他的样貌，据说他的样貌像小鲜肉……"

"别扯远了，谈重点。"

"重点就是……"

据他说，恰恰由于对纳兰性德的诗不以为意，促使他想了解一下中国古诗到了有清一代，究竟还有怎样的气象可言，于是在图书馆发现了一部书叫《雪桥诗话》，之后成了枕边书，每每爱不释手……

我边听边在百度上查，还真查到了那么一本书。严格地说不属于诗集汇编，而是一部关于清代诗人以及他们的诗事掌故的小百科书。

"六郎"交代，在他的诗集中，大约凡是入我法眼的，都是他从《雪桥诗话》中东抄一句西抄一句拼凑成的。

"还是没说到重点，究竟为什么？"

"说了呀，您没注意听吧？"

"我一直在注意听，你说的是关注清诗的起因，并没说你为什么要骗我，一句都没说！"

"您恼羞成怒了？"

我确实有几分恼羞成怒。他这句话点醒了我，使我立刻意识到，对于一名住过精神病院的青年，一名曾给我留下深刻而良好之印象的青车，一名求知欲挺强的青年，我既已邀人家来了，若不能善待他，那么我的表现也太糟糕了。

"我有吗？怎么会！六郎，你应该明白，咱们爷儿俩肯定是有缘的，我很在意这份缘。所以，我们之间的谈话，都没必要兜什么弯子，更没必要互相挑礼、抬杠，你说对吗？"

我做出和颜悦色的表情，希望接下来的交谈气氛不再令我神经绷紧。

"百分之百同意。我想在我妈先于我又来了一次之后，您最想知道的肯定是，主要由于什么原因，使我住进了一次精神病院是吧？"

我万没料到他竟如此单刀直入，然而却已点头。

"我妈肯定已对您说过，她认为主要是失恋原因，医生、护士也是那么认为的。我住院不久，从医生到护士到患者，就都私下说'又住进一个失恋的'！唉，这世界怎么那么多自以为是的人？"

"如果不是……"

"当然不是！我才没那么玻璃心！我爱的姑娘，第一她要爱护小动物，以及一切无害的弱小的生命，第二她要爱花，第三她要爱听歌。我在沉浸地听一首好歌时，如果一时感动眼眶湿了，她要能理解，而不是认为我精神出了问题。那小妖姬与以上三点都不沾边，我王六郎怎么会因为她不爱我就疯了呢？心性不同，岂能成为同床共枕之人？"

"你当面叫过她'小妖姬'？"

"没有。绝对没有！当面我叫她全名，只在内心里将她看成小妖姬。"

"为什么当面叫她全名呢？普遍情况是，恋爱中的青年互相都叫昵称嘛。"

"问题是我对她根本没有过动心的时候！您设想一下，假如我是皮埃尔而她是海伦……"

"容我打断一下，既然你读过《战争与和平》，那么你就得承认，皮埃尔起初对海伦也是大动凡心的。"

"可如果皮埃尔不是由于继承了爵位，成了贵族中的富豪，他起初会爱上高傲、本质上又极其俗气并且水性杨花的海伦吗？在《战争与和平》中，他俩不久之后不是就闹离婚了吗？我与那小妖姬交往，纯粹是由于经不住我妈的絮叨。所以，她转而跟一位导演好上了，正中我下怀！不论她将来多么发达，我也毫不后悔！根本不一样的人成了夫妻，那结果不肯定是同床异梦吗？补考更不是个事儿了，连个坎儿都算不上！稍微加把劲儿，名次也许还往前跃了呢。使我当时想不开而精神失常的，是胡鸿志！"

我忍不住又打断他："六郎，你承认自己精神失常吗？"

他立刻纠正："失常过。这一点已经成为事实，我当然承认啰！精神病也不过就是一种病，医院给出了权威性诊断，我也住过一次院了，为什么要否认呢？不过现在我出院了，证明我好了。"

"你这么想我太高兴了。胡鸿志是谁？"

我在心里说："谢天谢地！"——倘患过精神病的人承认自己

曾患过此病，奇迹便有发生的可能。

"胡鸿志是睡我下铺的同学。通常情况是，先报到的同学优先选择铺位。我比他早报到一天，选择了下铺。他最后一个报到，只剩我的上铺还空着了。他是典型的胖子，以后每天不知要上上下下多少次，那对他多不方便啊。所以呢，我主动将自己的下铺让给了他。后来我们的关系就越处越好了，好到什么程度呢，我认为可以用'虽非手足，情同手足'来形容。他家经济状况一般般，母亲开杂货店，父亲常年在外地打工。可他却是各方面都极要强的学生，除了体育。连在同宿舍的六名同学中，他也要暗争谁的影响力最大……"

"要强得不过分的话，并非缺点。"

"是吗?"

"我的话没毛病。"

"可在两方面他争不过我。一是学习，无论他怎么努力，名次总是排在我后边。我承认，我不允许情况反过来，他有多努力，我就比他更努力……"

"你们这是成心内卷。"

"也不能这么说，学校虽然不搞排名那一套了，但同学间还暗中排名呢!我的成绩如果落在了他后边，我就守不住前十的红线了。另一方面他也没法跟我争，我是我们六名同学中的主心骨，是核心人物、结账者。看电影、看戏剧、聚餐、周末郊游，我一向是出钱的主。我心甘情愿，他们心安理得。我爸妈给我的生活费很充足，甚至可以说太充足了，我自己花不完，让同学们沾沾我的光不是挺应该的吗？您知道拉法特这个人物吗？"

我想了想，照实说不知道。

"在《战争与和平》中，草婴译的那版，第一卷第九页，由虚伪又贪财的华西里公爵的口引出过这么一位人物，注解中注明他是瑞士作家，著过《相面术》一书……"

"跑题了，别掉书袋。"

然而我不禁暗自惊讶他读书之细、记忆力之强。同时，内心里又生出大的惋惜。

《战争与和平》使我第一次了解到，世上竟有《相面术》一类书，这引起了我极大的阅读兴趣，可不论在校图书馆还是市图书馆，以及国图，都没找到这本书，也许根本不曾译过来。在此过程中，我翻阅了几本咱们中国的同类书。所有这些书中，无一例外地记载，体胖而眉修目细者，是谓佛相，敦厚有善根，胡鸿志基本就长这样。受面相学的影响，我俩之间虽然也形成了内卷，但我仍将他当成好同学，同学中的好朋友。我们这一代独生子，其实内心里特别渴望真友情。有一个假期，他还在我家住了十几天。我给他买的机票，因为他没坐过飞机。网约车虽然更方便，但我妈开车我陪着，我们母子二人一起将他送到了机场……可……可我怎么也想不到，害我者，鸿志也！"

"六郎"掏出烟盒，又叼上了烟。他的手指发抖，唇也抖。由于唇抖，一边的面颊抽搐了几次。

我说："六郎，咱不激动。事情已经过去了，不管多么严重，都不可能对你造成二次伤害了！"

298

他却说："那样的疼，一次就够记一辈子了！"

按"六郎"的说法是，在食堂里，人已经很少时，有一名往外走的学生经过了他们六名同宿舍的同学坐过的餐桌。只剩胡鸿志还坐在那里，被遗忘的手机显眼地摆在他对面。

那位外专业的同学被手机吸引了，看着胡鸿志说："肯定不是你的呗。"

胡鸿志的表情没做任何反应。

外专业的同学又说："那我替主人保管了，是谁的你让他来找我，反正咱们以后还会在食堂见到的。"

对方说完，拿起手机匆匆走了。

"如果食堂的那个地方没有监控，如果虽有却坏了，那么我跳进黄河也洗不清了。因为我曾对那手机表现出了喜欢，还开玩笑地说过：'哪天丢了，别往我身上怀疑啊！'正因为有监控，找到那名外专业的同学易如反掌，而那名外专业的同学振振有词地自辩，自己只不过是替手机的主人保管，如果不是自己当时拿走了，也许还真丢了呢！并且，后来他也确实碰见了胡鸿志几次，倒是胡鸿志反而装作不认识他。监控显示，他分分明明对胡鸿志说过几句话。胡鸿志无法否认，一时也来不及胡乱编，只得承认对方是那么说了。结果呢，公安的同志为难了，无法以'偷'定罪啊。但公安的同志也很困惑，问胡鸿志为什么不告诉手机的主人，您猜他怎么回答？他说忘了！公安的同志又问他：'你后来多次见到过拿走手机的人，他没能使你想起什么吗？'他说自己脸盲……"

"别吸了！都快吸到过滤嘴了……"

在我的制止下，"六郎"才将烟头按入烟灰缸，随即站了起来。

我又一次制止："坐下！否则我不听你讲了……"

他这才坐下，眼里充满愤恨。

"嗑会儿瓜子。"

我将盛瓜子的小碟推向他。

他服从地抓起几颗瓜子，由于手抖，唇也抖，竟嗑不成。

"那，含块糖吧。"

我剥了一块糖递向他。

"含着糖我还怎么说话？"

他没接，拿起带来的矿泉水，一口气喝了小半瓶。招待"王六郎"这样的客人是很省事的。精神病患者通常要靠安眠药才能保证睡眠质量，所以往往医嘱他们勿饮咖啡或茶，这一点我懂，看来他自己也清楚，并且遵守得挺自觉。

我问："那些细节，你又是怎么知道的？"

他说公安方面既不能定那个外专业的学生什么罪名，也不能定胡鸿志的罪。他一口咬定自己"忘了""脸盲"，任何一条法律都拿他没办法。公安的同志只得留下讯问材料，由学校自行处理。学校也拿他俩没辙，批评教育了一番，也就将这件事按下了。而学生们在各类"群"里亢奋了多日，各种看法都有，一些细节不知怎么就曝了出来。

"不可全信吧？"

"如果并不属实，校方怎么不出面澄清？胡鸿志又为什么不抗议？不少同学认为，胡鸿志的本念是，想趁食堂里人再少的时候将手机占为己有，被别人抢先拿走了是他没想到的！可谁理解我的感受？在真相还没大白的那几天里，我蒙受了出生以来的奇耻大辱！胡鸿志，我的好同学，好同学中的好朋友，由于他'忘了'、他'脸盲'，使我成了重点怀疑对象，身背偷名百口莫辩！他怎么能这样对我！我俩可是'虽非手足，情同手足'的关系啊！有些日子，他往上铺登的时候，我恨不得抓住他腿将他拽下来，摔他个仰面朝天！然后骑他身上，掐住他！"

"六郎"的双手做出将人往死里掐的手势，同时咬紧他的牙，这时他两腮的肌肉绷硬了，颈部的血管也凸显了。

我起身找来一把折扇递给他。

"我王六郎为什么会受到朋友如此卑鄙的陷害？"

他接过扇子，没扇，啪地在茶几上击打了一下。

我说："别发那么大火，冷静冷静。还是刚才那句话，事情已经过去了，不会对你造成二次伤害了。"

"一次还不够受的吗？这种耻辱我终生难忘！"

他又用扇子击打了一下茶几。

我强装一笑，不以为然地说："如果那种事发生在书中的王六郎身上，你觉得他会像你现在这样吗？"

"好，好，很好，我正想请教请教您对蒲松龄和王六郎的看法呢！既然您先引起话头，那咱俩掰开了揉碎了细说端详吧！您认为，如果蒲松龄是王六郎那个少年溺亡鬼，他会因为大发慈悲而放弃千载难逢的投生机会吗？那机会可是众神出于对他的爱怜，按照冥界合法程序恩赐给他的，对不对？"

"对。"

"如果错失了机会，下次不知要再等多久了，对不对？"

"对。也许几年、十几年后，也许几百年、逾千年后——蒲松龄是那么写的。"

"那是编的！一个女人怀抱一个孩子投河，这是那女人的错！也是那孩子的命，与王六郎并不相干！并非他自己用了什么不道德的方式，要以别人的命换自己一次投生的机会，是上苍那么安排的，对不对？"

"对。你到底要说什么？"

"还是那句话，如果蒲松龄就是王六郎，他会放弃吗？"

"这……这你叫我如何回答？"

"正面回答！"

他终于展开了扇子，在胸前呼嗒呼嗒地扇，仿佛他是良知拷问者，而我是被审判者。

"你的问题谁都没法回答！如果蒲松龄还活着，我们倒可以问问他，但他已经……"

我有些不耐烦了。

"那么您就当您是王六郎，我们假设哈，您会错过那么一次投生的机会吗？那可是千载难逢的机会，想好了再回答！作家应该是诚实的人，别一张嘴就胡咧咧！"

他手中的扇子呼嗒得更来劲儿了，一下紧接一下，速度很快。看上去不像是在扇风，倒像是表演手技。

我更烦了，耐着性子说："我嘛，大约是做不到的，我没有那么高尚的品格。我想，我想蒲松龄大约也是做不到的。因为他毕竟不是圣人，圣人是人类的一种想象，但……"

"哈！哈！"他手中的扇子不呼嗒了，一甩之下唰地收拢，接着不断敲击另一只手的手心，脸上浮现精神胜利者蔑视论敌的冷笑。

我愕住，气不打一处来。

"你！"他用扇子朝我一指，"还有蒲松龄！你们都是一路货！明明自己做不到，为什么还要编出那么多烂故事骗人？虚伪啊虚伪！难怪鲁迅说……"

"别搬出鲁迅！最看不惯你这号年轻人！读了几页鲁迅的书，仿佛就是人性专家了！蒲松龄创作出王六郎这一人物，体现的是他对人性的理想！人性是在理想的熏陶之下一点点进步的！没有理想的熏陶，人类也许至今仍吃人呢！你仅凭自己读那点儿书，一味在我面前掉书袋，恰恰证明你的肤浅！老实告诉你，我忍你多时了！你既然已经开始贬损蒲松龄了，为什么网名还叫王六郎？干脆叫王六鬼算了！"

我失控了，边说边站了起来，挥舞手臂，在他面前踱来踱去，顺手将扇子从他手中夺了过来，用扇子朝他一指："你！你受那点儿冤枉算什么？'玻璃心'指的就是你这类青年！疼了一下怎么了？世界上一生从没受过伤害的人很多很多吗？刚被伤害一次就好像把世界看透了？古今中外，这世界上还有不少普罗米修斯式的人呢，你的话明摆着是对他们的大不敬！如果你以后还这样，好人会躲你远远的，你这样下去，根本不值得好人在任何情况下挺身而出保护你！"

谢天谢地，我的手机那时响了。响得可真及时啊！否则，不知我还会对他训斥出什么话来！而那会使我倍感罪过的。终究，他是一个曾住过精神病院的青年啊！

是一次关于采访的通话。我在别的房间通话完，重新出现在他面前时，见他复坐得端端正正的，两只手放在膝上，一点儿都不抖了。表情也近于平静，只不过双颊淌下汗来，脸色有点儿苍白。

对于精神病人，有时大加训斥也会使他们平静下来——这不仅是我的经验，而且是被事实证明了的。在精神病院，这一招往往挺奏效，特别是女护士训男患者，那真叫一物降一物！有的男患者见女护士要生气了，还没被训呢就开始变乖了。不过，得像"六郎"这种轻患者才管用。

我虽对自己的失控心生惭愧，但完成义托的初衷却已荡然无存。这第二次单独见面，我除了由诗受辱，就根本没谈几句诗嘛！而若不谈他的诗，我又何苦非要陪一个精神不正常的人谈下去呢？

"那什么，对不起，一会儿有人来采访，只得请你告辞了。"

我因索然而撒谎。那时我的确是虚伪的。即使他没看出来，我之虚伪也是事实。

"骗我。您那么大声说的话，我隔着房门全听到了，您和对方约定的时间是明天上午。"

耳听之实，有时比眼见之实更是事实。我张口结舌。

"其实，您根本不必撒谎，太损害您在我心目中的良好形象了。如果您已经烦我了，直说最好，我这种住过精神病院的人，使别人烦很正常。"

他说时，自卑地笑了。他的话明明是在刻薄地嘲讽我，却还要装出自卑的样子——在我看来他分明是装的，因而我认为那时的他也很虚伪，这使我的惭愧减少了，却同时让我大为光火。

我曾以为精神病人大抵会因病而变得思维简单，不再有虚伪可言，那会儿"王六郎"的表现颠覆了我的认知。

"你给我站起来!"

他服从地缓缓站起。

我朝房门一指，低声却严厉地说："出去!"

他没动，小声说："您恼羞成怒?"

是的，我之一怒，因羞因恼。

我又说："立刻给我出去!"

他便朝门外走去，两步后转身说："如果我冒犯了您，向您道歉，请您原谅。"

他深鞠一躬。

而我走到他跟前，将双手搭他肩上，似乎是在亲昵地往外送他，实际上是在往外推他。

门一开，我愣住，他也愣住——他母亲居然站在门外，眼有泪花。

她说："请别见怪，我儿子单独来见您，我不是……不放心嘛……"

可怜天下父母心，可怜天下父母心啊！

"六郎"说："妈，搂搂我……"

他母亲就搂抱住了他，并说："又受伤了吧？谁叫你说那么多惹老师生气的话呢？这下，没脸再来了吧？还不向老师赔礼道歉！"

他说："道过歉了，也鞠了一躬。"

他说完哭了。

我一转身，背朝那母子，心里难受。

事情居然变得如此别扭，实非我愿。

"梁老师，太给您添麻烦了，谢谢啊，我们今后不会再来打扰了！"

她的话使我不得不向她转过身去。

"我也给您鞠躬了。"

那女士也朝我深鞠一躬。

我不知所措，立刻还以一鞠躬，口中说了些什么，自己都记不清了。

我将他们母子送到了电梯口那儿，邻家的丈夫恰巧在等电梯。他与我很熟，每见必打招呼，但"六郎"母子都哭过的样子使他十分诧异，打招呼不是，不打招呼也不是，往后退让两步，低头看手机。

当天晚上，我主动与"六郎"的母亲通话。

她代表她丈夫再次感谢我，说她丈夫也因儿子惹我生气了向我道歉，请我原谅。她说自从儿子病了以后，她丈夫的一头浓发一下子白了一半，整天唉声叹气。

她说着说着，小声哭了。

而我再度撒谎，说事情绝非她在门外听到的那样，往往亲耳听到也不能据以为实——我的解释是，我成心那样，为的是一旦装出严厉的样子，他们的儿子就怕我。

"他显然是不怕你的，估计也不怕他父亲。还是的，我猜对了嘛！像他目前这种情况，没个怕的人是不行的，你们当爸当妈的，他不怕你们符合普遍规律。而我，虽然非亲非故，却是他希望经常见到的人。你们的儿子，从本质上讲也是读书种子，文学青年嘛！而我是老作家，名气嘛大小也还是有些的。所以，没个人和你们的儿子谈读书、谈文学，他会憋闷得受不了。目前，我是他唯一的人选。可如果我在应该使他怕我一下的时候没那么做，他再见我也就没什么意义了。我今天成心对他发脾气，正是要使自己在他心里成为这么一个人——既是知音而又有点儿怕的人，也就是诤友！所以呢，希望你们当父母的，能正确理解我的一番苦心……"

我真正的苦心，是极力想要修补自己在一位无助的母亲心目中的形象。那一刻，我既同情"王六郎"，也很同情他的父母。甚至，对他父母的同情还多点儿。连我自己也分不清，我口中所说的话，哪几句是由衷的，哪几句只不过是变相的自辩。

"哎呀，哎呀，梁老师太好了，多谢您为我们和我们的儿子考虑得这么细，太令我感动了！那什么，我没理解错的话，您的意思是……我儿子以后还是可以再去见您的?"

"嗯……在我空闲的时候……当然，那当然，您并没理解错……"

我嘴上这么说，内心里也开始同情自己了。

显然，她丈夫正在她旁边，一直在听我和她通话。

这时，与我通话的就换成了她丈夫。他也照例说了些感激又感动的话，并说他们的儿子回到家里后一直挺懊丧，希望我跟他儿子也说几句话……

"儿子! 儿子! 梁老师要跟你说几句话……"不待我同意，他已高声大嗓喊起他的儿子来。

我赶紧制止他，说"六郎"也许正在消化我对他的劝导，来日方长，我俩加着微信呢，我会主动通过微信与"六郎"交流的……

结束通话，我呆坐沉思，逐渐形成了一种颇能安慰自己的逻辑——所谓虚伪，当指通过心口不一、口是心非的话语，蒙骗别人上当，或对别人居心叵测、图谋不轨……

我没这些目的。

这么一想，心情好点儿了。

五

我并没主动给"王六郎"发微信，是他主动的。三天后我才关注到，是一篇学诗心得。他的心得没题目也没称呼，起句就谈诗。他认为中国古代诗词除了赋、比、兴三大要义，还有两种美感尚未被充分评论，便是画面感和时空切换之得心应手。他举"大漠孤烟直，长河落日圆"强调画面的宏阔感；举"小荷才露尖尖角，早有蜻蜓立上头"来证明画面的细微感；也举了"有时三点两点雨，到处十枝五枝花"证明画面感的"趣"。至于时空切换，举例尤多，如"道由白云尽，春与青溪长""绝壁垂樵径，春泥陷虎踪""残雪暗随冰笋滴，新春偷向柳梢归"，等等。所极赞者，当数张继之《枫桥夜泊》，认为四句诗中体现了极现代的运用自如的电影语言——中远景、俯仰摄、声色同步等镜头转变方式浑然一体，使人如在看电影。他将以上两点心得归结为动态描写之经验与诗句"剪辑"之精当，统称为古代景象观赏之"四维本能"。而"兴"者，时空三维之外所生主观思想耳。

我一不"小心"又被惊着了。古今名士讲诗析词的我看过不少，但以上"心得"，却闻所未闻，见所未见。

"胡鸿志、胡鸿志，你罪过啊罪过！该死啊该死！"

我内心不禁发出了诅咒。

听"六郎"讲胡鸿志时，我虽得出了"小人"印象，却并没怎么恨得起来。毕竟，他那类"小人"并未直接危害到我，我难以站在"六郎"的立场换位思考。可这时刻，我感同身受了，并产生了一种由京剧念白引起的喟叹："上苍上苍，既生王任之，何生胡鸿志！"

"六郎"认为，对中国古典诗词的优长继承得好的，与其说是当代诗歌，莫如说是当代歌词。他认为中国当代歌词旖旎多彩的新页，得益于二十世纪八十年代伊始流行歌词的正面影响。其举《黄土高坡》《命运不是辘轳》《沧海一声笑》《天边》《这世界那么多人》等流行歌曲为例，分析了它们是如何从古代诗词中汲取营养的……

他的"心得"内容丰富扎实，如一篇角度新颖独特的小论文。倘我是导师，定会给出高分。

在"心得"最下方，仅以这样一行字结束——期待指正。

他还真够高傲的！换了另外任何一个青年，大抵都会写"请梁老师指正"的，他却连"梁老师"三个字都懒得稍动一下手指打上去，好像他忘了，"老师"二字是他当年主动叫的。难不成他认为那是他当年赐我的叫法，在我伤了他一次之后，决定收回啦？

然而他这篇"小论文"写得多么好哇！好到我根本不可能无动于衷不做反应的程度——起码在我看来是这样。

于是我回复了几百字拜读"心得"的心得，恭称他为"兄台"，赞赏他的"心得"为"奇丽慧文"——三分"奉承"，七分真话。

对于我的反应，他做出了极快的反应。

"啊……哈哈哈哈！您可真会开玩笑，承受不起、承受不起，大大的承受不起呀！但我现在非常需要表扬的话，全盘收下了！又，我喜欢阁下称我'兄台'，以后我称您阁下，您称我兄台，就这样一直戏称下去可好？我现在也极需要生活中有点儿乐子！"

他的表达三分嘻哈，七分认真。有一点可以肯定，他不再生我气了。也可以认为，虽然他进过精神病院，本质上却还是当年那个内心阳光的大男孩。只有内心阳光的人，会愿意抛弃前嫌而不至于耿耿于怀，积恨成仇。

自这日后，我俩通过微信交流得多了，却也不是太频繁。他理解我各种应酬不断，仅希望我有空就关注一下他，有指导意见就回复一下，没有则算了，不必非得次次回复。

实际上我的做法也只能那样。

他的理解颇令我为他高兴——能替别人考虑是正常人的表现，我真心祝愿他早日成为一个正常人。

我俩主要在谈诗了。与其说是我在指导他写诗，莫如说他在促使我这个门外汉一步步入门。原来他从中学时期就开始写诗了，新旧作加起来近百首。他表示要一一认真修改，该淘汰的淘汰，精选出自己满意的，打算出一本诗集。

我支持他的计划。

事情在向好的方面发展。

他父亲也与我通了一次话，说他家在云南什么地方有幢别墅，也可以认为是一处小庄园，极利于休养身心，平常只有一对中年夫妇作为公司员工在那儿看管、打理。他们两口子因为工作忙，一年去不上几次，每次住不了几天，而他们的儿子去的次数更少。他们已对各自公司的工作做了较长期的部署、交代，决定带儿子去那里住一段日子……

这我更支持了，同时替"六郎"感到庆幸。据说现而今患精神疾病的年轻人渐增，绝大多数背后没有"六郎"这样的父母和家庭。

人比人，羡煞人啊！

几天后，他们一家三口起程去往云南了。

又几天后，"六郎"自云南发来三首写景感怀的诗和词。诗皆古体，不若词佳，却也都拿得出手。他特别强调，绝无抄袭组合之句，但自知欠斟酌，并不打算收入集中。

这三首诗和词说明他情绪颇佳，我认为这一点比他的诗和词写得如何更重要、更可嘉。

我也就未加点评，只回复了一句话——"祝兄台在滇天天快乐！"

不料半月后，他给我发来一句话："我要结婚啦！"

字是红色的，镶金边，背景是他家的别墅。院内树形美观，阶旁花团锦簇、喷泉散银珠、鱼儿溪中游，左右两面墙几乎被蔷薇完全遮蔽，盛开的花朵绚烂多彩。分明还有一对孔雀，看去像真的。放大细看，不但是真的，还是活的。放大时，电脑贴图的喜鹊上下翻飞，并有爆竹无声炸开。

端的是好去处！我不但替许多别家的与"六郎"同病的青年羡慕，连自己也心向往之，顿生占有的妒念。

然而我并未当即祝贺，因不知所谓"结婚"之说是精神不正常状态下的想象，还是果如其言。

隔日，"六郎"的母亲与我通话，证实"六郎"向我发布的喜讯属实。她说对方是当地农家女，年方二十，清纯，有姿色，聪慧。儿子挺喜欢这女孩，他们夫妇也认可，临时决定将一件以前从没想过，也不敢想的事顺应天意给办了，可谓不虚云南之行。

我问怎么就是顺应天意了。

她说他们一家三口是在离庄园不远的一个村里闲逛时偶遇这女孩的，"六郎"初见之下目不转睛，一步三回头。他们夫妇就托人去打听，女孩尚未处朋友。再托人试探地商议，女孩父母喜出望外，女孩自己也十分愿意。

"如果没来云南，这良机就不存在不是吗？如果人家女孩已经处对象了，我们也不能硬插一杠子啊！这不是老天有意成全此事，单看我们开窍不开窍吗？当然啰，前提是我们毕竟是不一般的家庭，我们的儿子一表人才，否则人家姑娘和人家爸妈也不肯迈出这么一步……"

我吞吞吐吐地又问："那，准备在哪儿举办婚礼呢？是云南，还是北京？"紧接着补充了一句："若在北京，我一定参加！"

她说："又不是明媒正娶，就不回北京办了。一旦回北京办，一传俩、俩传仨的，想不搞出动静都难。而知道消息的人一旦多了，想不办得有排场些也难，过几天，悄没声地为他俩合了房，就算大功告成了……"

"可……怎么……又不是……"

"您想象贾宝玉和袭人的关系就是我儿子和那女孩的关系就对了。如果他俩一块儿生活后，任之的病彻底好了，那是我们一家三口的大幸！白养着他们小两口，我们夫妇也无怨无悔。反正养一个也是养，养两个也是养，我们有这经济实力，养得起。我们夫妇也做了另一种考虑，不瞒您说，我又怀上了。万一事不遂人

313

愿，他们小两口根本过不长，那我们也有思想准备，理性对待，赔偿人家姑娘一笔钱就是了。谁也没长前后眼，走一步看一步呗。即使不遂人愿，那也不是我们的错，而是老天爷成心耍我们！老天爷要了谁，谁都只能受着……"

我只得说，他们夫妇考虑得还是挺周全的。另有一句话到了嘴边，被我咽回去了。确切地说也不是一句话，而是一种想法。因为不愿直问，所以如鲠在喉般没问。

这想法是，我觉得他们夫妇考虑再周全，似乎忘了还有一个道德与否的问题——对那女孩。结束通话后，转而一想，又觉自己未免迂腐——她已说了，女孩父母喜出望外，女孩自己也十分愿意，钱可摆平他们的得失，谈何道德不道德呢？还好并没问出口，若问了，多讨厌啊！岂非世上本无事，庸人自扰之？

排除了头脑中的胡思乱想，心绪顿时开朗、敞亮，替"六郎"谢天谢地也！趁着高兴，给"六郎"发了一条特有温度、真情满满的祝福。

"六郎"回得也很快："最先的祝福必定来自最关心自己的那个人，我愿阁下分享我的喜悦！"

我又想，他既喜悦，果有上帝的话，那么连上帝也会替他高兴的吧？

处于蜜月中的青年，往往认为世上除了爱，再就没什么事儿还算个事儿了！大抵如此。以后一个月里，"六郎"除了给我发些照片大秀他和那女孩之间的亲昵，再无新诗发来。而那些照片，多数是他俩自拍的，也有别人替他俩拍的。至于别人是何人，我猜不是他妈便是他爸。

爱本身即最好最美的诗——这是许多诗人的逻辑。"六郎"显然在身心完全投入地验证这一逻辑，无暇顾及其他了。他不但是有诗为证的诗人，而且是年轻的、此前从没爱过的诗人啊！从照片上看，女孩果然秀丽、清纯，双眸晶亮，她的眼神也果然聪慧。

她的美是原生态的。

倘奇迹果然发生，那么将为精神病医学提供一条宝贵经验——男欢女爱具有意想不到的疗效。

我这么思忖时，便不禁为"六郎"虔诚祈祷。

六

我大大地想错了！

不久，也就是八月中旬的时候，"王六郎"全家回到了北京。全家的意思是，包括那女孩。正如袭人实际上是"宝哥哥"的人，那女孩名分上也是王家的儿媳了。

"六郎"并没被爱冲昏头脑。对爱与诗，他居然做到了两不误，兼顾得不容置疑。他带回了自己编选的、每一句都产生于自己头脑中的诗集，并为自己的诗集暂定名为《拾穗集》——分为古体与自由体两部分。

他们一家四口都成了我家的客人。我第一次见到"六郎"的父亲：一位头发已经稀少，但显得处事干练的父亲。

他父亲决心已定地说，要为儿子出版这诗集。

由于他的同时出现，"六郎"的母亲甘居配角地位了，但连连点头，对丈夫的话及时附和。"六郎"却郑重地说，出与不出，集名改或不改，哪些诗可以不收入集中，他完全听从我的意见。

那女孩几乎不说话，端庄地坐在"六郎"旁边，一只手轻挽着"六郎"的胳膊。我看她时，她便一笑，偶尔，另一只手拿起待客的零食吃。

我首先肯定了集名很好，无需改。

"六郎"对他爸妈笑道："怎么样？我的话没错吧？"

他母亲也笑道："任之预见您肯定喜欢这集名。可就是，我觉得用真名好，或另起一个笔名，'王六郎'这个笔名不怎么样。"

"六郎"坚持道："妈，我连终身大事都听你们的了，出诗集这事儿你就别瞎掺和了。要出我就用'王六郎'这个笔名，否则在我这儿通不过，宁可不出。"

他的话虽然说得特平静，一点儿也不情绪化，但也有他父亲说话时的那么一股子坚决劲儿。基因真厉害，他的精神一变正常了，连说话的语气都像其父了。是的，我认为他的精神的确恢复正常了，眼神不再发直，笑得自然了。

爱也很厉害。

我说："'王六郎'这个笔名不但有出处，而且耐人寻味，在此点上我站在你们的儿子一边。"

"六郎"笑了，并说："向老师汇报，我又喜欢蒲松龄了，我的妻子就是我的婴宁。"

女孩也笑了，将头一偏，轻轻靠他肩上。

"正因为有出处，我知道了那出处以后，反而更不喜欢了……"

他母亲仍欲坚持。

"得了，你少说两句吧。笔名不过是笔名，并非多么重要的事……"

当爸的制止当妈的继续坚持己见，紧接着将自己和儿子之间的分歧摊在了我面前——他不但力主要由北京的大出版社出儿子的诗集，而且要出得精美，像珍藏本那样，就是出成豪华版也不计成本；另外，还要开一场较高规格的研讨会。总之，当爸的一心要使儿子出诗集这事在京城（他和妻子一样也将北京叫京城）办得风风光光的。"六郎"却相反，主张低调。他说自己已经适应了云南的气候，生活在庄园觉得很幸福，而云南也有几位优秀的诗人，所以他宁愿在云南的出版社出诗集，宁愿在当地开一次小型研讨会，认识认识云南的诗人们。对于自己以后的人生，他做出了长远规划——更多的时候生活在云南，有诗有爱，享受幸福。

"生活在远离市区的地方，有什么幸福的？"

"生活在那么好的环境里，还不幸福吗？古代的府邸也就这样吧？还得多好才算好？"

"你靠写诗能养活自己吗？"

"写诗当然挣不到钱，纯粹是爱好。以后我还会尝试创作小说、电影或电视剧本。总之我自信以后完全可以靠创作养活我俩，逐渐就不必再花你们的钱了。"

"六郎"这么说时，女孩脉脉含情地看他，目光中满是信任和依赖。

"我提到钱了吗？你老爸说一个'钱'字了吗？儿子，根本不是钱的问题。咱家是那种差钱的人家吗？儿子，好儿子，老爸实际上是这么想的，正因为你有这种打算，所以老爸得帮你在京城产生影响，从而打开局面！功夫往往在诗外，这个道理你也应该懂嘛！你只有日后成功了，是京城的一个人物了，才是对那几个当初伤害你的小子最强有力的反击！"

当爸的略显激动地那么说时，"六郎"起初还挺耐心地听，及至后来，显得不耐烦了，将头一扭，生气地说："不爱听，那一页在我这儿已翻篇儿了！"

"你看你这孩子！我……"

当爸的向我耸肩、摊手，并使眼色，意思是让我帮着劝。

当妈的终于逮着机会插话了。

她说："儿子，你也得理解理解我们父母的心情啊！你俩的事，爸妈没怎么替你们办，爸妈不是一直觉得对不起你嘛！所以，你爸那么坚持，也是要弥补一下遗憾，替我们自己找补回心理的平衡。儿子，这你得学着理解点儿哈！"她也向我使眼色，眼色中有与她丈夫同样的意思。她显出特别委屈的样子，泪汪汪的了。

这一对夫妇与儿子的关系似乎有点儿奇怪——当自己的儿子精神被诊断出问题后，他们唯恐对儿子没做到百依百顺，仿佛奴婢侍奉主人；一旦他们觉得儿子的精神恢复正常了，情形似乎又反过来了，竟在一些无关紧要的问题上据理力争了！

听着他们之间的对话，我内心里产生了不解。而当他们陷入沉默的僵局时，我又想通了——大多数父母与他们的"六郎"这样的儿子之间，基本如此啊！而这，也是父母所以可怜的方面。

我不表态也得表态了。

我知我不可以选边站，便和稀泥。

我说："这样行不，两天后我将诗集读过再议。如果我觉得水平上乘，那么任之你就听你父亲的安排。明明值得，为什么偏不呢？如果水平居中，那么我认为你们做父母的也要面对现实，明明不值得往影响大了办，非弄出太大的动静，不见得是好事。"

"六郎"立刻说："这话我爱听，同意！"

他爸欲言又止，他妈用胳膊肘拐了他爸一下，连说："行，行！"

第二天下午我就将诗集读完了。看来"六郎"是有自知之明的，而我十分赞成他的主张。

但晚上，"六郎"的父亲提前打来了电话。

当父亲的直白地说："梁先生，梁老师，咱们都明白，文学嘛，诗嘛，还不是仁者见仁，智者见智嘛！我们夫妇的愿望，全靠您的结论成全啦！"

显然，手机被他妻子夺去了。

"梁老师，您更得理解我们，我们两口子都是很顾面子的人！在我们的圈子，面子就是人设，人设就是面子，有时得像顾命那么顾！自从儿子出事后，我们当父母的'压力山大'！所以，现在我们非把面子找回来不可！此时不找，更待何时呢？"

我听到了抽泣声。

手机复归她丈夫了。

那当爸的说："请您千万别见怪，我们真没拿您当外人，因为您从前是我们儿子唯一的成人朋友，而现在是他唯一的朋友！我们的意思，您懂的……"

他们的意思我确实懂，也不难懂。

于是关于"六郎"的诗集，我只能说违心话了。

我用"仁者见仁，智者见智"来宽解自己对自己的不满。"六郎"是年轻人，"鼓励后人"四字使我违心得不无底气。何况，总体看来，诗集还是达到了出版水平的。

于是，接下来一切进展顺利且快。

钱在大多数人那儿只不过是钱，在某些人那儿叫"资本"。"资本"出马，事事容易。

仅月余，诗集问世，果然印制精美。

研讨会如期召开，地点选在五星级酒店，参加的人颇多，名士不少。我的朋友的朋友也到场了，还有他们的朋友的朋友，所有人看去都是高高兴兴来站台的。

我问朋友："感受如何？"

他说："好大的一次广告！"

我说："这不是'六郎'的本意。"

他小声说："我指的是他父母，那儿呢。"

我循朋友的目光看去，见"六郎"的父母应接不暇，笑容可掬，如沐春风。

我终于发现了"六郎"，他孤独地呆坐在一个角落，只有那女

320

孩陪他坐着。他父母先后用声音找他，他仿佛根本没听到。女孩推他，他也不往起站。

然而研讨会开得很成功。每一位发言者都对"六郎"的诗给予了热情洋溢的肯定，也对他本人在诗创作方面寄予厚望。

我自然也发言了，没谈"六郎"的诗，只讲了怎么与他认识的事，会议气氛由于我的发言而暖意融融。我看出，来宾中除了我及少数几人，大多数人并不知道他进过精神病院。

我也看出，在倾听大家的发言时，"六郎"表现得很正常，时而记，时而对发言者的肯定报以感激又腼腆的微笑。一个精神正常之人，在这样的场合这么一种氛围中，肯定也就表现得这般了。彼时的"六郎"谦虚而又温文尔雅，如好学生聆听导师们的点评。

会间穿插了几次伴乐诗朗诵，由专业乐队和专业人士进行，朗诵的是"六郎"自己的诗作，他预先选定的。

众人次次报以掌声，效果甚佳。

气氛从始至终洋溢着鼓励后人的善意和诗意。

会后是聚餐，人人都给足了面子，没有借故离去者。可用以举办婚礼的大餐厅里，七八桌座无虚席。酒水自然都是高级的，菜肴丰盛而美味。

结束时，我又问我的朋友的朋友："感觉如何？"

不待他开口，他的朋友的朋友从旁接言："就诗的研讨会而言，可谓盛况空前，盛况空前！"

对方已微醉。

我的朋友和他的朋友以及他的朋友的朋友一致附和：

"完全同意！"

"那是那是！"

"印象深刻！"

不经意间，朋友们都聚了过来。

其实我问的是"六郎"的表现。

我因也喝了点儿酒，到家已十点多了，洗洗倒头便睡。翌晨被手机扰醒，斯时近九点矣。

"惨啦惨啦，想不到会这样，研讨会上'头条'啦！"

"闹剧"。"六郎"进过精神病院的事也被曝光了，精神失常的原因被言之凿凿地说成是由于失恋。跟帖极多，十之八九，以逞讽刺、挖苦、攻讦、辱骂、借题发挥为能事。偶有同情帖，淹没矣！

胡鸿志在网上集合成了胡鸿志们。我心如速冻，全身寒彻。

七

一年后，我去精神病院探视老哥时，忍了几忍没忍住，试探地问："有个叫王任之的青年，据说也在这里住院？"

老哥立刻说："还叫王六郎对吧？爱写诗？"

我说："对。"

老哥说："这孩子有文才，诗写得不错，和我在同一个病区，大家伙儿都挺尊敬他，是我们病区的模范病友。"

我说："你别叫他王六郎，还是叫他本名好。"

老哥说:"他喜欢我们叫他王六郎,对住院也挺适应的。"

在回家的路上,朋友的朋友发来一条短信,说"六郎"的小弟弟过"百日"了,他爸妈为二胎向朋友们征集文化含量高的好名字……

《人民文学》2023年第9期